U0889970

请将这本书送给你所爱的人

写在纸上的爱情漫画

棉花糖作品

IS THAT YOU, MY LOVE

亲爱的，是你吗

棉花糖·著

远方出版社

图书在版编目(CIP)数据

亲爱的,是你吗/棉花糖著.—呼和浩特:远方出版社,2006.12

ISBN 7-80723-175-0

Ⅰ.亲… Ⅱ.棉… Ⅲ.长篇小说—中国—当代
Ⅳ.I247.5

中国版本图书馆 CIP 数据核字(2006)第 154384 号

亲爱的,是你吗　　棉花糖　著

责任编辑　敖登格日乐
封面设计　熊　琼
出　　版　远方出版社
社　　址　呼和浩特市乌兰察布兰东路 666 号
经　　销　新华书店
印　　刷　三河市华晨印务有限公司
开　　本　890×1230 毫米　1/32
字　　数　270 千字
印　　张　7.5
版　　次　2007 年 1 月第 1 版
印　　次　2007 年 1 月第 1 次印刷
标准书号　ISBN 7-80723-175-0
定　　价　19.80 元

远方版图书,版权所有,侵权必究。
远方版图书,印装错误请与印刷厂退换。

Is That You, My Love
亲爱的，是你吗
NO.1

“请问你认不认识一个叫做Q男的人？这是他小时候的照片，虽然没有穿裤子，但是我估计他现在的样子应该没变多少。”

“小妹妹，你拿这么一张开裆裤的照片找一个可能已经上了大学的人，你是不是有病？”

“对不起，这位先生，我现在非常的清醒！请你说话尊重点！”

“我说话怎么不尊重了？再说了，怎么可能有人叫做Q男？我看你还是赶紧去看医生吧！长得这么漂亮是个精神病，真是可惜了。”

“你……你才是精神病！”

在金海学院的门口，一位短发的女孩不停地打听着一个名叫“Q男”的男孩的下落。王小凌已经注意她很久了，不巧，这位短发的女孩正好是王小凌喜欢的类型，索性，王小凌走了过去。

“喂！找人？”王小凌大着嗓子问了一句。

“你在跟我说话？”短发女孩左右看了看，问道。

王小凌点了点头，顺便甩了甩他已经整整有三个月零五天六小时四十二分五十三秒没有洗过的“秀发”，一大片由头皮屑组成的“樱花花瓣”飘落了下来。

看着满天飞舞的“雪花”，短发女孩捏住了自己的鼻子，闷声闷气地说道：“我的确是在找人，你认不认识一个叫做Q男的人？”

“Q男？”王小凌歪着脑袋想了想，顺势说道，“就算我知道，我连你叫什么都不清楚，怎么告诉你？”

“哦，我叫黎晓怡。”短发女孩捏着鼻子的手还没有放下来。

“靠！我还是你大爷呢！怎么说话的你？”王小凌想在短发女孩的面前装做很有性格的样子，他这个年纪的男生都好这一口，以为自己越有性格，女孩子就越会注意自己。

“哼！我的名字本来就是黎明的黎，春晓的晓，怡然自得的怡！我都还没有说你满天飞舞的头皮屑呢，你凭什么对我说脏话！！！”黎晓怡一只手捏着鼻子一只手叉着腰愤愤地道。

“我有头皮屑怎么了？这是一种性格你懂吗？性格！！！”王小凌最怕的就是自己在女孩子面前丢面子。

“算了！算了！我还要找人！不跟你在这里瞎扯了！麻烦你有空的时候去洗个头，要不然真的会死人的！！！知道吗？”黎晓怡说这话的时候眉头都皱了起来，看来王小凌的“秀发”的确不是盖的。

“我就是不洗！怎么样？这就是性格！性格！……喂！喂！……人到哪去了？”王小凌的“性格”还没有玩完，短发女孩便已失去了踪影。

次日上午，金海学院的门前。

“完了！完了！我记得闹钟明明设定的是七点整，怎么一个不小心就睡到自然醒了！这下我可糗大了！”一个个子高高的长发男生一边往自己的嘴里塞着三明治一边自言自语道。

长发男生跑得很快，看样子他的确是有些急了。

“喂！等等！”长发男生刚刚越过学校的大铁门便被一个块头非常大的高年级男生拦住了去路。

“对不起！对不起！是我迟到了，我知错！我知错！”长发男生不停地点头赔笑，但是他的脚步却没有一丝停下来的意思。

“看你跑步很快的样子，有没有兴趣加入我们学院的田径组？”大块头男生一边跟随着长发男生的步伐一边问道。

“田径组？”长发男生摇了摇脑袋，回道，“对不起，我实在是没有什么兴趣……完了，完了，时间过了这么久，这回死定了！”

“没兴趣？……嗯，我就是喜欢你这么直接的男生！怎么样？我们比比吧，如果你跑赢了我，今天我就向老师求情，包你没事！怎么样？”大块头好像很有“办法”的样子。

“是不是真的？你可不要骗我！”长发男生终于停下了脚步。

“开玩笑！我王铁仁在金海学院可是呼风唤雨的人物！校长都让我三分！我说了你跑赢我没事就一定没事！”大块头狠狠地拍打着自己的胸口说道。看到大块头现在的模样，长发男生突然想到了自己曾经看过的一部电影，电影的名字好像叫做《金刚》（关于一只巨型大猩猩的）。

“好！反正我也迟到了！比就比，怎么个比法？”长发男生看着自己的手表，无奈地摇了摇头。

“就以这里为起点，前面的那座最高的图书馆为终点，谁最先到达图书馆楼下的报刊亭谁就算赢。你赢了，我保证今天老师不敢说你；如果我赢了，你就随我加入田径组，怎么样？”大块头提出了自己的要求。

“OK！我答应你！”长发男生回答得很迅速。

“好的，预备……开始！”

这个大块头王铁仁在金海学院的的确确非常的有名，他的“有名”主要来自于两个方面：一个方面是王铁仁在田径这块真的具有超乎常人的天赋，不论是长跑还是短跑，王铁仁都可以轻易地将自己的对手甩出五六个身位，也正是因为这样，他在进入金海学院的第二个年头便顺理成章地当上了金海学院田径组的第二十三任组长；另外，王铁仁还有一个方面也是非常有名的，那就是他吹牛和说话不算数几乎已经变成了金海学院众人皆知的“秘密”，但是因为王铁仁的块头和他在学校的势力，还当真没有一个人敢当面反驳和教训他的。也就是因为这样，王铁仁如果在金海学院说月亮是六边形的，学生们在考试的时候也一定会在标准答案上面写到——月亮自人类发现以来的的确确都是六边形的，而且一个边不多，一个边也不少。

比赛跑步会输？这在金海学院对于王铁仁来说根本就是不可能的事情，但是今天，也就是现在，当王铁仁气喘吁吁地跑到学院图书馆楼下的那家报刊亭时，长发男生好像已经很不耐烦了，不停地看着自己的手表，计算着到底等待了王铁仁多长时间。

“你终于来了！我都等你五六分钟了，可是你说的，如果我赢了，你保证帮我跟老师求情的。”长发男生走向了不停喘着粗气的王铁仁。

“你……你到底是不是人？这……这么长的距离，你竟然……只用了……”王铁仁怎么也不敢相信自己今天所看到的。

“喂！我不管那么多！话可是你说的，你要保证我没事！”长发男生好像并没有为自己有着这么惊人的田径实力而感到吃惊。

“天才！我还能说什么呢？……你……你就是个天才！”一向高傲自大的王铁仁今天也不禁对长发男生竖起了大拇指。

“唉！什么天才不天才的，我今天的脚不舒服，鞋又破了，所以才跑得这么慢，要是换了平时……”

“什么！！！你……你的鞋是破的？”听到长发男生的这一句，王铁仁的眼珠子差点掉了出来。

“不信你看……要不是我家环境不太好，早买双新的了。”长发男生摇了摇头，接着说道，“唉，看来今天晚上回去又要补鞋了。”

“你！你！……”王铁仁看着长发男生那双布满了补丁的破鞋几乎已经无语。

……×※……%※……#%…………。：“（×※……￥◎$#@……~@#$$%#@%%……（上面的这些奇怪符号代表了王铁仁此刻混乱的心理状态）

“天才贵姓？”过了很长时间王铁仁才憋出了一句。

“我叫酷男，麻烦你不要再耽误我的时间了，再跟你这么耗下去，我可就玩完了！……转校第一天迟到三个小时，不死才怪！”

“天才！既然我已经输了，我还是老实地告诉你吧，其实今天是……星期天！”

Is That You, My Love
亲爱的，是你吗
NO.2

黎晓怡从来没有想到海边的天空竟是如此的美丽，这是一种淡淡的布满了忧伤的蓝色，这种蓝色会在不经意间滑入你的眼帘，当你想要逃避的时候才会发现自己的心情早已被这种淡淡的幽蓝所融化。

海边的椰树伴随着海风轻轻地舞动，黎晓怡静静地望着远方的大海，她此刻的脑海之中正不停浮现着那个坏坏的小男孩曾经对她作出的承诺。

很多年以前，黎晓怡所在的幼儿园。

“我们这可不是在玩家家酒！我们长大了之后就是夫妻了！所以现在，你要让我亲你一下！”一个还流着鼻涕的小小男孩正对着小小黎晓怡说道。

“不行！我妈妈说了，女生只可以让真正爱护自己的男生亲亲！”小小黎晓怡的自我保护意识还真强，虽然她现在的鼻子下面也不怎么干净。

“哇！你竟然敢反驳我！我可是幼儿园大班最坏的邪道少年！”小小男孩挺直了自己圆滚滚的腰杆大声地说道。

“邪道少年是什么？”

“邪道少年就是……反正就是很坏很坏的意思！……哎呀！不管那么多了，

来，让我亲你一下！”说话间小小男孩已经将自己的小嘴巴凑了过去。

“不行！我妈妈说过了，夫妻之间才可以亲亲！”小小黎晓怡红着脸蛋向后退了一步(注:这个时候小小黎晓怡的老师正在窗边打盹，那个小小男孩是自己混进来的)。

“我长大了之后就娶你！来！亲亲！”小小男生说得连自己都信了。

“我不信！你长大了我就不认识你了！”

“好吧，我要怎么样你才信？”

“你让我在你身上留下一个记号！”

“好吧！只要不是脸，哪里都可以！”小小男孩鼓着圆溜溜的嘴巴说道。

得到了小小男孩的同意，小小黎晓怡围着小小男孩转了一圈。最终，她在小小男孩的背后停下脚步，大约五秒钟过后，小小男孩号啕大哭的声音响彻了整个幼儿园中班。

那位正在打盹的老师也被小小男孩号哭的声音给吓醒了。

“哎呀！黎晓怡！你在干什么？他可不是吃的东西！快放嘴！”

当老师将小小黎晓怡从小小男孩身上扒下来的时候，小小男孩的颈子后面已经留下了一排深深的牙齿印。

哭泣中，小小男孩竟然完全不顾自己的疼痛，猛地一下跳起来，在小小黎晓怡的脸上乱啃了起来，谁都看得出来这并不是真正的吻，而是一个小小男孩对一个小小女孩的无知报复罢了，但是至今都纯纯的黎晓怡竟然将那阵乱啃当成了她这一生中唯一的承诺。

女孩子的心思有时候真的令人感到匪夷所思，这算是一个承诺吗？这算是一个初吻吗？

算，当然算，所以，黎晓怡守候至今。

乾坤大挪移，时光飞驰到了现在。

“请问你认不认识一个叫做Q男的人？这是他小时候的照片，虽然没有穿裤子，但是我估计他现在的样子应该没变多少。”

“喂！有没有搞错！你怎么又来了？还让不让人做生意了？”

“……什么叫做又来了？我这才是第三遍问你而已，隔壁那位卖海产的大婶已经被我问了五遍都没有说什么！你只不过是个卖贝壳的，拽什么拽？”

“什么贝壳？我这可是艺术品，懂吗？艺术品！你面前的这些个个都是从水晶宫里面选出来的，你个小丫头懂什么？”

“艺术品?随便在海边捡个破玩意就标价五十,你可真能赚啊!不巧,我的手机正好可以拍照,不知道我把你这里标的价格拿到消费者协会去问问,属不属于欺骗消费者行为?”说话间黎晓怡从自己的背包中掏出了一部小巧的手机。

“喂!你想干什么?”

“没什么,拍照留念而已。对了,你这个摊位的编号是……88号,嗯,你这个摊位号真不错,好记,好记。”黎晓怡不知道从哪里又掏出了一个小小的本子在上面记录着一些什么。

“你唬我!!!”

“谁唬你了?请让让,给我一个好角度。”黎晓怡将照相手机举了起来。

“不许照!不许照!!!”

“喂!你个做生意的可要和气生财,我一个小小的游客路经此地拍照留念没什么不妥吧?”黎晓怡露出了一脸无辜的表情。

“好!好!……算我怕了你了,是我不对还不行吗?拜托!今天可是星期天!每个星期就靠这一天了!”

“好!要我饶了你也行,不过我要问你一个问题。”

“问吧!大姐!”

“请问你认不认识一个叫做Q男的人?这是他小时候的照片,虽然没有穿裤子,但是我估计他现在的样子应该没变多少。”

“对不起!是我的错!是我没有留意!以后我要是看到了一个穿开裆裤叫做Q男的小孩一定第一时间告诉你,OK?”

“他现在已经长大了!怎么可能还穿开裆裤?不过……为了防止他背弃我们的婚约,在他和我一般大小的时候我在他的颈部后面留下了一排深深的牙齿印,当时那下我可是下了狠口,我想那道印记现在一定还在,记住了,颈部的后面有一排牙印的就是他!知道吗?……这是我的电话号码,一有他的消息第一时间通知我,OK?”

“大姐!你怎么知道他一定会在这附近出现?”

“算命的告诉我的!”

“算命的告诉你的?”

“怎么?有异议?”

“没……没有。”

IS THAT YOU, MY LOVE

亲爱的,是你吗

NO.3

酷男家的人不多,准确地说就只有他和他奶奶两个人。酷男的父母在酷男很小的时候就失踪了,具体去了哪里,没有人知道。

酷男的奶奶平时言语不多,一缕缕白发已经在不经意间略上了她的额头。偶尔,酷男的奶奶会打打太极,所以她的身子骨与同龄人相比还算硬朗。

酷男的奶奶还有一个非常特别的习惯,那就是她每天早上起来的第一件事情就是走到家门口的邮筒边看看有没有自己的邮件,但是每次她都空手而归。在酷男的记忆中奶奶好像从没有收到过一封属于她自己的邮件,可是奶奶每天的这份坚持还是或多或少地引起了酷男的好奇,酷男偶尔也会问问奶奶到底是在等待一份什么样的邮件,奶奶每次都笑上一笑,并不回答。酷男发现每当这个时候奶奶的微笑都很特别。

就在奶奶微笑的那一刻,酷男仿佛又看到了奶奶年轻时候的绝代风华。

酷男觉得奶奶的微笑是一种风韵,也是一种残存,更是一种对生命的期望,又或者是一种对未来的向往。

每次看到奶奶的这种微笑,酷男也会跟着笑一笑,酷男绝对相信,奶奶等待的那封神秘邮件早晚都会降临,不过那封神秘的邮件到底会是什么?除了奶奶,没有人知道。

“奶奶，我回来了。”在门口跺了跺脚，酷男进了门。

“这么早就回来了？”厨房里传来了奶奶的询问。

“是我搞错了，今天是星期天，学校不上课。”酷男将书包随手放到了客厅的茶几上，自己坐到了一个靠窗的位置，阳光伴随着海风飘了进来。

“是吗？我也是老糊涂了，没注意看日历……柜子上面有苹果，你自己拿着吃。”

“您就不要忙了，每天都待在厨房里面，我也吃不了那么多的东西。”其实酷男是担心奶奶累着了。

“谁说我是做给你吃的了？”说话间酷男的奶奶已经从厨房走到了客厅。

“真香！您今天做的又是什么？”酷男禁不住诱惑，站了起来。

“这可是我亲手做的绿茶年糕，等一下你拿烧烤架到海边的集市去烤着卖，我们这个月的电费也许就够了。”

“奶奶，我看我还是去找份工作算了，省得您每天这么辛苦。”酷男咬了咬牙，说道。

“傻孩子！我这么辛苦就是为了你将来可以考上一所好的学校，到时候等你毕业了，我不就不用辛苦了？你要是现在不读书，自己跑去工作，我这十几年的辛苦可就白费了！”奶奶微微皱了皱眉头，笑着说道。

“但是，您再这么辛苦下去我怕我没心情读书了。”酷男说的是实话。

“刚刚给你找到一个更好的学校，你就说这种泄气的话，你如果真的想要帮我，今天就去把这些绿茶年糕卖个好价钱。本来打算自己去的，现在你回来了，就给你一个表现的机会吧。”

“奶奶，海边集市卖的都是一些海鲜烧烤，您要我去卖烤年糕?……”酷男好像对这项任务显得没有什么信心。

“这就是特色，懂吗？整片集市都是卖海鲜烧烤的，就你一个卖烤绿茶年糕，不火才怪！”

在酷男奶奶的那个年代上了高中已经是不得了了，但是酷男的奶奶竟然还上过大学，所以酷男奶奶的风度气质与见识学识并不是一般老同志可以比的。

“去吧，一块块的我都给你切好了，你把烧烤架和木炭带上，为我们家的电费奋斗去吧，年轻人多吃点苦也算是福气。”酷男奶奶有的时候说话还挺幽默。

“奶奶，这绿茶年糕应该卖多少钱一块？”酷男心里没底。

“你这么聪明，自己看着办。”

今天是星期天，再加上这座美丽富饶的海滨城市实在是过于暧昧，所以星期天的海边集市早已是人山人海。

今天天气特别的好，再加上海水又是那么蔚蓝，阳光又是那么温柔，所有来到海边集市的人们的脸上都洋溢着一种幸福的微笑。虽然人多，但是就算我踩到了你，你碰到了我，大家也不会太介意，最多就是相互点头微笑一下，笑过，美丽的人生依旧继续。

这并不是酷男第一次到这个海边集市上来卖东西，就在不久以前，酷男为了帮助自己和奶奶缴纳各种各样的生活费用，也曾经到这里卖过鲜花、椰子、鱿鱼丝、钓杆以及各式各样的旅游纪念品。酷男发现，外地来到这里的游客是最最大方的，不管他们看上去是多么的小气，但是到了这种地方就如同吃了迷药般的大手大脚了起来，就算你将一串成本只要五毛钱的鱿鱼丸标价二十，他们也会毫不犹豫地掏钱买下。根据酷男的个人分析，他们的这种白痴行为很有可能就是所谓的“沿海旅游消费综合征”。

找了棵可以为自己遮阴的椰子树，酷男将烧烤架支了起来，带上手套，将木炭一把把地扔到了烧烤架的槽子里面，洒了点易燃的酒精，酷男将烧烤架中的木炭轻轻点燃，顺便，还偷偷地给自己上了一根刚刚在金海学院门口小卖部买的散装香烟。

“喂！喂！我看你还是个学生吧？”就在酷男将香烟放到嘴里的那一刻，一个短发的少女忽然出现在了他的面前。

“是又怎么样？”酷男斜着眼睛，酷酷地望着这位看上去非常秀气可爱的短发女孩。

“既然是学生还敢在光天化日之下抽烟！我看你是反了吧？”说时迟那时快，短发女孩右手在酷男的嘴边一晃，酷男嘴里的香烟不见了。

“喂！……你快还给我！那可是五毛钱一根的！”酷男好像有些急了，平时的酷男可不是这个样子的，遇事不慌也是酷男的特色之一，但是今天……

“给，这是一块钱，你不用找了。记住了！以后不要再抽烟了！你知道全世界每天有多少人死于这个东西吗？”说话间短发女孩一边将一枚一块钱的硬币递到酷男的手中，一边将另外一只手中的香烟捏碎了扔到一旁的废品回收桶中。

“有钱怎么了？那可是我的私人财物！你怎么可以随便扔掉！”酷男一边装做很拽的样子，一边又厚着脸皮将短发女孩递给自己的一元钱放进了口袋。

“怎么？你还想怎么样？我人就在这里，你K我啊?！”短发女孩仰天张开了双手。

“……靠！算我服了你！怎么样，小丫头，来块绿茶年糕吧，给你个优惠价。”

看来酷男也是一个识时务的小子。

“年糕还有绿茶口味的吗？我怎么不知道？”短发女孩好像也是一个好吃鬼。

“不信你闻闻，这可是我奶奶的拿手绝活，整个黄金海岸线独此一家！”酷男从食品袋中用竹签轻轻地挑起了一块放到了短发女孩的鼻子旁边。

短发女孩仔细看了看，然后又闭上眼睛狠狠地闻了闻：“哇！真的是绿茶味的！多少钱一块？”

“你……这里。”酷男忽然对着短发女孩指了指自己的嘴角。

“不好意思！不好意思！我每次看到好吃的东西都会这样。”说话间短发女孩用袖口擦了擦嘴角。

“怎么样？闻起来都这么香，要是吃起来……”酷男留给了短发女孩一些幻想的空间。

“快！快！多少钱一块？”短发女孩好像真的有些急了，从衣服口袋里掏出了一个小小的矿泉水瓶子喝了一口，狠狠地将自己的口水咽了下去。

“好吧，看你也是有缘人，算你便宜点，十块钱一块吧！”

大概三点零六秒之后，酷男的脸上已经沾满了从短发女孩嘴里喷出来的新鲜矿泉水。

“你！”酷男一脸的无奈。

“我什么我？这都是你自找的！烤年糕十块钱一块！你怎么不直接去抢！”短发女孩瞪了酷男一眼。

“你可以还价的嘛！干嘛喷我一脸的口水！真是恶心死了??！”酷男就差没吐了。

“好！可是你要我还价的，既然你漫天要价，我就地还价！一毛钱一块，你卖不卖？”短发女孩斜着眼睛望着天空问道。

“我看你是来找碴的吧！”酷男一边用自己的袖口擦拭着脸上充足的水分，一边恶狠狠地说道。

“哼！你不想卖我还不想买呢！懒得跟你这种学生中的瘾君子纠缠，我还要去找人！BYE BYE！”短发女孩嘴一撅，消失在了拥挤的游客人群之中。

酷男的奶奶预计得没错，整个海边集市家家都是卖海鲜烧烤的，就只有酷男这一家是卖烤年糕的，而且还是酷男奶奶亲手制作的绿茶味年糕，其中还加入了少许的杏仁和芝麻，想不火暴？那是不可能的。

天色刚见黄昏，酷男的年糕就已经卖得差不多了，数了数今天赚的钱，酷男笑了，这些钱交这个月的电费肯定是一点问题都没有，只怕连下个月的电费都够了。

海边的黄昏是金色的，太阳在火红的晚霞中呈现着最后的辉煌，海边的游客渐渐变得稀少，酷男看了看布满了波光的海平线，准备收摊子。

就在这个时候，短发女孩伴随着晚霞再次出现在了酷男的面前。

“怎么？看到我今天收获不小，准备来抢劫的？”酷男没好气地顶了一句。

短发女孩摇了摇脑袋，咬了咬嘴唇，没有说话。

咕噜，咕噜，短发女孩的肚子好像叫了两声。

听见声音，酷男看了看短发女孩，眼睛珠子转了转，随手拿了块绿茶年糕在短发女孩的眼前晃了晃，说道：“哎呀，这个烤年糕真的是皮脆馅黏，咬在嘴里这么一拉，我靠！绿茶的香味和年糕的嚼劲还有这杏仁和芝麻的点缀，我真的都没法想象这玩意儿我奶奶到底是怎么做出来的？”

咕噜，咕噜，咕噜，咕噜……短发女孩的肚子这回彻底被酷男给激活了。

“怎么？听你肚子的意思？……想吃啊？”酷男斜着眼睛坏坏地问道。

短发女孩鼓着嘴巴，没有做声。

“好吧，好吧，既然看到你这么想吃的样子，算你便宜点吧，卖给别人两块钱一块，卖给你就一块钱吧。”酷男的脸上做出了好像让了很大一步的样子。

“我……已经没钱了。”短发女孩低着脑袋鼓着嘴巴低声说了一句。

“来，老板，给我来两块烤年糕！”就在短发女孩一脸苦瓜相的同时，又有几个游客围到了酷男的烧烤架边。

酷男往自己的食品袋里看了看，绿茶年糕还剩下最后三块了。

“不好意思，年糕卖完了。”酷男摊了摊双手，说道。

“那里不是还有几块吗？是不是想要抬高价钱？给，这是一百块，你那最后的几块我全要了。”一位带墨镜的游客装酷。

“一百块不卖，最少两百。”酷男随口说道。

“OK！谁要本大爷今天心情好，两百就两百，给！”墨镜男毫不犹豫地掏出了两张崭新的百元大钞递到了酷男面前。

看着面前真真实实的两百块钱，酷男心里想到，你个凯子怎么不早点死来啊？偏偏这个时候！唉，看来我也是没命要这个钱了。

“对不起，我只收冥币。”酷男很拽地丢了一句。

“冥币！……你小子是想找死还是怎么的？”在朋友们面前墨镜男可不想丢面子。

“你现在只要可以给我冥币，而且还是两百的，我就卖给你。”酷男坚持。

“嘿！你小子真是……”跳了两跳，又蹦了两蹦，墨镜男卷起了自己的袖子，看样子他是想找酷男搏斗。

看着墨镜男一脸的轻浮表情，酷男没有说什么，而是静静地走到了距离自己大概三米左右的一个地方，捡起了地上的一颗青色的椰子，然后回到了自己的摊位前。

“你……你想干什么？”墨镜男吓得往后退了几步。

“没什么，只是想试一试这颗还没有成熟的椰果外壳硬不硬。”说话间酷男将青色的椰果放到了自己的双手之间，然后轻轻地一用力，坚硬的椰果竟然裂成了两半。

“怎么样，你想不想也试……”酷男抬头，发现刚刚那位充满了霸气的墨镜男已经化作了一阵青烟……

酷男的眼前现在只剩下了那位刚刚还凶凶的，但是现在却早已经饿得前胸贴后背的短发女孩。

咕噜，咕噜，咕噜……短发女孩的肚子继续地挣扎着。

“来吧，算你走运，今天这最后的三块年糕免费送给你了。”酷男酷酷地说道。

“你……为什么不将这最后的三块年糕卖给刚刚那个人，然后再用那两百块请我吃更好的东西？”短发女孩忽然问道。

“因为那样做意义就不一样了，我奶奶亲手做的东西可不是用钱就可以买得到的。”酷男做人也有他自己的原则。

“但是我还是会觉得你是一个白痴。”短发女孩说话就是这么直接。

“没有关系了，你又不是第一个认为我是白痴的人。”酷男这次竟然表现得很大度。

“对了，看你一个人傻傻地背着这么大的一个背包，是来旅游的？”酷男忽然对面前的这位短发女孩感到非常的好奇，这种好奇到底从何而来？酷男自己也不太清楚。

“不是的，我是来找人的。”

IS THAT YOU, MY LOVE 亲爱的,是你吗

NO.5

“找谁? 快说来听听!”酷男一脸三八的样子。

咕噜,咕噜,咕噜……

“拜托! 麻烦你先将年糕上架行不行! 火都快要熄灭了!”短发女孩的口水已经流到了地上。

“冷静! 冷静! ……我这就帮你烤! ……真是的,比付了钱的还凶!”酷男歪了歪嘴巴。

“快! 快! 快! ……”短发女孩已经开始围绕着酷男的烧烤架不停地旋转起来,看来她真的是饿急了。

“STOP! ……你再这么转下去我可就要晕死了!”酷男已经被短发女孩转得两腿发软。

“我……我停不下来了! 你烤你的! 不要管我!”短发女孩越转越快。

“你是不是饿疯了?”酷男白了短发女孩一眼,自行开始烤起了年糕。

其实年糕的烹饪方法何止百种,煎、炸、煮、炖、炒、腌、捞、烩、爆、蒸、淋、焖、熬……只要是你可以想到的烹饪方法几乎都可以用在可怜的年糕身上,但是这些方法之中最最让人难忘，也是最最可以体现出年糕特性的方法便是——烤！

烤年糕一定要用小火，当年糕的两面刚刚金黄的时候记得一定要在年糕的表层涂上一层薄薄的糖衣，这样当年糕烤得滋滋响时，年糕的香味就会伴随着糖衣的甜味对你的整个味觉系统进行一次猛烈的引诱。

我想，年糕烤熟了之后的那种特有的脆里带黏的筋道和几乎可以绕梁三日的香味，是人都会禁不住诱惑的，更何况是那种已经快要饿得疯掉了的小女生。

"可以吃了吧？"短发女孩的眼珠子就差没有直接掉出来了。

"还有一分钟就好了，别急。"酷男装老成，要不是刚刚他自己偷偷地吃掉了整整十块烤年糕，现在的他还不是和短发女孩一样的急。

"还要一分钟?！你是不是在耍我！"短发女孩的眼睛一直都没有离开过烧烤架上正在滋滋作响的绿茶年糕。

"麻烦你稍微站开一点，你的口水会直接影响到这次烤年糕的口感的。"酷男将自己的右手对着短发女孩挥了挥。

"我……"短发女孩将自己的口水吸了回去。

"怎么样？想吃吧？……想吃你就直接告诉我，你是不是真的想吃？如果你是真的想吃就直接跟我说你真的想吃，如果你是真的不想吃也可以直接告诉我你是真的不想吃，怎么样？你到底想不想吃？"酷男想把短发女孩给活活气死。

"你……你是不是想死！哪来那么多的废话！闭嘴！快烤！"短发女孩已经开始对着年糕摩拳擦掌了。

"好！现在倒计时开始，还有最后的三十秒钟！二十九，二十八，二十七，二十六，二十五……"酷男分明是在想方设法地折磨短发女孩。

"嗯？这些人都到哪里去?"就在酷男倒数到十八的时候，他忽然发现自己前后左右的游客以及商贩们都向着大海的方向拥了过去。

"红潮出现了！"

"走，过去瞧瞧！"

"这真是百年难得一见的奇观！"

"听说红潮出现的时候只要对着大海许愿，你的愿望就可以实现！"

"对！我也听说过，而且好像还很灵验！"

"上次红潮出现的时候还是我爷爷的爷爷的爷爷的爷爷看到的！"

"听说红潮只会出现十几分钟,而且一过就是百年之后的事情了!"

"真是不可思议!太神奇了!"

"喂!……老公!你赶快赶到海边集市来,红潮出现了!……你赶快过来许愿!听说百许百灵!……对,就是那个传说中的红潮!"

"快跑!去晚了,等到太阳完全落下去之后就什么都看不到了!"

……

酷男以及短发女孩的四周传来了各种各样的议论声。

"喂!等等!"短发女孩忽然拉住了一个刚刚经过她身边的渔夫。

"干什么?"渔夫作自我保护状。

"是不是真的对着红潮许愿,愿望就可以实现?"短发女孩问道。

"当然是了!老夫我纵横大海几十年,这红潮以前也只是听老人说过,今日得以相见也算是不枉此生啊!"渔夫摸了摸自己花白的胡须说道。

"是不是红潮每次只会出现很短的时间?我来不来得及吃完这三块烤年糕?"短发女孩指了指已经完全烤好了的绿茶年糕问道。

"还有时间吃烤年糕?!老夫我连放个屁的时间都没有!麻烦你松手!这次错过了许愿的时间我只怕要等到下辈子了!"在渔夫的不停挣扎下,短发女孩终于放开了双手。

放走老渔夫,短发女孩看了看已经完全烤好了的绿茶年糕,然后又看了看从四面八方拥向海边的人群,忽然咬了咬牙跺了跺脚。

"唉!……看来我和这三块年糕实在是没有缘分!"短发女孩恨恨地说道。

"喂!你这是什么话?那种迷信的传说你也信?我烤的年糕这么的松脆,你又是如此的饥饿,你看,口水又流出来了不是?……你自己闻闻,多香!"酷男索性将烤好的年糕端到了短发女孩的鼻子旁边。

"香!……我承认!这三块烤年糕的确是很香!但是我还有更重要的事情要做!"看样子短发女孩已经做出了自己的选择。

"喂!你身上又没有钱,如果不吃掉这三块香喷喷的烤年糕,毫不夸张地说你今天晚上可能会饿死的!!!"酷男好像是在威胁短发女孩。

"我……"忽然,短发女孩看着酷男放到自己鼻子旁边已经被烤得晶莹剔透香飘万里的绿茶年糕,悲伤地闭上了双眼:"对不起了!我要找的人比我的小命还重要!BYE BYE了!年糕大叔,我们来世有缘再见!"说完,短发女孩急速地消失在了不停拥向海边的人流之中。

“喂，你！……”酷男看着短发女孩离去的背影无奈地摇了摇头，“真是白痴！有什么东西比自己的生命还重要的……唉，名字也忘记问了，也不知道以后还见不见得到她？”

大海的神秘与无常有的时候就如同少女一般的令人着迷，她有的时候看似很平静，平静到你几乎不忍去打扰她；她有的时候却又很狂放，狂放到几乎可以吞没这世间的一切；她有的时候又很单纯，单纯到几乎被你一碰就会碎；她有的时候又会变得深不见底，深到你想尽一切办法也看不到她的内心世界。就是这样一个奇怪的地方，有的时候被我们称之为母亲，有的时候又会被我们称之为恶魔，但是不管怎么说，大海的吸引力以及她身上的那种特有的原始的无邪，无时无刻不在诱惑着这世上所有的生灵，她的美，的确是无私的。

距离太阳彻底沉入海底的时间不多了，天与海的尽头，原本波光粼粼的海平面此刻已经完全化为了玫瑰红。这真的是一种玫瑰的红色，要不是亲眼所见，谁也不会相信海平面竟然会呈现出这般的颜色。

“妈妈，妈妈，我听老师说红潮又叫做赤潮，其实是一种海洋污染，是不是真的？”

“对啊，老师没有骗你，但是你现在看到的这种玫瑰色的红潮可不是什么海洋污染。我也是听爷爷说的，这种玫瑰色的红潮一两百年才会出现一次，具体的形成原因至今还没有人可以解释，但是传说只要看到了这种玫瑰色的红潮立即许愿的话，愿望就可以成真。”

“真的吗？那我一定要许愿隔壁班小胖猪上次借我的铅笔明天可以还给我。”

“乖，妈妈相信你许的愿一定可以实现的。”

“妈妈！妈妈！你也赶紧许愿吧！”

“好，妈妈就许愿你在远洋货轮上工作的爸爸可以早日平平安安地回到我们的身边。”

其实，一个人从小到大许过的愿望何止千百，地球上只要是有希望的地方，就会有人许愿。有的人希望自己可以丰衣足食，有的人希望自己可以身体健康，有的人希望自己可以家财万贯，还有的人希望自己所爱的人可以幸福安康，甚至还有一些人仅仅是希望自己可以吃上一顿饱饭。人类的愿望绝对是无穷无尽的，这些愿望里面有贪婪、有企盼、有善良、有幻想，也正是因为这些愿望，人类才得以世代相传，生生不息地繁衍下来。

短发女孩在人群中挤了很久，终于，她还是来到了人群的最前面。虽然她的双脚早已步入了海水与沙砾之中，但是她的心情却是非常愉快的，因为至少自己还有一个可以许愿的机会。

“哇！真的是玫瑰色的海面！”刚刚挤到人前的短发女孩也不禁为大海的神奇所折服。

“是谁？是谁踩到我了？……你是……你是黎晓怡?!”短发女孩的身边忽然有人怪叫了一声。

短发女孩听到有人叫出了自己的名字，不禁侧过脑袋瞅了瞅，她看到了一个人，一个可以用自己的头皮屑跳舞的人，这个人的名字就是——王小凌。

“不是吧？又是你！你是不是跟踪我？”黎晓怡将自己的右脚从王小凌的左脚上挪开了。

“我？……没有！没有！我们的相遇绝对是缘分的撮合！”王小凌厚颜无耻

地说道。

“哦！我知道了，你一定是家里没钱洗头，想到海水里面去漂一漂，对不对？”黎晓怡微微皱了皱眉头。

“喂！麻烦你说话可不可以客气一点？踩了我的脚还这么凶！”说话间王小凌不由自主地将自己的“秀发”又甩了甩，大概半秒钟过后，王小凌周围拥挤的人群自动地让出了一个半径为一点三米的空地，整个海滩变成了白色。

“早知道你这么能够占位子我就不用这么辛苦地挤进来了。”一点三米外的黎晓怡紧紧捏着自己的鼻子说道。

“不好！……快！……太阳快下山了！再不许愿就来不及了！”王小凌忽然惊呼了一声。

王小凌说得没错，海天尽头的太阳在不知不觉中只剩下了四分之一个脑袋，估计再过不到十分钟，太阳的光辉将会完全地淹没在夜色之中。海平面上的玫瑰红，越来越模糊。

NO.7

张心蓝见到过许多许愿的人，而且大多数都是在为张心蓝许愿，因为近半年来，张心蓝在娱乐圈实在是红得有些发紫，不论他走到哪里，那里必定就会出现一定程度的交通堵塞。

张心蓝是为了逃避疯狂追逐他的FANS才乔装打扮来到海边的。刚刚开始，他也只是为了找个没有人的角落好好地清静一下，谁知道他原本以为应该绝对清静的海边，竟然因为红潮的出现而瞬间布满了围观的人群，不过还好，到现在为止还没有一个人认出他来。看来他那顶已经将他大半张脸遮盖起来的大帽子并没有浪费他刚刚花掉的那五百块钱。

看到黎晓怡许愿的样子，张心蓝笑了。他终于知道了，原来以前FANS当着自己的面为自己许愿是一件多么虚假多么可笑的事情，自己当时还是那样的开心，而且竟然是真诚的开心。想到这里，张心蓝觉得自己像是一只被人供养的梅花猪。

一个人许愿的时候怎么可以这样的美丽？她几乎已经让太阳的光芒完全失去，微风轻抚着她的秀发，海浪拍打着她的裙摆。她的手指轻柔地交握在一起，双眸紧闭，任凭海风轻轻吹拂着她那坚挺而又修长的睫毛。她的额头低垂，夕阳淡淡地抛洒在她几乎完美的面颊之上，她的周身好像散发着一种似有似无的光芒。正是这种光芒，将她与众人完全地分割开来，在她的面前，一切一切的许愿者都显得那么的无知、那么的自私、那么的愚蠢。

不自觉地，张心蓝竟似看得有些痴了。

太阳的光芒不知道什么时候已经完全地淡去，海边的路灯亮了起来，大海中的红潮已经伴随着太阳光芒的消失而完全地没去，人们的诚心也随之散去。

“大哥哥，给你纸巾。”

张心蓝感觉自己的小腿被人轻轻摇了摇。

张心蓝低头，看到了一个小男孩。

“啥事？”张心蓝丢了一句。

“大哥哥，你的嘴巴流口水了。”小男孩傻笑着将小手中的纸巾高高地举起。

“哦……哦！谢谢……需要我的签名吗？”张心蓝接过纸巾，自我陶醉地问道。

“不用了，叔叔，我还要去拉屎。”

“……”

当酷男将烧烤摊完全收拾好的时候，海边观潮的人群已经差不多完全散去。

看了看今天的总收入，又看了看周围熙熙攘攘的人群，酷男警惕地将装钱的口袋放入了自己的内裤荷包。

人群散得很快，不久，海边又恢复了她本就该拥有的宁静。

“不要跟着我！”黎晓怡很烦的样子。

“我没跟着你啊，我家就住那边。”王小凌指了指前方。

“这么老套的招数还用，你想死啊！”黎晓怡抬起了右手。

“谁老套了？还有几米就到了！”王小凌的左手指向了前方一座看上去非常豪华的欧式建筑。

顺着王小凌手指的方向看了看，黎晓怡狠狠地撇了撇嘴：“我就知道你一定是某个大户人家的用人或者是厨子，要不然你怎么可能穷到连个洗脑袋的钱都没有呢？”

“我其实是这户的……”

“好啦，什么都不要说了！你的难处我一看都知道，给，这是我最后的两毛钱了，你都拿去吧，好歹相识一场，我也不可能看着你被自己脑袋上的跳蚤给吃了！”黎晓怡眯着大大的眼睛说道。

“我其实……”

“好了！好了！我都知道，你一定要说你家是某某大户人家，然后你就是大户人家的公子哥对不对？OK，你现在说什么我都信，可以了吧？我们的缘分就此告一段落，麻烦你以后不要再来烦我了，BYE BYE！”黎晓怡竖起中指对着王小凌鞠了一躬，然后转身撒腿就跑。

“喂！其实那栋大房子……旁边的小房子才是我家的！”

Is That You, My Love

亲爱的,是你吗

NO.8

黎晓怡跑得很快,因为据她个人分析那个满头“樱花”的王小凌一定是看上自己了，而且还根据她的个人分析那个王小凌一定是个变态，然后再根据她的个人分析，那个王小凌一定是想把自己骗到他家之后逼自己吃青椒！对,没错！所有变态的人都会逼别人吃青椒！王小凌一定也不例外！想到这里,黎晓怡跑得更快了……

每个人都希望自己奔跑的速度可以超过刘翔,但是很可惜,黎晓怡就算吃饱了也达不到刘翔一半的速度,更何况她现在肚子发出的声响几乎已经超过了她的脚步声。渐渐地,黎晓怡的奔跑不知道什么时候已经变成了爬行。

跑着跑着,爬着爬着,黎晓怡已经开始出现了轻微头昏眼花的迹象。她现在又想，如果王小凌真的是把自己骗到他家去吃青椒，然后再加上几碟小菜和一碗白白的米饭，兴许自己也可以接受，而且现在的这种状况，哪怕就是自己最最讨厌的青椒，自己也许都可以勉强闭着眼睛吃下去。

咕噜！咕噜！咕噜！……捂着瘪瘪的肚子，黎晓怡硬撑着坐到了路边的一条小小的木凳上，她的对面是大海，她的身后是小山，风景倒是不错，就是这肚子……

黎晓怡的屁股都还没有坐热，一个用大帽子压着半边大脸的人忽然坐到了她的身边，一股刺鼻的香水味扑鼻而来。黎晓怡闻得出来，这家伙用的是男士香水，而且香水一定还不便宜，但是此情此景，黎晓怡却有一种想吐的感觉。

"同学，一个人？"大帽子故作潇洒地问道。

黎晓怡一只手捂着肚子，一只手捂着鼻子，没有做声。

"小生名叫张心蓝，不知道小生有没有荣幸请同学你吃个晚餐？"大帽子迫不及待地报出了自己的名号，看样子他好像生怕黎晓怡不知道自己是谁。

晚餐!!! 这两个字犹如晴天霹雳般地射进了黎晓怡的大脑之中。

"快！快！……晚餐！晚餐！GO！GO！……"黎晓怡一把抓住了张心蓝的右手大声地叫道。

"这位同学，见到偶像也不用如此的紧张嘛，慢慢来，慢慢来。"自我陶醉是张心蓝除唱歌之外的另外一个绝技。

"偶像……是的!!! 只要是现在可以请我吃饭的人都是我的偶像！快！快！GO！GO！"黎晓怡一跃而起，开始围着张心蓝以光速旋转了起来。

"好吧，想不到你也是我疯狂的FANS之一。走吧，看在你这么崇拜我的份上，我今天就破例请自己的FANS吃个鬼子拉面吧。"张心蓝很潇洒地站了起来，虽然，他的屁股上已经粘满了落叶。

"快！快！GO！GO！"黎晓怡早已饿得说不出其他的话语。

"别急，待我梳个头便去。"说话间张心蓝竟然真的从自己的内衣口袋里掏出一把梳子，作为一个偶像，张心蓝的确是做到了时刻准备着。不过只是可惜，他今天遇到的偏偏是一个……"疯子"。

"喂！喂！……我都说了别急！浪漫最重要！我的头都还没有梳！……喂！喂！手要断了！……错了！错了！拉面馆在那边！"

酷男的奶奶今天要去见一个人，她给酷男留下了一张纸条，纸条上只有六个字：晚饭自行解决。

看着这张纸条酷男寻思了很久，酷男实在是想不出来奶奶会去和谁见面，因为这座美丽的海滨城市里并没有自己的什么亲戚朋友，更何况奶奶也并不是一个善于交际的人，再加上奶奶对自己的关心绝对超过了任何的事务。但是今天，这也是酷男人生中第一次看到奶奶要自己自行解决晚饭，到底是怎么样的一个人可以让奶奶丢下手边的一切迫不及待地去见上一面呢？

酷男看着这张奇怪的纸条站得腿都麻了，还是想不出来。

夜，华灯初上，海风轻扬。这座城市的妖娆与迷幻毫无保留地浮现出来，只是在那城市的深处，总有些人，总有些事，思念依旧。

这座小木屋位于海洋馆左边的食街，木屋很旧，而且招牌上也只是简简单单地写着一个“茶”字，和食街其他的门面比起来，它简直就是隐形的。

如果你是一个外地路经此地的游客，看到了这座小木屋，你会认为自己的眼睛产生了幻觉，因为眼前的这种小木屋绝对不应该出现在这样一个繁华的地方。按照人们的常识来说它应该出现在某个很隐秘的地方，比如说山峦之间，比如说孤岛之上，还比如说某个历史博物馆之中。

木屋的里面，比外面看起来还要年代久远，踏入其中，你仿佛瞬间置身于20世纪40年代，木屋中一切的一切，仿佛都是为了与世隔绝而竖立在那里。

炉子上有壶，壶很旧，壶里有水，水很新，水还未开，世已流年。

木屋的角落之中有两位老人正在品茶。方桌，圆凳。

“想不到这里的茶水还是五毛钱一壶。”酷男的奶奶好像是在追忆着什么。

“这家店的主人本就不是为了赚钱。”对面的老者笑道。

“十八年了，这壶中的茶水味道依然香甜。”酷男的奶奶微微闭着眼睛说道。

“这家店的主人只会用清晨的朝露沏茶。”老者停顿了一下，接着问道，“你知道这一壶龙井需要多少滴露水吗？”

“壶不大，正好需要九百九十九滴，一滴不多，一滴不少。”酷男的奶奶回答得很肯定。

“这么难沏的茶水他竟然只卖五毛钱一壶。”酷男的奶奶接着说道。

“我早已说过了，这家店的主人本就不是为了赚钱。”

“那是为了什么？”

“他在等一个人。”

“什么人？”

“一个懂得品茶的人。”

“人在哪里？”

“就在他的面前。”

酷男的奶奶笑了，这么多年来她的笑容依然还是那么的纯真，那么的风华绝代，对面的老者竟似看得痴了。

只是人,已老。

什么是美丽?什么是漂亮?什么是风华?什么是绝代?一抹夕阳就是美丽,一片落叶就是漂亮,一个转身就是风华,一个微笑就是绝代。人已老,但是这些,早已拥有。

"你家的孙子今年也应该十八了吧?"老者追问了一句。

"比你家孙女正好大一岁。"

"你应该还记得我们年轻时的约定。"

"太久了,记不太清楚了。"酷男的奶奶摇了摇头,说道。

"如果你不记得,今天又怎么会来?"老者反问了一句。

"这么多年了,你还是那么的臭屁。"

"这可不像一个老人应该说的话。"

"老人应该说什么?"酷男的奶奶问道。

"算了,现在大家都老了,我们说什么就是什么了。"老者拂了拂袖,笑道。

"听说你家的孙女现在很红?"

"拍了几部电影,出了几张唱片,骗骗小孩子而已。"老者摇了摇头,一脸无所谓的样子。

"我家孙子可就没她有本事了,你还是让她去找个更好的吧。"酷男的奶奶品了口茶,茶很浓,仿佛思念。

"其实,我也是这么想的,但是我家孙女竟然指名非酷男不嫁,我有什么办法?"

"为什么?你把那丫头给催眠了?"酷男的奶奶笑着问道。

"你应该记得酷男上幼儿园的时候曾经向另外班上的两个小女孩示过爱。"

"小屁孩懂什么?过家家你也当真,我看你真的是老糊涂了。"

"我当然没当真,但是那两个小女孩全都当真了,其中的一个,就是我家孙女。我想,这也许就是缘分。"

"什么缘分不缘分的,现在的小女孩头脑怎么都这么的简单?"

"我们那个时候不是更简单?"老者追了一句。

酷男的奶奶笑了笑,没有做声。

金淑媛今年正好十七岁,正如她爷爷所说的,她拍过几部电影,出过几张唱片,而且她的手中还有这座海滨城市最繁华的街道中的几间店铺。可以这样说,现在的金淑媛，想要什么，没有得不到的。一个小女孩这么的顺风顺水也直接导致了一个结果，那就是金淑媛的任性绝对超出了常人的想象。

金淑媛的第一部电影和第一张唱片都是在她十四岁那年推出的，金淑媛没有任何的社会关系，她真的是靠自己的本事和天赋上位的。所以一直以来她都对自己非常的有自信，不管任何事情，金淑媛只要觉得自己可以完成，她一定想都不想就会去做。不过在金淑媛的名气和财富的环绕之下，还真的没有一件事情可以让她烦恼超过三分钟的。从小到大，金淑媛只会听一个人的教导，那个人就是她的爷爷。

金淑媛的爷爷当然也姓金，全名叫做金忠恒。金忠恒是一个很有生意头脑的人，他年轻的时候是酷男奶奶的同学（在这里我要注明一下，酷男奶奶的全名叫做沈素芳，这是一个非常具有中国传统特色美的名字）。金忠恒曾经非常的喜欢沈素芳，沈素芳那个时候其实也对金忠恒有些兴趣，只是当时的人不像现在，三言两语就上了床。当时人与人之间的感情都是非常含蓄的，绝对没有谁会对谁直截了当地表示爱意，通常的情况都会试探上个好几年再说，就是因为这种试探实在是太耽误时间了，以至于后来金忠恒被迫下放的时候都没来得及和沈素芳互通爱意。金忠恒原本也打算回来之后再与沈素芳再续前缘，但是谁知道，他这一走，就是十年。

金忠恒下放回来之后直接就继承了家里的几间大房子，这些房子正好全是一楼临街的，因为房子的周围全都是菜地和泥巴路，所以当时的金忠恒想要将这些房子低价转手卖出去竟然都没人要。但是谁都没有想到过中国改革开放之后金忠恒继承的那些大房子的门口竟然修起了一条步行街，从此以后，金家的收入都是拿筐来装的，不过富裕了之后的金忠恒对沈素芳的思念反倒是更深了。虽然那个时候的他们都已经有了家室，但是金忠恒还是会偷偷地跑去见沈素芳，不过还好沈素芳绝对属于那种非常专一但却又非常念旧的中国传统女性，对于金忠恒一些异想天开的念头，沈素芳每次都坚决地、毫不犹豫地一一拒绝了。最后没有办法，金忠恒只好指着沈素芳的儿子，也就是酷男的爸爸咆哮道："以后如果他生出来的后代是男的，我儿子生出来的是女的，一定要逼他们成亲；如果两边的都是同性，就逼他们搞同性恋（这句是我自己编的）！"沈素芳当时一听真的慌了，连夜就携带家眷开溜了。

不过，当很多年之后沈素芳的孙子（也就是酷男）出世的时候，沈素芳还是很不幸地接到了一份金忠恒亲自给她送来的指腹为婚的协议书。第二天，沈素芳毫不犹豫地报了警。很不幸，证据不足，不予抓捕，没有办法，在金忠恒一再的死皮赖脸之下，沈素芳也是为了孙子的安全，当时也不得不答应了金忠恒的无理要求。但是同样的，沈素芳也提出了她自己的条件，那就是十八年之内金忠恒不得再靠近自己半径三公里的范围之内，否则，自己便会以死相拼。金忠恒知道沈素芳的个性，没有办法，当时他也是拍着胸脯答应的，不过两年之后，金忠恒还是将自己的孙女送到了和酷男同一家幼儿园，而且还让自己无知的孙女引诱酷男玩过家家，并且他还非常郑重地告诉自己的孙女，酷男以后就是她老公了。一个幼儿园的小孩多单纯啊！硬是被金忠恒说得信了，以至于就连她成名之后都还坚信爷爷当年跟自己说的话是真的。

酷男，也就是那个傻头傻脑的笨蛋，就是自己未来的老公，整整十七年，金淑媛坚信不移。

IS THAT YOU, MY LOVE

亲爱的,是你吗

NO.10

这座海滨城市有许多餐厅都是露天的,听着海浪的声音,看着穿行于海浪与都市之间的老式马车,品尝着那些只有在海边才可以吃到的地道海鲜,感受着海滨居民独享的浪漫情怀,来上一次假期,品上一杯美酒,一身的尘埃,全部落下。

这家拉面馆没有人分得出它到底属于室内还是室外,因为根本就没有人找得出这家拉面馆室内与室外的分界线。你要说它属于室内的,它明明还有一半坐落在海滩之上,你要说它是室外的,却又有顶有屋,不过它的生意,可当真是好得不得了。

"老板!再来三碗!!!"黎晓怡的周围,已经布满了围观的人群,这些人并不是张心蓝的FANS,他们只不过是一群好奇的无知市民罢了,因为他们从来都没有见过有人可以这样轻松地吃下六碗拉面之后再毫不犹豫地点上三碗。

"你！"一旁的张心蓝早已无语。

"嗯……嗯……差不多了，差不多了。"九碗拉面下肚，黎晓怡竟然只是差不多了！

"你到底是不是人？"张心蓝的这个问题令当时每个在场的人都感到好奇。

"嗯！这里的拉面味道着实不错，我以后会尽力地帮助他们宣传的。"吃饱喝足，黎晓怡将嘴巴一抹，准备闪人。

"吃完了就走？"张心蓝压低了帽檐问道。

"不走干什么？我还要去找人！……对了，既然大家这么喜欢围观，不知道大家认不认识一个叫做Q男的人？这是他小时候的照片，虽然没有穿裤子，但是我估计他现在的样子应该没变多少。"黎晓怡刚刚一问完，除了张心蓝，好奇的人群全部散去。

"喂！你们！……有没有搞错？有好看的就凑热闹，一看到需要帮助的人就全部隐形！这是什么世道！"黎晓怡撇了撇嘴，坐下打开了自己的背包。

"你应该知道我是谁吧？"张心蓝将自己的大脸凑到了黎晓怡的边上。

"一碗八块，九碗就是二十块……给，这是我欠你二十块的欠条！以后等我有能力了，再分期付款地还给你。"说话间黎晓怡写了一张欠条递到了张心蓝的手中。

"一碗八块，九碗二十块？你到底是怎么算的？"张心蓝觉得脑袋里一片混乱。

"哦，算错了，算错了，应该是二十六块，不好意思，我改改。"说话间黎晓怡又递了一张新的纸条到张心蓝的手中。

"二十六？……算了，算了，我都说了是请你吃的。"张心蓝装大方。

"不行！我妈妈告诉过我的，一定不可以白白地占人家的便宜！"黎晓怡好像说得很认真。

"你难道真的不知道我是谁???"张心蓝有意将自己的帽子往上拉了一点，好让黎晓怡看清楚自己的脸。

"你是……哦！我想起来了！"黎晓怡好像恍然大悟。

"知道了就好！"张心蓝一脸的轻浮。

"你不就是我小时候隔壁挑大便的那位大叔吗？"

黎晓怡一语既出，张心蓝当场倒地抽筋了大概三十秒钟之后又勉强地爬了起来。

"我……我是现在当红的偶像，你认不出来吗？"硬撑着爬上桌面的张心蓝愤愤地说道。

"偶像？……对，对，我刚刚也说过，只要是请我吃晚饭的人都是我的偶像！"

黎晓怡认真地点了点头说道。

“不是这个，我是张心蓝，张心蓝你总该知道吧？”张心蓝生怕黎晓怡认不出自己。

“张心蓝？……”黎晓怡微微皱了皱眉头，咬了咬小指头，无奈地说道，“对不起，我还是想不起来。”

“靠！……你平时都不看报刊杂志的吗？我这么有名竟然还有人不认识我！”张心蓝的眉头比黎晓怡皱得更紧，“这样吧，我小声地给你唱一段我专辑的主打歌曲，你应该就会记起我是谁了！除非……你不是地球人！”

“唱吧，唱吧。”黎晓怡挥了挥手，好像非常无奈地表示答应。

“我这就唱了，你可听好了……看那蓝色的星星正在闪耀，我的心，我的心，也如同这星星般迷茫……”

“星星有蓝色的吗？”黎晓怡抬头看了看，张心蓝再次跌到桌子之下。

“……我并不是要你听星星是不是蓝色的！我是要你听我这首歌曲的曲调！”张心蓝快要疯掉了。

“曲调？……你这首歌哪来的曲调？要不是你当着我的面唱，我还以为是哪里的野狗在汪汪叫呢。”黎晓怡实话实说。

“你！……我！……我那些歌坛大奖是白拿的吗！！！”张心蓝抓耳挠腮，其实张心蓝自己心里也清楚，自己每次在公开场合演唱的时候都是调音师将他的音调用电脑进行了再处理的，有的时候他自己在家清唱，自己也会吐。

“你想听我唱一段吗？”黎晓怡忽然问道。

“你也会唱歌？”张心蓝以为全世界只有他一个人会“唱歌”。

“这首歌是我妈妈小时候教给我的，虽然今天吃拉面的费用我会还给你的，但是为了对你表示感谢，我还是为你唱一段吧。”黎晓怡清了清嗓子。

“跟我比唱歌，那岂不是找……”

“……星空下，怀抱中，小小的女孩正在进入梦想，慢慢地，慢慢地，不要急，不要急，小小女孩也有自己的美丽梦想，梦想很小，真的很小，但是很真，真的很真……”

黎晓怡刚刚唱了还不到两句，张心蓝的下巴就已经脱了臼。张心蓝听过很多的人唱歌，其中还包括许多的天皇巨星，但是他从来都没有听见过这样的声音，这是一种发自于内心深处的声音，这是一种与世无争的声音，这种声音让张心蓝想起了自己的小时候。就是这样的，暖暖地，静静地，待在母亲的怀中，听着母亲唱歌，然后慢慢地，慢慢地，进入自己的美丽梦想，梦想真的很小，但是真的很真，真的就好像母亲的低吟。

“你……”张心蓝抹了抹眼角几乎快要泛出的泪花，“你有没有兴趣加入娱乐界？”

“鱼乐界？什么东东？”黎晓怡问了一句。

“就是可以帮助你赚到很多很多钱的东西，就比如说你刚刚唱的那首歌吧，如果我帮你包装，你就在台上站上那么一下，然后随便地将这首歌曲唱出来，十几万就轻易地进入了你自己的荷包。请你相信我，你比那些所谓的天皇巨星唱得好多了！”张心蓝好像发现了一座金矿。

“为什么要用我唱的歌赚那么多的钱？这首歌可是我妈妈唱给我听的，不可以用来赚钱的。”黎晓怡好像说得很认真。

“有没有搞错？现在是什么世界？有什么东西比现金来得直接？这么好赚的钱很多人都抢着赚呢！”张心蓝说的是实话。

“赚那么多的钱干什么？”黎晓怡问了一句。

“你到底是不是地球人？赚到很多很多的钱，你就可以吃最好的，穿最好的，然后让所有人都崇拜你、尊重你，然后你再利用他们的崇拜和尊重骗光他们所有的收入，到时候你就是这个世界上最大牌的人了！”张心蓝说得脸上直发光。

“为什么要让别人崇拜我？为什么要骗光别人的钱？”黎晓怡又问了一句。

“靠！……你是不是哪根筋不对？有人崇拜你就可以到处白吃白喝，比如说这一顿了，如果你是一个普通人，老板肯定会要你买单，但是你如果是名人，也就是我这样的，老板就会完全地免费，算不准还会白送你十几碗拉面让你带回家慢慢地吃。”

“真的是这样的吗？”黎晓怡好像对张心蓝所说的十几碗拉面有点兴趣。

“你不信？好的，我现在就表演给你看！”说话间张心蓝的右手举了起来，不一会儿，服务员就跑到了他的身边。

“先生，什么事？”服务员问道。

“把你们的老板叫过来。”张心蓝压低了帽子说道。

“……请问您找我们老板有何贵干？”服务员接着问道。

“你就跟他说我是张心蓝，他知道的。”张心蓝好像很拽地说道。

“好的，请稍候。”说完，服务员进入了里屋。

一分钟过后，服务员从里屋走了出来。

“怎么样？你们老板呢？”看到服务员，张心蓝淡淡地问道。

“我们老板让我问您，张心蓝是谁？”

“……”张心蓝的面子这下可丢大了，“你再去问问你们老板，今年最有名的那部电影《田鸡青春》他看过没有？”

又是一分钟之后，服务员再次回到了张心蓝的身边。

“对不起，这位先生，我们老板说他从来都不看电影。”服务员实话实说。

“不看电影！……那总有耳朵的吧？你再去问问他听过今年最流行的那首畅销单曲也就是《田鸡青春》的主题歌《田野蛤蟆叫》没有？快去快回！”

服务员暗自跺了跺脚，去向了里屋。

还是一分钟过后，服务员神色黯然地再次回到了张心蓝的身边。

“这位先生，我们老板说他从来不听蛤蟆唱歌，另外他还说……”服务员好像有些欲言又止。

“他还说什么？”张心蓝愤愤地追问到。

“他还说……如果您想飞单他就找人扁您。”

“靠！……他是不是想死?!!!”

三十秒过后，张心蓝买单离去。

IS THAT YOU, MY LOVE

亲爱的，是你吗

NO.11

一路上黎晓怡都在对着张心蓝大笑不止，虽然黎晓怡一再地表示自己笑的是天上飞过的一只猪，但是张心蓝的脸还是红到了脖子根。

“喂！不可以再笑了！怎么这里的人都这么没见识？”张心蓝无奈地摇了摇脑袋。

“是不是非要认识你才算得上有见识？”黎晓怡捂着嘴巴问道。

“唉，看来回去之后非得要公司在这里加大宣传力度才行！”张心蓝摸着自己的下巴说道。

“好了，我也陪了你这么久，我要走了，谢谢你的晚餐，那张欠条你可收好了，到时候我会还钱给你的，BYE BYE，我赶时间！”说完，黎晓怡竟然真的转身准备跑。

“喂！有什么事情这么急的？非得现在去做吗？”张心蓝跃到了黎晓怡的身前问道。

“我的时间不多了，我一定要找到他才行！”黎晓怡看了看天空说道。

“你找的那个Q男，真的有这样的一

个人吗？”张心蓝好奇地问道。

“当然有了！你当我白痴啊！”黎晓怡白了张心蓝一眼。

“你到底找他做什么???”

“等我找到他了就要他履行曾经和我的约定，然后我再非常幸福地和他完婚！”黎晓怡握着自己小小的拳头说道。

“你要和他结婚？他不会已经把你……”张心蓝幻想道。

“喂！怎么说话的你？我看你是欠推吧！”黎晓怡只是那么轻轻地一推，张心蓝便绕地球转了三圈然后又狗啃屎般地摔到了黎晓怡的面前，看来九碗拉面的能量的确不是盖的！

“看来人类设计飞机还是有道理的，总比裸体飞行要好些！……你为什么一定要嫁给他？”张心蓝拍了拍身上刚刚从美国带回的尘土，然后勉强地站立了起来。

“因为他是第一个说要娶我的人！”黎晓怡的脸上布满了幸福。

“他什么时候说要娶你的？现在的骗子可多了！”张心蓝在屁股上找到了一片来自亚马孙的树叶。

“就是这个时候！”说话间黎晓怡将那张Q男穿开裆裤的照片拿到了张心蓝的面前。

“……”看到照片，张心蓝已经开始怀疑黎晓怡的大脑是不是有毛病。

“五加六等于多少？”张心蓝试探地问上了一句。

“你是不是想再去环球旅行？”黎晓怡双手叉着腰威胁道，“你是不是觉得我精神上有毛病？我跟你说，对于一个女孩子来说第一个有勇气说要娶她的人是最最重要的！”

“如果我现在说要娶你，你嫁不嫁？”张心蓝的眼神好像还有那么几分的认真。

“那我只能说你有毛病！”黎晓怡白了张心蓝一眼。

“唉……也不知道哪个傻小子能够有这种福气？我看今天时间也不早了，要不要到我下榻的酒店住上一夜，明天再慢慢地找？”张心蓝摆了一个POSE。

“好啊！狐狸终于还是露出尾巴来了！我就说怎么会有白吃的晚餐，原来你是想……”黎晓怡用双手环抱住了身体。

“我想同学你一定是误会了，其实我……咦？人呢?!!!”

张心蓝说话的时候光顾着摆POSE去了，连黎晓怡跑了都没有察觉，不过黎晓怡在空气中还是留给了他一句话：“谢谢你的晚饭，到时候我会还钱给你的，有缘再见，BYE BYE！”

“……真是奇怪的女孩子，不过我的心怎么会跳得这么厉害？”张心蓝摸着自己的胸口自言自语了一句，"不好！忘记问她的名字了！"

夜，更凉了。

海边的夜色是寂静的，寂静得没有丝毫的杂念，偶尔飞过的海鸟也收起了它们的歌喉，和这寂静的大海一起，等待着另外一个黎明的到来。

黎晓怡一个人静静地沿着沿海公路慢慢地走着，偶尔，她会用双手搓一搓自己有些发寒的双臂，对于一个这样的夜晚来说，黎晓怡的确是穿得单薄了一点。

吸了口冰冷的海风，黎晓怡的身子缩得更紧了，不过每当她望向前方的时候眼睛里面总是会发出奇异的光芒，这种光芒到底是什么？是希望？是幻想？是企盼？还是少女才会拥有的那份独特的坚持？但是不管怎么样，黎晓怡始终都没有停下过自己的脚步，她不停地、坚定地、毫不犹豫地向前走着，就好像永远都不会停止一样。也不知道是不是月光的原因，月色下的黎晓怡看起来那么像一位公主，一位正在寻找着青蛙王子的短发公主。黎晓怡的前方，等待她的到底会是一些什么？没有人知道。

也不知道自己到底走了多久，黎晓怡忽然听见了一阵喧嚣声，黎晓怡向前看了看，发现了一条彩色的街道。街道的两旁布满了各式各样的酒吧，酒吧的门口站立着各式各样奇怪的红男绿女，其中有的男生头上留着长长的蓝色头发，有的女生却穿戴着男式的高统皮靴，还有一些，黎晓怡根本就分不清他们到底是男是女。不过黎晓怡知道，人多的地方总是会暖和一些，所以黎晓怡加快了自己的步伐，大步地向着这条彩色的街道走了过去。

"那边过来的丫头好像还不错。"

"嗯！VERY GOOD！今天晚上正好独守空房，这不是送上门来了吗？"

"看她还背着书包，好像是学生的样子。"

"本少爷就是喜欢学生妹！"

"那赶紧下手！"

“OK！”

“还等什么，快走！”

说罢，两个身影便消失在彩色街道的尽头。

IS THAT YOU, MY LOVE

亲爱的，是你吗

NO.12

来到彩色街道的入口，黎晓怡左右看了看,她发现有很多的人看着自己,黎晓怡也往自己的身上看了看，和眼前的这些怪物们比起来，自己的确也像是个怪物，因为自己的衣着穿戴实在是过于朴素,没有办法,黎晓怡抿了抿嘴巴,继续向前走着。

好在大家对怪物的兴趣也只是暂时的,很快,众人的目光再次转向了灯红酒绿。

在一个名为 MOTORBIKE（摩托车)的酒吧的门口，黎晓怡好不容易找到了一个空位子,这是一条原木做成的长凳,长凳很新，原木那种特有的条纹在长凳的上面攀延附和着，一股原始丛林的清香也由此散发。

MOTORBIKE 酒吧的门口停放着各式各样五颜六色的摩托车,有黄色的,有红色的,有三轮的,有四轮的,还有一些上面布满了主人特意安装上去的装饰物以突出它自己独有的个性。更有几辆,此刻正睁大了眼睛注视着黎晓怡,它们的眼睛瞪得大大的,就好像黎晓怡妨碍到了它们的视线一般,黎晓怡也不是好惹的,她对着那些注视着自己的摩托车车灯吐了吐舌头,瞪了瞪眼睛,然后独自大摇大摆地坐到了那条可以为她带来暂时安逸的原木长凳之上。

“小姐,一个人过来玩?”黎晓怡的背包都还没有来得及放下,便有一个鼠头鼠脑的人手持一罐啤酒出现在了她的面前。

黎晓怡低着头,没有出声。

“看你还是学生的样子,要不要哥哥我资助你一些零用钱花花?”说话间鼠头鼠脑喝了口啤酒,顷刻间,他的整张脸通红。

黎晓怡还是垂着脑袋,没有出声。

“我看你年纪小小,要不我们先培养培养感情?”说话间鼠头鼠脑的右手竟然向着黎晓怡的胸部伸了过去。

“这里可不是你撒野的地方!……滚!”鼠头鼠脑的右手在距离黎晓怡胸部三十厘米左右的时候被另外的一只大手给掐住了。

“龙哥!”鼠头鼠脑惊呼了一声,“……小的这是在陪小妹妹复习功课,您多虑了。”鼠头鼠脑满脸赔笑。

“滚!”那个被鼠头鼠脑称之为龙哥的人好像不想与其废话。

三秒钟之后,鼠头鼠脑消失在了这条彩色的街道之中。

“呼……呼……吓死我了!吓死我了!”黎晓怡不停地吐着粗气,看样子她的确是被吓到了。

“同学你放心,有我在,这条街上没人敢把你怎么样。”

顺着声音,黎晓怡看了过去,嗯,眼前的这位龙哥的确长得仪表堂堂,一副正人君子的模样,而且身材也算得上魁梧高大,更可敬的是他还有着一颗锄强扶弱的爱心。

“谢谢!谢谢!要不是龙哥你,我现在可能已经被……”黎晓怡夸张地幻想道。

“不用担心,没事了……小妹妹,你不知道女孩子一个人单独来这种地方很危险的吗?这里的人可都不是什么善男信女。”龙哥非常担心地说道。

“嗯,我稍微休息一下下就走的。”黎晓怡将刚刚放下的背包又背到了身上。

“小妹妹,这么晚了你一个人来这种地方做什么?”龙哥继续关心地问道。

“哦,我是来找人的。”黎晓怡回答道。

“找谁? 算不准我知道的。”龙哥好像非常想帮助黎晓怡。

“是吗? 太好了! ”说话间黎晓怡又将背包中的那张开裆裤照片翻了出来,“就是这个人,他的名字叫做Q男,这是他小时候的照片。我想,他现在的样子应该没变多少。”

“Q男? ……”龙哥看着照片好像想起了什么,“哦! ……我想起来了,我的朋友里面的确有一个叫做Q男的人。”

“是吗!真的吗!!!”一听到龙哥这句话黎晓怡兴奋得从原木长椅上蹦了起来。

“当然是真的,我龙哥什么时候骗过人? ”龙哥大义凛然地说道。

“太好了! 真是太好了! 麻烦龙哥你现在就带我去见他吧!!! ”黎晓怡的双眼装满了憧憬。

“好的,好的,你也不用太急了,先喝口水再走也不迟。”说话间龙哥将自己手中一瓶还未开封的矿泉水递到了黎晓怡的手中。

“谢谢,我的嘴巴的确有些干了。”黎晓怡一把接过矿泉水,咕嘟咕嘟一口气喝得精光。

“嗯! 这瓶矿泉水好甜。”黎晓怡抹了抹嘴巴说道。

“马上就要见到你要找的人了,喝什么都是甜的。”龙哥笑道。

“走吧,时间也不早了,我想Q男应该就在前面的酒吧。”龙哥很有礼貌地说道。

“快! 快! 快! GO! GO! GO! 我等这天已经好久好久了! ”黎晓怡兴奋地在龙哥的周围转着圈……

“这边走,五分钟左右就可以到了。”

自己辛辛苦苦寻找了这么久的人,终于马上就可以见到了,黎晓怡忽然觉得自己的心脏好像已经紧张得停止了跳动一般,自己现在的每一个步伐都是这样的艰难,而且自己的脸蛋和脖子竟然无缘无故地通红。更不可思议的是自己竟然忽然好想睡觉,而且这种困倦自己好像完全克服不了,又走了几步,黎晓怡发现自己的眼皮子已经开始不听自己的使唤,毫无保留地缠绵在了一起,不自觉中,黎晓怡感觉自己仿佛进入了梦乡。

“还是你有本事。”

“要不是你配合,这个傻子怎么会如此轻信于我? ”

“我装做鼠头鼠脑的样子就是为了体现你的高大威猛，要不然她怎么会这么轻易地喝下你放了药的矿泉水？”

“好了,废话少说,房间开好了没有？”

“早就开好了,四星级的,单人间,就一张床。”

“好,哈哈！哈！……”

龌龊的笑声在空荡荡的街上回响……

这里的确是家四星级的酒店，而且还是四星级酒店里面最好的那种，只要你交了钱，无论你在房间里面做什么都不会有人打搅你，其中，当然也包括了非法的事情。

龙哥架着黎晓怡右边的手臂，鼠头鼠脑架着黎晓怡左边的手臂，很顺利地，在行李生的指引下来到了 401 房，龙哥给了行李生二十元的小费，行李生对着他们笑了笑，自行退了出来。

401 房不大，单人间，而且床很小，真的很小，小到就好像一个人睡都不会觉得大。

“是直接下手还是先洗澡？”鼠头鼠脑将黎晓怡扔到床上之后问道。

“当然先洗澡了！做人最重要的就是品味！知道吗？品味！”龙哥好像觉得自己说得很有道理。

“OK，是你先洗还是我先洗？”鼠头鼠脑问道。

“我看还是你先洗吧。”龙哥说道。

“我先洗？”鼠头鼠脑看着龙哥怪笑了一下，“你小子可真不是东西！想趁我洗澡的时候先占便宜！”

“唉！你这是什么话？你看我是那种人吗？”龙哥质问道。

“……你我都不是什么好东西，冠冕堂皇的话你就不要在我面前说了，要不我们一起洗，要不都不洗！”鼠头鼠脑坏笑着说道。

“你……好吧，好吧，既然大家都这么不相信对方，就都不用洗了，动手吧！”

“OK，反正我看你的样子也是等不急了！”

“废话不说了，先把她的衣服脱了再说。”

“OK，这种小事就让我来吧！”鼠头鼠脑一脸的兴奋。

就在这时……叮咚……401 房间的门铃忽然响了起来。

酷男的晚饭是一碗兰州牛肉拉面，三块钱的那种，为了帮奶奶省下更多的生活费用，酷男决定处处都要节约。

晚饭过后，酷男围着拉面摊绕了两圈，他把这当做消食运动。

两圈过后，酷男狠狠地伸了一个懒腰，人饱的时候总是会困得快一些，虽然酷男现在不怎么饱，但是至少，肚子里面有东西。

又看了大约五分钟的大海和星空，酷男决定回家睡觉。

拉面馆距离酷男家不远，步行大概十来分钟就到了。这是一条海边常有的椰林小道，虽然现在的时间已经不早了，但是因为这里属于政府划分的旅游区域，所以也是灯火通明人头攒动，特别是一些提供旅游纪念品的小店，更是使出了浑身的解数在自家门口播放着各种劲爆的音乐以吸引众游客的眼球。

酷男当然不是第一次经过这里，所以对这里的一切也已经变得有些麻木。

人就是这个样子的，对于自己每天经过的人、经过的事，总是会麻木。虽然这些人、这些事，每天其实都发生着各种各样的变化，但是人们往往以为他们还是曾经的那个样子，以至于会忽略掉很多东西，这些东西包括机会、友情、亲情以及爱情。

街道快到尽头的地方是一间蛋糕店，店不大，但是门口播放的音乐却是这条街上最摇滚的。

这间蛋糕店的名字叫做“芝士 NO.1”，店门口有一面非常大的玻璃窗，玻璃窗的里面摆放着各式各样的芝士蛋糕成品。在灯光的精心环绕下，这些芝士蛋糕一个个都在尽力地展示着自己最为完美的一面。特别是其中的一块水果芝士蛋糕最为耀眼，娇嫩的黄色布丁上面点缀着一颗鲜红色的水蜜樱桃，几颗肉红色的草莓块围绕着一圈白嫩爽滑的冰淇淋，纯白的巧克力乳汁将上面的这些和蛋黄色的芝士蛋糕完美地融合在了一起。只要你看一眼，只要你口袋里还有钱，只要你的嘴巴还吃得下一口东西，相信我，你根本就无法抗拒这一切。

酷男对别的事情可能不会太感兴趣，但是对于吃的，特别是自己现在实在是不怎么饱的情况下，还是忍不住地，停下了自己的脚步，在这间芝士蛋糕店的橱窗前流连忘返。

酷男吞了口口水，然后看了看那块水果芝士蛋糕的标价，一分不多，一分不少，整整六十块，酷男苦笑了一下，打消了自己奢望的念头。

好吧！就算买不起，多看一下总可以的吧？酷男是这样想的，所以，他在这家"芝士 NO.1"的橱窗门口一站就是半个多钟头。

在自己生吞了大概三点六公斤的口水，然后又幻想自己吃掉了两百八十块这样的极品芝士蛋糕之后，酷男终于决定挪动自己的脚步。

就在这时，忽然有一个穿着"芝士 NO.1"制服的大块头拍了拍酷男的肩膀。

"想吃啊？想吃就给你吃啊，看你好像真的很想吃的样子？你到底是不是真的想吃？"

面对对方的问题，酷男没有回头，只是竖起了中指。

"你如果真的想吃，我就请你吃，不过我有个条件。"

面对对方的再次挑衅，酷男回头，他看到了一个人，一个今天上午引诱他加入金海学院田径队的人，王铁仁。

"是你？"酷男有些意外。

"想不到天才也有好吃的时候？"王铁仁傻笑道。

"谁说我想吃了？我只是随便看看罢了。"酷男咬了咬嘴唇，说道。

"还说不想吃，你自己看看你周围的地板，搞得我又要拖地了。"王铁仁摇了摇头。

酷男低头,他发现自己已经站在了沼泽之中。

“抱歉,告辞了。”酷男双手抱拳,准备闪人。

“天才,加入田径组吧,不要埋没了你的天赋!”王铁仁说的是实话。

“没兴趣。”酷男真的很酷,“我走了。”

“有免费的芝士蛋糕吃,又可以赚钱,你做不做?”王铁仁忽然问道。

“我说了,我没兴趣加入田径组。”酷男淡淡地回答道。

“我说的不是田径组,这家店是我爸爸开的,我们差个临时工,你不是说想买双新球鞋吗?”王铁仁说明了自己的意思。

听到王铁仁的建议,又看了看自己的球鞋,同时想了想自己和奶奶的财政状况,酷男的确有些动摇了。

“时间?工钱?”酷男说了四个字。

“放学之后只要你有空都可以,工钱十块钱一个小时,你考虑一下吧。”王铁仁说出了条件。

十块钱一个小时,这对酷男的诱惑力可不小,一天工作两到三个小时,一个月就是几百块,这对家里日趋紧张的财政状况可是不小的改善。

“真的有免费的芝士蛋糕吃吗?”酷男想把一日三餐也解决了。

“我家开的店从来不卖隔夜的芝士蛋糕,所以每天关门的时候蛋糕不是送到福利院去就是自己吃掉了。”王铁仁实话实说。

“一般每天可以剩下多少?”酷男忽然想到奶奶的一日三餐也许顺便也能解决。

“我家做的蛋糕很好吃,每天剩不了多少,大概也就十几块吧。”

“OK,我做!”

在王铁仁的带领下,酷男见过了王铁仁的父母,王铁仁的父母都很胖,一看就是那种专业的西式甜点的厨师模样。王铁仁的父母对酷男还比较满意,特别是听王铁仁吹嘘酷男送外卖跑得比飞机还快的时候王铁仁的父母笑得更加的开心了,因为这样一来,外卖自行车的钱都可以省了。

王铁仁的父亲大家都称之为王叔,他做蛋糕已经做了二十多年,不光是芝士蛋糕,就连纸杯蛋糕、迷你蛋糕、黑森林蛋糕、沙律蛋糕、柠檬蛋糕、蜜瓜蛋糕、玉枕蛋糕、红酒蛋糕……王叔个个都是拿手绝活,所以在这家“芝士 NO.1”半径十公里的范围内还真的没人敢开第二家蛋糕店。

带着酷男又在店里转了两圈,王铁仁忽然接到了他父亲派给他的一个临时任务,送外卖。

外卖的地点就在距离"芝士 NO.1"不到十分钟路程的金海大酒店,这家酒店是四星级的,王铁仁已经不是第一次往那里送蛋糕了。每次他去那里的时候都会感到非常的兴奋,因为那家酒店里的前台小姐一个比一个漂亮!偶尔,她们还会和王铁仁聊上几句,每当王铁仁谈到他父亲制作蛋糕的手艺时,不管多漂亮的前台小姐都会露出一副几百年没有吃过蛋糕的表情,就是这种表情,让王铁仁很有满足感。

"穿上衣服和我一起去吧,我带你见识见识四星级酒店的厉害!"王铁仁扔给了酷男一件"芝士 NO.1"的制服。

"四星级酒店很厉害吗?"酷男问道。

"开玩笑!里面一间客房最便宜的都要一千八百八十八块!"王铁仁吹嘘道。

"一千八百八十八块?冥币?"

"冥币?……你可真幽默,那可是真真正正的人民币的价格!"

"是吗?可真厉害!"两个穷小子正在那里没出息。

"其实……你过来。"王铁仁的脸上忽然浮出了鬼笑。

"?"酷男走了过去。

"我小声跟你说,可别被我爸听见了。"王铁仁左右看了看,确定没有危险,继续低声地说道,"其实每次我去那里送外卖,总是会故意地敲错房门!"

"敲错房门做什么?很厉害吗?"酷男不明白。

"唉!你懂什么!说了你也许不信,有好几次,开门的都是非常非常漂亮的女人!而且还有的几乎什么衣服都没有穿!"王铁仁没出息地满脸淫笑。

"变态!"酷男顶了一句。

"喂,你到底是不是正在发育中的青春少年?怎么可能对异性一点兴趣都没有?"王铁仁不解地问道。

"我可是正人君子!这种事情怎么可以去做!"酷男大义凛然地说道。

"说了你也许不信,上次我还看到了一个和李嘉欣长得一模一样的女人,就穿了件睡衣,里面什么都没有穿!等到她关门的时候我的鼻血都快要喷出来了!那种女人可不是你在大街上就可以看到的!"王铁仁越说越邪。

"……真的和李嘉欣长得一模一样吗?"酷男问了一句。

"开玩笑!那个女人只会比李嘉欣漂亮!"王铁仁肯定地说道。

"……那我们……快去吧!!!"

说金海大酒店是四星级的实在是冤枉了它，三百八十八间客房，三十层高，三面环海，大堂两座环绕型喷水池外加一个巨型的海水鱼缸，顶楼三百六十度无敌海景旋转餐厅，露天观海游泳池，硬地网球场，VIP 白金健身中心，DTS 认证电影院，私人直升机停机坪，反正只要是你可以想象到的奢华这里都可以让你得到满足。当然，这一切都必须是建立在你有钱的基础上，不论你的钱来自何处，就算你在这里消费一晚上的费用可以让十来个失学少年重获新生，也没有人会怪你，因为这里的人，只认识钱。

人类世界的不公平我已不想多说，有的地方就连马桶都是金子做成的，有的地方学校却没有窗户，有的人一天到晚都想着怎么挥霍，有的人却在卖血为儿女交学费，但是不管怎么说，这个世界应该还是有希望存在的。

希望在哪里？希望就在你我的手中。

“哇！……”酷男刚刚进入金海大酒店的大堂就在那里一个劲地“哇”，不知道的人还以为他消化不良。

“喂，喂，注意形象，没看到别人都看着咱们吗？”王铁仁蹭了蹭酷男的肩膀，终于，他帮酷男止了吐。

“那是真鱼缸吗？怎么那么大啊？”酷男仰着脖子问道。

“唉，还以为天才和平常人不一样，谁知道也是个没见过世面的。”王铁仁摇了摇脑袋。

“走吧，带你去见识一个更厉害的，三面环海的观光电梯！”王铁仁拍了拍酷男的肩膀说道。

“请问你们到几楼？”酷男刚准备跟在王铁仁的屁股后面上电梯，忽然被一个穿着西装，身上别着一个“大堂副理”牌子的人给拦住了。

“送外卖，到508号房间。”王铁仁满脸赔笑。

“对不起，这是客用电梯，送货请走楼梯。”大堂副理淡淡地说道。

“喂！你是怎么……”酷男最见不惯的就是这种人。

“好了！好了！……走楼梯，走楼梯。”王铁仁一把拦住了酷男。

“凭什么走楼梯！”酷男狠狠地问道。

“唉，出来送货就是这样的，走吧，习惯了就好了！”想不到王铁仁还是个能伸能屈的汉子。

“你给我记住！”酷男对着大堂副理伸出了右手的中指，学着李小龙的样子低头龇牙咧嘴地叫道：“我读的书不多！你可不要惹我！”

“惹，还惹个屁啊！人都走了！”王铁仁推了酷男一下。

酷男抬头，左右看了看，他发现大堂副理正在五米开外的大厅里满脸赔笑地给几个日本鬼子表演着扇子舞，不知道的，肯定还以为那几个日本鬼子是他的亲爹。

“靠！真是欺人太甚！……中国人可杀不可辱！我现在就过去废了他！”酷男全身的青筋都暴出来了。

“走楼梯送外卖每次多加两块钱怎么样？”王铁仁忽然说道。

“走吧，下次再收拾他。”

508号房间当然在五楼，还好不高，要不然以酷男的脾气算不准真的会跑过去把那个汉奸大堂副理给废了。

“这次你想我按几号房间的门铃？”楼梯上王铁仁对着酷男挤了挤眉毛问道。

“经过我的仔细考虑，我还是觉得这样不太合适。”看来酷男还是有那个贼心没那个贼胆。

“怕个什么！你放心，我干这个最有经验了！没人会怀疑一个送外卖的是色情狂魔！”王铁仁说得好像很有自信。

“我看就503吧，上次李嘉欣就是在那个房间出现的！”王铁仁满足地回忆着。

“唉，我还是觉得这样做不太好，我奶奶总是教育我说……”

酷男的话还没有说完，王铁仁的脸上忽然发出了一种异样的表情，顺着王铁仁怪怪的眼神看了过去，酷男发现了一个人，一个正用自己的大帽子故意遮掩着自己脸颊的男人，这个男人年纪倒是和酷男相仿，但是他的风度气质却怎么看都像是一位明星。

“怎么了？”酷男问了一句。

“乖乖！……你知道他是谁吗？”王铁仁紧张地问道。

“WHO？”酷男丢了句英文。

“今年最热门的电影《田鸡青春》你看过没有？”王铁仁问了一句。

“《田鸡青春》？……没有。”酷男回忆了一下。

“这你都没有看过？那《田野蛤蟆叫》这支畅销金曲你总该听过吧?!!!”王铁仁又问了一句。

“田野蛤蟆叫？……谁听蛤蟆唱歌啊？”酷男不太明白地问道。

“我靠！你到底是不是地球人？你到底懂不懂得什么叫做时尚？”王铁仁白了酷男一眼。

“但是你说的这些跟这个人有什么关系？”酷男望向了大帽子。

“他！你眼前的这位！就是我的偶像——影视歌三栖巨星张心蓝！”王铁仁说得眼睛都直了，“真是不敢相信我有生之年还可以亲眼见到他的真面目！”王铁仁好像有些用词不当。

“酷男你不知道！他可厉害了！今年的至尊金曲排行榜，无事生非劲爆榜，新城搜索偷窥榜，他今年一个人全都……”

“咦？事情不对啊！他好像和别人打起来了？”酷男忽然冒了一句。

“怎么可能！他那种偶像级的人物怎么会……不好！真的和别人打起来了！快过去帮忙！”

Is That You, My Love

亲爱的，是你吗

NO.15

张心蓝离开黎晓怡之后本来是打算回酒店的，但是张心蓝有个习惯，那就是不管多晚，睡觉之前总是喜欢喝上一两瓶啤酒，只有这样他才会睡得香，因为作为一个娱乐界人士来说，压力的确也是非常之大的，一个不小心，全世界的人都可能会忘了你。

张心蓝打听到了海边的酒吧一条街，随便进了一家，喝了两瓶科罗娜，然后准备回酒店跟经纪人解释自己失踪这么长时间的原因之后好好睡上一觉。但是就在他走出酒吧准备回酒店的路上，他看见了一个人，不，准确地说他应该看到了三个人，其中有一个是他刚刚才见过的，正被另外两个他从来都不认识而且一看就知道不是什么好东西的人夹在中间拖行。刚开始的时候张心蓝也以为自己刚刚喝了两瓶啤酒眼花了，但是经过自己的仔细辨认之后他终于还是肯定了，被那两个看上去坏坏的坏蛋架在中间的的确就是刚刚和自己分手的那位短发女孩。

张心蓝不是傻子，他虽然和短发女孩接触的时间不长，但是他可以非常肯定短发女孩绝对不会和眼前的这两个一眼看上去就不是什么好东西的人做朋友，而且也绝对不会醉得需要被两个陌生的男人架起来拖着走！张心蓝心里清楚，短发女孩肯定是出事了。

很不巧的是，就在张心蓝刚刚准备大步流星地跑过去询问短发女孩到底发生了什么事情的时候，就被几位认出他来的疯狂FANS给拦住了，签签名也就算了，FANS还要拉着他合影留念，就算合影留念其实也是可以理解的，谁知道那几位疯狂的FANS还不满足，竟然提出了要张心蓝现场清唱他的那首走红单曲《田野蛤蟆叫》！这可把张心蓝给惹急了，要是换了平时，张心蓝也许真的会满足这些FANS的要求，因为他也知道作为一个明星，FANS就是自己的移动银行，但是今天情况可不同了，自己再晚一点，短发女孩可能就会惨遭不测！

没有办法，张心蓝的眼珠子转了转，他终于决定欺骗一次FANS的感情。

"其实我有一个小小的秘密现在一定要告诉你们。"张心蓝说这句的时候正在摆着POSE。

"偶像！……偶像！……I LOVE YOU！……I LOVE YOU！……说！……说！……"FANS一见到自己的偶像高兴得连自己的父母姓什么都忘记了。

"其实……周润发现在还在我刚刚去过的那个酒吧里。"

不到三秒钟，张心蓝眼前的FANS一个不剩。

"……唉！看来我和发哥的距离实在是太远了。"看着FANS集体远去的身影，张心蓝由衷地感叹道。

"不好！……人呢？"张心蓝极目望去，早已不见了短发女孩的身影，这下张心蓝真的急了！他忽然有一种感觉，一种自己的女朋友马上就要被别人侮辱的感觉，这种感觉犹如一根根的铁针扎在自己的心口之上，除了疼痛之外还夹杂着悔恨。他忽然感到自己当初就不应该放短发女孩走，甚至觉得自己应该照顾短发女孩一辈子才对！为什么自己会对一个刚刚才认识了不到几个小时的女孩子产生这样的感觉？张心蓝紧锁眉心。

现在怎么办？短发女孩已经失去了踪迹，张心蓝握紧了拳头，指甲深深地插入了手心，仿佛以此来减轻自己内心的悔恨。

"还是龙哥会钓马子，一下子就搞定了一个。"

"那个马子好像被他们灌醉了？"

"什么灌醉了？那是下了迷……唉，一边说去。"

异常心痛的张心蓝忽然听到了上面的这几句对话，他发疯似的向着说话的那两个人扑了过去。

“快说！他们把那个女孩骗去了哪里？”张心蓝的眼睛都绿了。

“咦？……这位不是张心蓝吗？”对方好像认出了他。

“快说！他们到底去了哪里？快说！！！”张心蓝的眼睛又变成了红色。

“换了别人我肯定是不说的，但是你是我的偶像……他们一定是去了金海大酒店。”

张心蓝住的其实就是金海大酒店，所以他知道金海大酒店怎么走，若是换了常人，从酒吧一条街走到金海大酒店最少最少也得用上五六分钟的时间，但是张心蓝这次竟然只用了三十秒不到，要是他被哪位闲逛的田径教练看到了，一定会被强行地送往国家队集训。

张心蓝冲进酒店大门的时候把行李生吓得往后退了好几步，好在一般行李生的眼神都比较好使，惊慌之中还是认出了这位破门而入的就是大名鼎鼎的偶像明星张心蓝。

“张先生请问有什么可以帮忙的？”行李生满脸堆笑地上前问了一句。

“你刚刚看到有两个男的架着一个短发的女孩子进来没有？”张心蓝瞪圆了眼睛狠狠地问道。

“这个……张先生你也知道，客人开房的信息我们是不能够随便对外透露……”

“这是五百块！快说！”对付这种人张心蓝最有办法。

“他们刚刚去了 401 房。”

也没乘电梯，张心蓝直接一口气跑到了四楼，看准了 401 房，张心蓝猛按了几下门铃。

“哪位？”房间的里面传来了询问声。

“开门！”张心蓝没好气地喊了一句。

听到张心蓝的语气，401 的里面忽然乱作一团，不过很快，又平静了下来。

“你哪位？有什么事情？”房间里面的声音明显地谨慎了起来。

“开门！快开门！！！”张心蓝不想废话，重重地、不停地敲打着房门。

“你到底是谁？你是不是敲错房门了？”房间的里面又问道。

“你们快给我开门！”张心蓝敲门的声音越来越大，终于，房间里面的住客顶不住，打开了房门。

“你到底找谁啊？”开门的房客没好气地问了一句。

“让我进去！”张心蓝准备直接进入房间搜索短发女孩的下落。

“喂！你到底找谁？”

“让开！”

“喂！你知不知道我是什么人？敢在这里……”

咚！开门房客右眼顷刻之间黑了一大圈。

“他奶奶的！想打架！”看见自己这边的刚刚被黑了一拳，一个鼠头鼠脑的男人忽然从房间的里面冲了出来。

本来张心蓝的身手也算是可以，但是要他一次对付两个，还是差点，渐渐地，张心蓝感到自己失去了优势，自己的左脸和右腿都受到了不同程度的攻击，但就在这个时候，忽然一个类似于杀猪的声音传了过来。

“靠！敢打我的偶像！我跟你们拼了！！！

王铁仁这个超级大块头不愧为金海学院田径组组长，一个猛扑过去，紧接着一个过背重摔，再起身飞起一腿加上左右勾拳，三下五除二，龙哥和鼠头鼠脑全都趴在了他的面前。

“敢打我的偶像！你们一个个是不是都不想活了？”王铁仁瞪着眼睛怒视道。

已经被人打趴下了，龙哥和鼠头鼠脑还敢说什么，只有一个个黑着眼圈不敢出声。

“偶像！你没事吧？”王铁仁忽然一个转身，化为笑脸询问张心蓝，张心蓝摇了摇头，没有说什么，独自进入了401房间的里面。

很快，张心蓝在浴室的浴缸里面找到了还在昏睡中的黎晓怡，这个时候，酷男出现在了他的身后。

“怎么是她？”酷男的脸上布满了意外。

“你认识她吗？”张心蓝坐到了浴缸的边缘。

“当然认识！她这是怎么了？”酷男忽然觉得自己的内心一紧。

“她被人用迷药迷晕了，要是我们来晚了一步她也许就……”

“是不是门口那两个干的？”酷男忽然觉得自己内心升起了一团无名的火焰。

张心蓝点了点头，没有说什么。

酷男也没有再问什么，他的眉头忽然皱了皱，然后走到房间之中随手拿起了一只玻璃做成的烟灰缸直奔向了现在正趴在王铁仁面前装死的龙哥和鼠头鼠脑的面前。

“喂！你想干什么？”王铁仁忽然发现酷男的眼神不对。

“不干什么，废了他们！”说完，酷男抡起手中的烟灰缸便向龙哥的头顶砸去。

“喂！你想干什么?!”王铁仁一把将酷男高高抬起的右手抓住，“你疯了？随便教训一下他们就可以了，也不用杀了他们啊?!!！”王铁仁觉得酷男有些反应过激。

酷男用左手指着趴在地上那两位的鼻子：“你们到底还是不是人？这种事情也做得出来！看我今天不废了你们！”酷男的语气不像是在开玩笑。

“喂！天才！冷静！冷静！……浴室那女的好像跟你没什么关系吧？”王铁人抓得更紧了。

“谁说没关系了！她是我的……她是我的……”酷男想了半天，硬是找不到一个合适的形容词。

“她到底是你的什么？”王铁仁追问道。

“不管她是我的什么，让我先废了他们再说！”酷男好像已经有些怒不可遏。

“请问张心蓝是不是在这里？”就在王铁仁几乎已经拦不住酷男的时候，一个红头发戴着金边眼镜的少妇忽然出现在了酷男和王铁仁的面前。

“对不起，签名请明天赶早，今天我偶像不见客了。”王铁仁双手高举地回了一句。

“看来他真的是在这里！”少妇向王铁仁脚边的龙哥和鼠头鼠脑看了看，愤愤地道，“这孩子就是会给我惹事！”说完，少妇也没等王铁仁同意，自个儿冲进了里屋，经过一番快速的搜索，她在浴室的里面找到了张心蓝。

“我的天啊！总算是把你给找回来了！你知道今天下午和晚上的两个通告我们没去损失了多少吗？”少妇抱怨道。

“我想一个人清静一下。”张心蓝帮黎晓怡整理了一下头发，然后将黎晓怡轻轻抱到了401房间的睡床之上。

“她是谁？”少妇问道。

“一个朋友。”

“行李生说你发疯似的跑上来，就是为了她？”少妇仔细地将黎晓怡打量了一番。

张心蓝既没有否认，也没有承认。

“唉！不管那些了！快走吧！这里的服务生已经给报社打电话了！马上就会

有记者过来了，等他们看到这里的景象，我的天啊！明天的报纸可有得看了！”少妇左右看了看，摇了摇脑袋说道。

“记者真的马上就要来了？”张心蓝还是忍不住问了一句。

“从小到大我什么时候骗过你？”少妇看了看手表，“以他们的办事效率，估计还有不到五分钟就会赶到了，姑爷爷，你就快跟我走吧！”少妇好像有些急了。

张心蓝看了看少妇焦急的表情，又看了看黎晓怡无辜平和的睡姿，无奈地摇了摇脑袋，站了起来，走到了酷男身边。

“你是不是真的认识她？”张心蓝指着床上的黎晓怡问着酷男。

“偶像！我想我朋友说的是实话！要不然他的反应也不会这么大！”王铁仁的双手还没有从酷男的胳膊上放下来。

“她叫什么名字？”张心蓝问道。

“不知道。”酷男回了一句。

“不是吧！……你连她的名字都不知道还说认识她？你要我以后在我的偶像面前怎么做人？”王铁仁哭丧着脸无辜地说道。

“你连她的名字都不知道还说认识她？”张心蓝看着酷男的眼睛质问道。

“姑爷爷！快走吧！记者现在只怕已经在电梯里面了！”少妇在张心蓝的面前急得像热锅上的蚂蚁。

“虽然我还不知道她的名字，但是我的确认识她。”酷男也看着张心蓝的眼睛，眼神很肯定，也很执著，不自觉地，酷男将高举烟灰缸的右手放了下来。

对视了一分钟，张心蓝终于开了口：“好，我相信你不是骗我的，你现在马上把她带到一个安全的地方，让记者看到她这个样子对她以后的名声不太好。”张心蓝知道对于一个女孩子来说名声有多么重要，“姐姐，把可以联系到我的手机号码告诉他们，我想确定这个女孩子的安全。”

“真是的！从小到大什么事情都要我操心！就连做了你的经纪人也非要让我天天夜里睡不安稳！”说话间少妇将自己的一张名片不耐烦地递到了酷男面前。

看着刚刚递到眼前的名片，酷男撇了撇嘴巴，说道：“我不需要你的名片，我也不需要你告诉我该怎么做，就算你不说，我也会把她带到一个安全的地方，所以，请回吧。”酷男的语气也很生硬。

“唉，你这孩子是什么态度？”少妇不高兴了。

“不好意思！不好意思！我这位朋友最近总是犯病！您的名片给我就可以了！”王铁仁试图缓解场上紧张的气氛。

“不行！我非要他接！”少妇好像也有些生气了。

“如果你非要我接，就等着记者来吧。”酷男顶了一句。

听到酷男的话，少妇跺了跺脚："唉！今天遇到的尽是一些爷！"说完，少妇将手中的名片往王铁仁的怀里一揣，拉着张心蓝就往外走。

"如果我知道她以后出了什么事情，我不会放过你的。"刚刚走到房门口，张心蓝忽然停下了自己的脚步。

"我现在心情不好，我只想送你一个字，滚。"酷男对着张心蓝竖起了中指。

"喂！你疯了！他可是现在的当红巨星！你怎么可以……"王铁仁连忙用自己的大手将酷男的中指掩盖了下去。

看着酷男对自己竖起的中指，张心蓝淡淡地道："你是第一个敢对我竖中指的人，好，我记住你了。"

"虽然你救了她，但你不是那种会让我感到非常愉快的人，还是一个字，滚。"酷男用另外的一只手竖起了中指。

看着酷男再次对着自己竖起的中指，张心蓝不但没有生气，反倒笑了起来。

"姐，走吧，看来我可以放心了，他的确不是那种会让别人失望的人。"说完，张心蓝和少妇消失在了楼道的尽头。

"喂！你是不是疯了！他可是……"

"不用多说了，记者马上就要来了，走之前你帮我做件事情。"

酷男和王铁仁还有黎晓怡离开现场大概五分钟之后，各大媒体的记者们果然蜂拥而至。门是开的，记者们争相冲了进去，不过很可惜，他们并没有发现张心蓝的身影，但是他们却得到了意外的收获。

第二天，这座城市各大报纸的显著位置纷纷出现了一篇相似的报道，报道很长，不过大概意思都差不多，说的都是昨晚金海大酒店惊现裸体同性恋敞开房门宣誓相爱的感人场面，虽然他们醒来之后矢口否认自己是同性恋，但是他们身上分别用红色大字写着的"爱你一万年"和"一万年爱你"还是将他们之间忠贞不渝的爱情表露无疑。这些报道都有一个共同的特征，那就是几乎都配有相关的现场照片五到六幅，照片上的人物脸部轮廓很大，表情也很惊恐，但是每位读到这篇报道的读者都真心地相信，照片上的这位正人君子和另外那位鼠头鼠脑兄一定会幸福的。

NO.17

酷男和王铁仁架着黎晓怡硬是没敢走正门，好在王铁仁知道金海大酒店的后门在哪里，要不然他们两个肯定会被当成伪装成送货小二的正版色狼在大厅给保安抓个正着。

“完了，完了，今天不光蛋糕没有送成，还跟人打了一架！回家我肯定要在爸爸的面前切腹谢罪了！”王铁仁满脸的惶恐。

“今天的事多谢你了。”酷男感谢道。

“什么多谢不多谢的，大家兄弟一场，再加上刚刚那个也是我的偶像！我回去了最多跟父亲说辞职不干了！”王铁仁装潇洒。

“你说得倒是很洒脱，你要是辞职了，谁养活你？”酷男说话从来都不会拐弯抹角。

“这个……大不了我在父亲的面前装死，他还能把我怎么样？”这次王铁仁总算是说了实话，“不过……这丫头你到底准备怎么处理？”王铁仁看着昏睡中的黎晓怡问道。

“我觉得还是把她带回我家最安全。”酷男想了想，说道。

“带回你家?……那岂不是才出虎口又入狼窝?”王铁仁斜着眼睛鬼笑道,不时地,他还会瞅瞅酷男的下半身。

“喂!你想到哪里去了?”酷男白了王铁仁一眼,“要不你带回去?”酷男想推卸责任。

“我?……还是算了吧!只怕还没进门,我老爹手起刀落,我老二就没了!”王铁仁说得还真恐怖。

“不过,你连她的名字都不知道就这么带一个陌生的女孩子回家,你家里的人会怎么想?”王铁仁问道。

“我有什么办法?回去了再说吧!最多我斗胆跟我奶奶说一句她是我从路上捡回来的或者是中奖得回来的!”酷男想到了两个理由。

“你说的这些要是你家里人信了,我跟你姓……”

在距离自己家门口大概十来米的地方,酷男停下了脚步。

“前面就是我家了,不麻烦你了,我自己一个人回去好解释一些。”酷男看着自家的门口说道。

王铁仁左右看了看,忽然笑道:“嗯!趁着夜色,这附近的椰树林倒是很好办事的啊。”

“喂!你又想到哪里去了?!!!”

“开玩笑的了!你家倒是离我家不远,不过你这身衣服……”王铁仁忽然提醒道。

往自己的身上看了看,酷男无奈道:“算了,明天再到你家去换过来吧。”

“那我走了。”王铁仁准备告辞。

“喂,你等一下回去说这事的时候可不可以不要提到我……”

“大家兄弟一场,这种事情还要你说?你放心,你的工作我保了!”王铁仁拍打着自己的胸口说道。

“谢谢了。”看着王铁仁,酷男忽然觉得自己的心胸开阔了许多,这也许就是朋友的力量。

“我走了,你记得……戴安全套。”说完,王铁仁对着酷男怪笑了一下,然后消失在了夜色之中。

“喂!你……把我当什么人了!”

将黎晓怡背到自家的门口，酷男停了下来，他忽然感到有些紧张，因为这么多年以来酷男都没有让奶奶感到为难过，不管是什么事情，酷男总是会以奶奶的利益为第一位，但是这次，奶奶不会感到为难才怪！

家里的灯是亮着的，每次酷男还没有回来的时候奶奶总是会将客厅的灯亮上一盏。奶奶说，不管酷男走到多远的地方，经过了多少的事情，只要想回家了，只要看到了家里亮起的那盏指路灯，就永远都可以找到家的方向。

酷男每次看到那盏灯，鼻子总是酸酸的。酷男有的时候非常害怕自己会长大，他总是认为自己长大了就会离开奶奶。那个时候，奶奶就要一个人，孤孤单单地守候在那盏永远都不会熄灭的指路灯下。

酷男拿钥匙的手，起来了，放下了，起来了，又放下了。酷男不停地摇着脑袋，不停地重复着将钥匙拿起放下的动作。

忽然，门自己开了。月色中，灯光下，奶奶慈祥的面容出现在了酷男的视线之中。

“你回了，快进来吧。”奶奶对酷男的微笑总是那么的柔和，就好像三月的春风，温暖中带着一丝的香气。

“奶奶，我……”

“都进来再说。”

酷男注意到了，奶奶用了一个“都”字，“都”字的意思应该就是指自己和自己背上的这位短发女孩，酷男是这么理解的。

没有办法，硬着头皮，酷男将黎晓怡背到了自家客厅的沙发之上，客厅的灯，全部亮了起来。

“奶奶，她是我从路上捡回……”酷男准备自首。

“不用说了，这孩子我认识。”奶奶忽然说道。

“什么？您……认识她？……”酷男张大了嘴巴。

“怎么会不认识，她上幼儿园的时候跟你是同校的，现在长大了，也没变多少。”奶奶微笑着坐到了黎晓怡的身旁。

“她……上幼儿园的时候跟我是同校？”酷男的嘴巴张得比刚刚的还大，“但是我怎么没什么印象？”

“你当然没什么印象了，幼儿园的时候你最喜欢做的事情就是到处拈花惹草，害得那些小朋友的爸爸妈妈每天都要到我的面前对你进行投诉。"奶奶将黎晓怡身上的背包轻轻地卸了下来。

"是吗？我怎么都不记得了？"酷男摸着自己的脑袋瓜子自言自语道。

"你们这些小男孩干了坏事有谁会记得的？"

"但是，奶奶，我今天晚上突然把她给背了回来，您一点都不感到意外吗？"酷男好奇地问道。

"这有什么好意外的？你干这种事情只是早晚的问题。"奶奶顶了酷男一句。

"我……"酷男没有反驳奶奶的胆量。

"好了，时间不早了，今天你就睡客厅吧，等明天我把书房清出来给她住。"奶奶微笑道。

"什么？奶奶，您刚刚说明天把书房清出来给她住？难道……她要住在这里？"酷男今天晚上的意外是一件接着一件地来。

"没错，从今天夜里开始，这孩子就在这里住下了。"

沙发睡起来很舒服，这是一个早上阳光可以照到脸上的地方。酷男是在温暖中醒来的，懵懂间，酷男晃到洗手间撒了泡尿，然后用冷水洗了把脸漱了个口。再然后酷男又在朦胧之中来到了自己的房间，脱掉了上衣，去掉了内裤，开始在自己的衣柜之中寻找着今天和新同学见面应该穿的衣物。

三十秒过后，酷男的房间里传来了两声惊叫，一声是来自酷男的，另外一声当然是来自醒来之后不知道自己身在何处的黎晓怡。

惊叫过后紧接着就是一阵狂扔乱砸，很快，酷男随手抢了一块遮羞布挡住了自己的下半身，遍体鳞伤地从本该属于他的房间中狂奔了出来。

“该死！……我怎么把她给忘了！”酷男此刻的脸颊也是红得如同朝日一般。

要是酷男的奶奶不在家，又或者酷男的奶奶没有看到满屋子手持着各种兵器追打着酷男的黎晓怡，我想，现在只能很遗憾地告诉大家，酷男的墓碑就在“×”路“×”街“×”山“××”号公墓旁的一块没用的空地之上。

酷男的奶奶好像有种魔力，酷男解释了一万多句都没有解释清楚的事情被她三句不到就搞定了。

"昨天晚上你被人灌醉了，是他背你回来的。"

"昨天夜里他睡的客厅，你睡的卧室。"

"我是这孩子的奶奶，我不会骗你的。"

就是这三句，搞定了黎晓怡。

也不知道为什么，当黎晓怡第一眼见到酷男奶奶的时候忽然之间觉得整个世界安静了下来，这种安静是发自内心深处的。黎晓怡感觉这种安静好像来自于自己小时候，在母亲的怀中，在外婆的摇篮曲中，静静的、安全的、无私的、彻底的安静。

酷男的奶奶为黎晓怡准备了早餐，早餐很简单：清粥，油条，豆浆，鸡蛋。这其中的"清粥"是酷男的奶奶早上六点钟起来用洗净的大米、红枣、百合、龙眼、野生蜂蜜、桂花，小火熬了整整四十分钟做成的，就连酷男，都是第一次喝到。

喝粥的过程中，黎晓怡一句话都没有说，只是她的眼角好像泛起了泪花。

"吃就吃呗！哭个什么？又不是逼你喝毒药！"酷男对着邻座的黎晓怡扔了一句。

"酷男！"酷男的奶奶低吟了一句。

黎晓怡的泪花好像还没有止住。

"我已经很久……没有喝到过这么好喝的粥了。"黎晓怡好像哭得更厉害了。

"装可怜啊？再怎么好喝也只是个粥啊！又没有人会给你钱用。"酷男顶了黎晓怡一句。

"不是的……以前我只喝我妈妈煮的粥，但是自从……她过世之后我就没有喝过这么好喝的粥了，好像我妈妈煮的味道……"黎晓怡说话的声音有些颤抖。

"……"这次酷男闭嘴了。

"没事，以后我天天熬给你喝。"说话间，酷男的奶奶摸了摸黎晓怡短短的秀发，很快，黎晓怡再次安静了下来。

听到黎晓怡说的话,看着黎晓怡无助的眼神,酷男好像想要说些什么,但却又不知如何开口,咬了咬嘴巴,将碗里最后的一口清粥喝到肚中,酷男忽然站了起来。

“整天背着个大背包找人! 你不用上学的啊? ”酷男也不知道自己的这句话到底是关心还是责问。

抹了抹眼泪，黎晓怡擤着鼻子断断续续地说道:“你以为我……不想上学吗? 家里没钱啊……”说完,黎晓怡又旁若无人地号啕大哭了起来。

酷男本来想说,不就是钱吗? 小 CASE,包在我身上了! 但是仔细想了想自己的经济实力,酷男还是将这句话吞了下去。

“傻孩子,别哭了,读到几年级了? ”酷男的奶奶关心地问道。

“高二下学期……”

“高二下学期? 那不是和酷男同年级的? ”酷男的奶奶想了想,说道,“这样吧,我帮你想办法转到金海高校和酷男一个班上去,另外关于学费的问题,你就不用担心了,以后你帮我做家务事,你的学费我来想办法。”

“奶奶!……我的学费都是您找别人借的,我们哪里有钱帮她交学费啊?”酷男知道自己家里的经济状况。

“没关系了,总是有办法的,怎么样都可以,这学怎么可以不上呢? ”酷男的奶奶怜爱道。

“奶奶……我怎么能够让您来为我交学费呢? 我看还是算了……我已经做好了一辈子流浪的准备。”黎晓怡鼓着嘴巴站了起来。

“傻孩子,你放心,我还有一些退休金存在银行,那些钱交你的学费应该没什么问题,再加上我和金海学院的校长还有一些私交,你的入学手续也应该没什么问题。”酷男的奶奶安慰道。

“奶奶! 您的退休金是您的命根子,您怎么可以……”酷男有些急了。

“……”黎晓怡忽然站了起来,对着酷男的奶奶鞠了一躬,然后自己走到客厅沙发的边缘拿起了放在那里的背包,自己默默地背了起来。

“谢谢两位的款待,我要走了,我还要去找人,再见。”说话间黎晓怡又对着酷男的奶奶鞠了一躬。

“你要找的人是谁? ”酷男的奶奶忽然问道。

“就是他,他的名字叫 Q 男,这是他小时候的照片,虽然没有穿裤子,但是现在他应该没变多少。”黎晓怡将背包中的照片拿了出来。

看着黎晓怡手中的照片,酷男的奶奶笑了。

“孩子,你等我一下。”说完,酷男的奶奶起身走向了里屋。

“你……你要找的人就是他？”酷男看到黎晓怡手中的照片好像很亢奋的样子。

“对啊，就是他。”黎晓怡肯定道。

“你……你找他干什么？……他小时候是不是做了什么对不起你的事情？”酷男好像有些紧张。

“切！才没有呢！只要我找到了他，我就要嫁给他！”说话间黎晓怡的脸上忽然出现了绯红。

“什么！！！”酷男的脸上好像遭到了雷击，“你你你你你（颤抖的原因）……你疯了？”

“我清醒得很！”看着手中的照片，黎晓怡一脸的幸福，“老实告诉你，他可是第一个说要娶我的人，你知道吗？为了他，很多优秀的男生追我都被我严词拒绝了！因为我……算了，跟你说这些做什么？又不关你的事情。”

“他他他……就算说了要娶你也是幼儿园时玩的家家酒！你怎么可以当真呢！”酷男的额头上不知道为什么多了几滴汗珠。

“什么家家酒！我连自己的……自己的初吻都献给他了！他跑不掉了！就算他躲到了天涯海角我也要把他给挖出来。”黎晓怡跺着脚害羞地愤愤道。

“要是……要是你找到了他，他不认这笔账怎么办？”酷男擦拭了一下自己额头上的汗珠。

“要是他不认这笔账，我就……”黎晓怡的眼神忽然化作了阴森。

“你……你要怎么样？”酷男双手环抱住了身体。

“我就和他同归于尽！！！”黎晓怡握着自己小小的拳头狠狠地说道。

“……”不知道为什么，酷男觉得自己的小腿在发抖。

“……怎么？你好像很害怕的样子？……快说！你是不是认识他？”黎晓怡恶狠狠地凑到酷男的脸前问道。

“我？我怎么会认识他？开玩笑？谁会叫这种白痴的名字？Q男？傻子才会叫！”酷男满脸的强颜欢笑。

“不许你侮辱他！你侮辱他就是侮辱我未来的老公！你是不是想死啊？”刚刚吃饱了的黎晓怡又恢复了十万马力。

“好了，好了，不跟你争了，我忽然想起我要上学去了，BYE BYE。”酷男用最快的速度将自己所有上学的装备集于一身。

“嗯？……等等！你的神色好像不对啊？”黎晓怡忽然睁大自己的双眼跃到了酷男的面前，“快说！你是不是知道一些什么？”

“我说了我什么都不知道，请让让，我可不是你这种失学儿童。”酷男的眼睛望向了天花板。

“怎么看你的眼神都不对！看着我的眼睛，你再说一遍你什么都不知道。”黎晓怡一只手叉着腰一只手指着酷男的鼻子问道。

“Q 男！我的天啊！！！那不是 Q 男吗？”酷男忽然用惊恐的双眼望向了黎晓怡的身后。

黎晓怡转身，酷男以豹子的速度瞬间消失在了空气之中。

这时，酷男的奶奶双手拿着一本厚厚的旧相册从里屋走了出来。

酷男这一路跑的，硬是将几辆8字头的环海公共汽车给甩在了身后，他完全不敢相信自己幼儿园时候的一句玩笑话竟然有人当了真，而且这一认真就是十多年。

"完了！完了！奶奶一定是将自己小时候的照片拿出来跟她对照！那个疯丫头一旦确定了我就是她的目标……"酷男都不敢再往下想，没有办法！除了埋头向前冲，酷男什么都不敢再想。

今天海边的阳光很好，海鸟们也飞得特别的勤快。一路上酷男都沐浴着温暖的阳光，享受着轻柔的海风，但是酷男的心里，却充满了黎晓怡强迫自己死在她面前的各种版本。比如说，被迫吃鬼子拉面撑死，在海洋公园无意中被母海龟压死，在沙滩浴场晒太阳的时候被路过的大屁股不小心坐死，在学校上课的时候被老师当众拿出成绩单羞辱至死，反正只要酷男觉得可怕的死法都被他整个幻想了一遍，奔跑中，金海高校的大门已经出现在了酷男的视野之内。

今天是星期一，酷男已经确认了好几遍，然后又仔细围着金海高校的大门绕了一圈，酷男看到了很多陆陆续续进入学校的学生，这下酷男终于可以放心了，自己没有来错地方，也没有来错时间，因为今天的确是个学校正常上课的日子。

看着金海高校宽宽大大的铁制校门，酷男强迫自己微笑了一下，毕竟，面对一些新的同学，面对一些新的事物，微笑的人总是要占便宜一些。

终于，酷男迈开了自己大大的步伐，准备迎接一个崭新的人生！

“喂，你等等，干什么的？”就在酷男的右脚刚刚迈过学校大门的那一瞬间，一个头戴中国传统毡帽的糟老头不知道从哪里忍者般地出现在了酷男的面前。

“您好，我是新生，今天第一次报到，让您费心了。”酷男装可爱。

“新生？……我怎么没听说过啊？”糟老头斜着眼睛上下打量着酷男。

“是吗？……那一定是我的工作做得不够到位，都是我的错。”酷男继续装可爱。

“最近学校附近坑蒙拐骗的特别多，还有一些自以为头脑聪明的人企图装成学生的样子混入学校，警方都已经跟我们打过招呼了，见到贼眉鼠眼的人一定要多加盘问！”糟老头明摆着是在找碴。

“你说谁是贼眉……没，没事。”为了自己未来，也为了奶奶，酷男忍了。

“来，身份证拿出来看看。”糟老头对着酷男伸出了右手。

“……给，请您过目。”好在酷男为了自己偶尔的营业需要，第一时间就跑到派出所办理了个人身份证。

“嗯？……你还真有？”酷男顺利地拿出身份证的举动好像让糟老头感到有些意外。

“中国的学生哪有上学的时候总是带着身份证的？……说！你到底有什么企图？”糟老头忽然质问道。

“靠！不是你要看我身份证的吗？你要看我就给你看了！你怎么……”酷男终于还是憋不住了。

“我要看你就给我看？我要你现在把衣服脱光了你脱不脱？”看来糟老头是自己在往枪口上撞。

“你！……你可不要欺人太甚！……”酷男已经快要抓狂了。

“我说怎么了？你还是露出了真面目吧？我看你还是老实招供了吧，说，这是第几次干了？”糟老头好像对酷男的抓狂一点都不感到意外。

“我！……我今天非要进去！谁都拦不住我！！！”酷男把心一横，一把抢过了自己的身份证准备往里硬闯。

“不行！只要我看门第一神还在，闲杂人等全部都不得入内！”说完，糟老头竟然一把跃到了酷男的脚边将酷男的小腿狠狠地抱住。

“你是不是疯了！！！……好！既然你疯我就陪你一起疯！我就是要进去！看你能把我怎么样！！！”说完，酷男竟然真的拖着脚边的“看门第一神”艰难地向前迈开了大步。

很快，酷男的超酷造型引来了无数闲着没事干的学校师生的齐齐围观。

“哇！好酷啊！想不到脚边拖着一个人还可以这么的帅？”

“老夫在此教书这么多年，还是第一次看到有人可以将‘看门第一神’拖到这么远的，看来此人绝非等闲之辈！”

“咦？这人脚上拖着一个什么？是人？是狗？还是神仙妹妹？又或者是ET，还或者是WC？还还或者是……(此人说到这里的时候已经被围观的师生给生生活埋掉了)”

“真是想不到‘看门第一神’也有今天！真是过瘾！”

“就是！上次我表妹来学校看我，就是被他给调戏成了半身不遂，以至于她后来终身未嫁整天与狗为伴！”

“哇噻！‘看门第一神’今天好帅啊！看他被人拖行的优雅姿态！看他被人踩在脚下的享受感觉！看他在那人脚边翻云覆雨的满足眼神！我想，他此生无憾了！”

“喂！你！哪的？”终于，一个胸口挂有校长铜牌的人顶不住众人的闲言碎语忽然从围观的人群中蹦了出来。

一看是校长，酷男又开始装可爱了：“校长好，老师们同学们好！小生今天第一次来到贵校……”

“STOP！怎么看你都像是高中生，你跑到我们全海中校来做什么？是不是想砸场子？”校长往后退了一步。

“什么？……你刚刚说的是……全海中校！”酷男不敢相信自己的耳朵。

“当然是省重点全海中校了！……我看在你是第一个可以在‘看门第一神’的阻止下走到这么远的人，今天我就放过你！壮士！请回吧！”校长又退了一步。

“如果这里是全海中校！那么金海高校在哪里？”酷男满脸无辜地问道。

“就在街对面。”

其实很多的人都提醒过酷男，要他上街的时候随时带张地图，因为他的路盲现象已经超出了他自己的想象，但酷男就是不听。今天，厄运终于降临到了他的头上，在全海中校全体师生的热烈掌声与背地里的冷嘲热讽声中，酷男低垂着脑袋淡淡地走出了全海中校的大门。看门第一神临走的时候送给了酷男一张签有他名字的地图，然后还信誓旦旦地要酷男常常来玩，因为他实在是非常享受被酷男拖在地上爬行的快感。

随便找了个角落，酷男用自己的脑袋撞了三下墙角，然后紧接着一鼓作气将看门第一神送给自己的那张地图生吞了下去。

“看你还认不认得路!!!”酷男边吞地图边暗自埋怨道。

“酷男，你拿脑袋撞墙干什么？”酷男的身后，忽然传来了王铁仁的声音。

“我在练习铁头功！”酷男硬撑着说道。

“那你嘴巴里面的又是什么?”王铁仁又问了一句。

“我有个习惯,那就是在练习铁头功的时候总是喜欢吃张地图!”

“你是不是……疯了?”王铁仁向后退了一步。

快速地,酷男将自己塞满了地图的脸颊鼓鼓地转了过来,双目炯炯有神地注视着王铁仁。

王铁仁,又往后退了一步:“你,想干什么?”

“……地图淡了点,带盐没有?”

王铁仁比酷男高一个年级,但是他们的教室却在一栋教学楼中,而且还是隔壁对隔壁。

由于酷男要先去见班主任,所以他和王铁仁在楼梯口便分了手,虽然王铁仁一再的要求酷男将昨天夜里的故事讲给他听,但均被酷男严词拒绝了。

酷男的班主任是一位有点胖的叫做杨芳的中年妇女,戴着眼镜,鬈发,身高大概一米四左右。三年前她的老公因为在外面鬼搞被她捉奸在床,自从那次之后她便对所有的雄性动物都产生了一种异常的排斥心理。她的家里,只要是雄的,已经全都被她给亲手干掉了,其中包括了三只无意中经过她家窗前的公猫和八只无意中飞进了她家 WC 觅食的公苍蝇。所以就连自己的学生,只要是公的她都会感到非常的讨厌。特别是今天,这个对于她来说非常特殊的日子,那就是老公被捉奸在床三周年纪念日。

“请问哪位是杨芳老师?”站在办公室的门口,酷男大声询问了一句,不到三秒钟,酷男忽然感觉到一道犀利的目光好像射在自己的身上,鼓起勇气,酷男向着这道犀利的目光望了过去。

酷男揉了揉自己的眼睛,又仔细看了看,没错!自己的确看到的是一对火把!而且还是一对熊熊燃烧的火把!看这对火把的势头好像是准备毁灭掉这世间的一切!

“请问……哪位是杨芳老师?”面对这对火把,酷男知趣地低下了自己高昂的额头。

“怎么?没看到我身上的号牌啊?是不是看到班主任是女性长得又矮就有歧视的心态?这么小的年纪就这样!要是将来成家立业了那还得了?!!!”还没等

酷男反应过来,杨芳便已对着他来了一阵痛批。

"我……不好意思,我并没有那个意思。"酷男低头小声地反驳道。

"还说没有?!!!说话都不敢看着我的眼睛!我看你是成心的不尊重女性!你这种学生我以后一定要好好地管教管教,长此以往那还得了?"杨芳的口水几乎已经喷了酷男的一脸。

"对不起,杨老师,我不是……"酷男仰起了额头。

"怎么?以为你长得高我就看不到你的眼睛啊?"杨芳步步相逼。

"我不是……"

"抬头就抬头呗!你这是什么眼神?怎么?看到我是女性不服气是不是?不要以为我是你的班主任以后就不会把你怎么样了,我老实告诉你,这个班被我整走了的男生多得是!你是不是想……"

*咚!酷男终于忍不住飞起一脚,将杨芳踢出了少说有三米多远,周围的老师竟然好像没有一个看见的,继续地做着自己的课前准备,看样子,他们平时也受到了不少这位杨芳女士的骚扰。

大概五六秒之后,杨芳又爬回了酷男的脚边。

"对不起!对不起!刚刚是我太冲动了!"酷男知道自己已经死到临头了。

"不是的!你刚刚的那一下踢得我好爽啊!麻烦你再踢我一下行不行?"杨芳竟然哀求道。

"这怎么可以?你可是我的班主任啊!"酷男挥手拒绝。

"不行!你如果不再好好地踢我一下我绝对不会收你这样的学生!"杨芳坚持。

咚!又是一声巨响过后,杨芳连跌带撞,再次回到了起点。

"靠!你不早说!我想踢你已经很久了!!!"*

注明:上面的*与*之间均为酷男幻想的镜头。

没有办法,酷男忍也得忍,不忍也得忍,谁要这个过分的中年妇女是自己的班主任呢?

又被对方不明不白地训斥了大概五六分钟之后,上课的铃声总算是敲响了。

"来,把这些拿着!"说话间杨芳将自己的一叠教科书堆到了酷男的手中。

"这些……"

"你们公的就是废话多!SHUT UP!跟我来!!!"

NO.21 亲爱的，是你吗

Is That You, My Love

毫不夸张地说，酷男是在杨芳连扯带拉的情况下来到高二五班的教室门口的，不知道的肯定还以为杨芳一定是抓到了某个打入学校内部的色狼。

杨芳刚刚站到教室的门口，原本喧闹的教室顿时安静了下来，同学们都知道杨芳的厉害，也没有一个愿意自己年纪轻轻便无故夭折，所以放眼望去，一个个的脸上都写着“乖孩子”几个大字。

站在讲台的上面，杨芳威严地环顾了一下四周，嗯，很好，没有一个学生的目光敢于和自己对视。

“同学们！今天我要给大家介绍我们班新来的一只公……不，应该是男同学！”杨芳纠正了自己的描述。

“过来，站在这里！”杨芳鄙视着酷男说道。

很快，酷男站到了讲台上杨芳的身边。

“这位转校生的名字叫做狗……对

了，你叫狗什么来着？”杨芳转身问道。

“不好意思，我的名字叫酷男。”酷男小声地说道。

“哦，是酷狗！”杨芳大声地喊道。

“不是的，是酷男。”酷男纠正道。

“什么？你竟然敢在全班同学的面前挑我的刺！你这个新生好大的胆子！”杨芳可能是太容易受到刺激再加上常年的“那个”生活不协调，所以翻脸对于她来说也是自然而然的事情。

“我不是叫酷狗，我的名字叫做酷男。”酷男面无表情地回答道。

很快，讲台的下面发生了小小的骚动，因为两年以来在同学们的印象中，还没有谁敢在公众场合反驳杨芳的。

“这个班上我说了算！我想叫你酷狗你就得叫酷狗！”杨芳抖动着腰上的肥肉咆哮道。

“对不起！虽然你是我的班主任，但是你不可以侮辱我的名字！我的名字叫做酷男，不是酷狗！”酷男义正词严地大声说道。

讲台的下面，骚动声更加大了。

“你！……你真是气死我了！这世上还没有哪个公的胆敢反驳我！我今天就这么决定了！我要叫你酷狗，这个班上就没人敢叫你酷男！”杨芳披头散发地咆哮道。

“我再跟你说一遍，不管你是谁，不管你有多大的权力，我父母给我起的名字叫做酷男，没有人可以改变！这其中当然也包括了你！”酷男平静地说道。

“你！……你！……你！……”杨芳摸着自己的胸口，连跌带撞地往后退了好几步，要不是有学生提醒了一句，杨芳差一点就失足掉下讲台给活活摔死了。

“你跟我等着！我这就去找校长说不要你这种不好管教的坏学生！”说完，杨芳哭丧着自己的一张大脸狂奔而去。

整个教室安静了下来，所有的学生都在用一种不太敢相信的眼神注视着还在讲台上站立着的酷男。

大概三分钟之后……

“完了！完了！这位同学，我看你还是赶快跑路去吧！杨芳疯起来可是会咬人的！”

“就是，虽然你的英勇事迹我们会为你刻在墓碑上面，但是你刚刚的确是太冲动了一点。”

"只要你半个小时之后还可以存活在这个世上，我就认你做我的偶像！"

"你可真是金海高校第一人！杨芳给我起的'狗男'的名字我都没有说什么！'酷狗'这么帅的名字你竟然把她给往死里逼！"

"你出门右拐有道小门，进门之后有扇窗户，然后你就从那扇窗户跳下去，这样总比死在杨芳的手上痛快。"

"没错！上次也有一个转校的新生因为受不了杨芳的凌辱就是从那里跳下去的！"

"不好！我已经听到了杨芳的脚步声！"

"收声！收声！"

……

整个教室再次安静了下来。

NO.22

杨芳再次进入教室之前，整个教室的里面，除了酷男，没一个敢出声的，包括呼吸声，整间教室也只可以听到酷男一个人的。

现在的酷男，也不自觉地感到了一丝的紧张，因为同学们刚刚惊恐的目光已经告诉了自己，杨芳是多么可怕的一个人，自己的结局到底是什么？是生是死？还是被迫跳楼？酷男的心里也没一个准。

杨芳再次进入教室，教室里还是没有一个同学敢和她对视的，不过她的神色，跟刚刚好像发生了一些改变。

酷男闭上了眼睛，伸长了脖子，准备受死。

“酷男同学，第三组倒数第二排有一个空位，你就到那里去坐吧。”杨芳忽然柔声说了一句。

"……"酷男睁开眼睛，倒吸了一口凉气。

看到酷男诧异的表情，杨芳微笑着点了点头，扬起右手，继续柔声道："酷男同学，请到那边去坐。"

讲台的下面，骚动继续。

"你刚刚说……请？"酷男咽了口口水。

杨芳继续微笑，继续点头，继续抬着自己的右手："我马上就要开始上课了，请酷男同学先到你的位子上坐好。"

"你……是不是疯了？"酷男斗胆问了一句。

"不是的，酷男同学，刚刚我已经问过校长了，我想，我们之间只是一个小小的误会。"杨芳满脸的微笑，而且还是最真诚的那种。

"误会？你不会是想……趁我不备干掉我吧？"酷男说出了自己的真实想法。

"怎么会。"杨芳忽然凑到了酷男的耳边，"校长已经把你和金家大千金的事情告诉我了，我知道怎么做的！"说完，杨芳便开始不停地对着酷男挤眉弄眼，讲台的下面，几位肠胃不好的同学早已经吐了出来。

"金家大千金？什么意思？"酷男不明白。

"好了，好了，不说了！亲爱的酷男同学，快去坐着吧！再不去，位子就凉了。"杨芳忽然对着酷男丢了一个媚眼，那一刻，酷男被彻底地征服了！

酷男的同桌是一位男生，酷男还没有坐下的时候便闻到了一股浓浓的酸菜味，左右看了看，酷男终于确定了那种独特的酸味来自自己的同桌，一个头发上面雪花飞舞的男生。

捏着自己的鼻子，酷男艰难地坐了下来。

"喂！你把鼻子捏着做什么？"那位正在用自己的"秀发"腌制酸菜的男生小声地问道。

"拜托！你到底有多长时间没有洗头了？"酷男捏着鼻子不停地摇晃着自己的脑袋，看他的样子好像连坐都坐不稳了。

"你懂什么？这是性格！懂吗？性格！"男生坚持道。

"老师！"酷男猛地喊了一声，然后高高举起了自己的右手。

"谁！到底是谁敢在我讲课的时候……哦，原来是酷男同学啊，酷男同学，请问有什么可以帮助你的？"杨芳柔声地问道。

"我想申请换座位！"酷男大声疾呼道。

"哦，原来是这件小事……请问在座的哪位同学愿意换到王小凌同学的旁边？"杨芳一问完，所有的同学，除了酷男和他的同桌之外，几乎全部停止了呼吸，因为大家都害怕，害怕自己的呼吸声会引起老师的注意！

"没有人回答？那我就一个个地问了。"杨芳甩了甩自己干枯的秀发，雪花，飞舞。

"周倡同学，你不是说坐在最后一排觉得看不太清楚吗？你是否愿意……"

杨芳刚刚问到"你是否愿意……"这个地方的时候，酷男只听见自己的身后一阵骚乱，紧接着传来了一阵玻璃破碎然后有人跳出窗外的声音。

"唉，看来周倡同学不太愿意换座位，那么张华同学……"

"张华同学"的名字刚刚一出，酷男就看到坐在自己侧前方一位戴着金边眼镜的男生忽然不顾一切地一头撞在了教室洁白的墙壁之上，很快，鲜血流淌了下来。

"唉，看来张华同学也不太愿意，那么钟茹绣同学……"

一位女生，在听到杨芳说出"钟茹绣"这三个字的时候忽然变得精神失常，然后披头散发地惊叫着跑出了酷男所在的教室，酷男不猜也知道，这位女生想必就是杨芳刚刚提到的那位钟茹绣同学了！

"钟茹绣同学也不太愿意，那么……"杨芳放眼望去，所有的同学脸上都露出了极度痛苦和恐慌的表情，这种表情就好像杨芳提出的要求并不是要谁换座位，而是要谁去死一般。

……五六分钟过去了，分别又有七八位同学死的死，伤的伤，他们的目的都非常明确，那就是情愿去死也坚决不和王小凌同学坐在一起！

"老师！我看还是算了，我克服一下也许可以的！"酷男不愿意再看到同学们为了自己流血流泪了。

"是吗？那真是太好了，酷男同学这种为了其他的同学自我牺牲的精神真是值得我们大家学习，好了，现在可以开始上课了，哦……对了，有哪位同学带了手机，麻烦打一下急救电话，这里受伤的同学实在是太多了。"

PS：以上夸张情节纯属事实，请广大读者每天按时洗头，谢谢。

就在恍惚之间，下课的铃声总算是敲响了，第一时间，酷男冲出了教室，找到了一个最近的WC，大声地呕吐了整整八分钟，然后喘息着强迫自己爬回了教室。

“酷男同学，你……”

“好了！好了！算我怕了你！给！这是我的私房钱，虽然只有三块钱！但是足够你洗一次头了！”酷男捏着鼻子，几乎不敢正视自己的同桌。

“我的头发还好吧？我才三个多月没有洗头，能够脏到哪里去？”王小凌好像不太明白地问道。

“你……你狠！”

就在上课铃声敲响的同时，教室里的广播器忽然响了起来。

“同学们请注意了！由于今天学校决定临时召开一次全体师生大会，请各位同学在班长的带领下到学校图书馆旁边的大礼堂集合，校长今天将会有一项重要的事情宣布……”

学校不上课，对于学生们来说比什么都高兴，一队一队的学生在欢声笑语中前行着。

金海高校虽然是高中，但是它的占地面积却比许多的大学还要大，因为它的前身本来就是以前的一所民国时期的大学,再加上它所在的位置又恰恰靠海，所以放眼望去，就好像大海也是金海高校的一部分。

金海高校的大礼堂就位于学校图书馆的右边,礼堂很大,传说以前很多的抗日将领都在里面发表过演说，也有传说那些抗日将领在过世之后也会偶尔地回到这个地方继续进行演说,当然,时间一般都是在晚上十二点钟之后。

今天的天气很好，阳光也非常的充沛,透过大礼堂两边顶端的彩色玻璃,阳光一缕缕地照射了进来，柔和地映射在一排排的木制坐椅之上，给人暖暖的、亮亮的感觉，让这些整日昏昏欲睡的学子们更加的欲罢不能。

由于酷男所在的年级属于高二组，所以他们班的位子正好坐在了大礼堂的正中间，刚刚坐下，酷男便听到了很多同学们的小声议论。

“这可是金海高校第一次中断课程召开会议！”

“到底有什么紧急的事情需要这么急着宣布？”

“我可听说昨天夜里有一架 UFO 紧急迫降在了金海高校的后山，今天召集我们不会是想展示 ET 吧？”

“谁跟你说的？”

“我家的宠物狗托梦告诉我的！”

“靠！”

……

“真是太好了！本来上课的时候睡觉还有一定的危险性，到了这里，就算我打鼾都不会有人说什么了！”王小凌伸了一个懒腰，准备进入睡眠状态。

“喂！王小凌！不可以睡觉！每次集体活动你都给我们班抹黑！你到底是个什么意思？”班长不知道从哪里跑出来教训了一句。

“靠！睡觉是你可以控制的吗？你有本事就帮我提提神！”王小凌白了班长一眼。

“好！只要你敢睡我就去告诉杨老师！看她怎么收拾你！”班长最会来这手。

“看来你是逼我用绝招了！……看着我的头发，看着我的头发，看着我的头发，看着我的头发，看着我的头发……”听到班长的威胁，王小凌忽然用双手在自己的“秀发”上旋转了起来。

“你！……”班长只说出了一个字，便倒地不省人事。

王小凌将刚刚被自己的“秀发”催眠致死的班长竖到了自己座位的右边，然后又伸了一个懒腰，准备正式地进入睡眠状态。

“你可真行！你这种也应该算是超能力吧？”一直在一旁没有出声的酷男终于还是忍不住地问了一句。

“这算什么！只不过是个普通人罢了，上次我去动物园，那头胆敢跟我对视的河马都被我搞定了，小CASE！”王小凌将双手交叉着放在脑后支撑起了自己的脑袋。

“是吗？佩服！佩服！不过……麻烦你可不可以坐远一点？我还需要正常的呼吸！”酷男终于还是说了出来。

“怎么？听你的话就是嫌弃我了？你是不是也想……看着我的头发，看着我的头发，看着我的头发，看着我的头发，看着我的头发……”王小凌又开始对着酷男发功了。

“靠！你这么做就是赶我走了？”酷男感觉自己的呼吸开始困难。

“……看着我的头发，看着我的头发，看着我的头发……”王小凌继续发功。

“看着我的拳头，看着我的拳头，看着我的拳头……”王铁仁不知道什么时候忽然出现在了酷男的身边。

“……耶呜！……铁哥！……你好！”王小凌忽然怪叫了一声。

“好个屁股！我数三声如果你还不走，要么你用头发催眠我，要么我用拳头催眠你！”王铁仁恶狠狠地对着王小凌威胁道。

“一……”王铁仁刚刚说出一，王小凌便就地人间蒸发了。

“呼……呼……呼……要不是你来得及时，我看我撑不了多久。”酷男呼吸困难地说道。

“那个臭小子就是不喜欢洗头！其实其他的方面他都还好，说了你也许不信，其实他还是我的一个远房亲戚。”说话间王铁仁坐在了王小凌刚刚坐的那个位子之上。

“唉，那小子不去申请最长时间不洗头的吉尼斯世界纪录实在是太可惜了……”酷男感到惋惜地摇了摇脑袋。

“喂，你听说没有？”王铁仁忽然问了一句。

“听说什么？”酷男不明白。

“就是校长今天要宣布的事情。”王铁仁小声地说道。

“我今天才第一天报道，你要我到哪里去听？”

“我听说校长今天会宣布学校放假一个星期！”王铁仁睁了睁眼睛。

“放假一个星期？为什么？不是距离暑假还有一段时间吗？”

“听说有人把金海高校给告了！”

“告金海高校？告什么？女生太漂亮了？”酷男左右看了看。

“当然不是……你知道就这个学期，我家里往金海高校交了多少钱吗？”王铁仁问道。

“多少？”

“三千八百六十四元，一分不多一分不少！”

“不是吧！这里只是一个高中耶！又不是夜总会，交这么多钱干吗？难道这里晚上还提供……”酷男幻想道。

“同学们，请安静一下，请安静一下……”就在酷男感到疑惑的同时，演讲台的上面不知道什么时候出现了一位肥肥的，挺着大肚子的胖老头。

“他就是金海高校的校长。”王铁仁提醒道。

“他？……怎么看起来这么的眼熟？”酷男感觉自己以前好像在哪里见过这个人，但是到底是在哪里，酷男却又怎么也想不起来。

很快，在校长的催促下，整个大礼堂安静了下来。

“今天，我要大家来这里的目的很简单，因为一些内部调整的原因，从今天开始金海高校和全海中校需要进行一些人事和组织结构上的合并。由于这次合并的决定来得比较匆忙，也为了保证广大金海学子们的教学质量，所以校董事会临时决定从今天开始金海高校破例放假一个星期……”校长的声音在整个大礼堂的上空回荡着。

“谎言！绝世大谎言！合并的事情都是掩盖事实真相的借口！乱收费被教育部门查处了才是真正的原因！不信大家看传单！”就在校长刚刚宣布出放假一个星期的决定时，一个蒙面大盗模样的胖女人忽然从大礼堂的入口处疯狂大叫着冲了进来，很快，她将学生们的注意力从校长身上吸引了过去。

“大家快看啊！这是我用血书写出的金海高校乱收费的事实！事实永远都是事实！谎言永远都掩盖不住真相！免费倒贴钱教育万岁！”

随着传单漫天的飞舞，整个大礼堂沸腾了起来，对于这种紧急事件，金海高校的学子们全都是抱着一种唯恐天下不乱的心态去旁观的，没有人出手制止蒙面大婶，大婶手中的传单很快落到了酷男的面前。

“失火了！！！”

“那个大嫂有艾滋！”

“天塌下来了！”

"UFO 降临了！"

"校长是同性恋!!!"

"没错！校长的确是同性恋！"

……

混乱中，也不知道是哪些学生冒出了上面的这些谣言。

酷男趁乱，随手在空中拿下了一张飘舞着的传单。

传单上的标题是用鲜红的颜色印上去的，为了表达这个故事的真实性和完整性，我下面将这张传单的部分内容公布于众：

血书一号！金海高校乱收费的真实内幕！

本人乃海边卖菜大婶假某(化名)，非常不幸，本人两年前鬼使神差地将自己无辜的唯一的儿子送入了所谓的重点高中金海高校就学，本以为进入金海之后犬子可以得到良好的教育，但是在经过了两年零三个月的煎熬之后本大婶被迫将犬子转入了另外的一所普通高校，原因很简单，大家看看下面我列出的这些金海高校巧立名目的收费清单便会知晓答案！

8 月 29 日：新学期报道，交学费 1045 元，另交学校黑社会团体保护费 50 元；

8 月 30 日：交校服费 150 元，校服保养费 10 元，黑社会校服保护费 5 元；

9 月 5 日：体检费 20 元，其中检测到底是男是女另外收费 5 元；

9 月 10 日：资料费 10 元，另校园黑社会组织学习收费 20 元；

9 月 15 日：补课费 80 元，另校园黑社会集体补课费 8 元；

9 月 18 日：自来水费 5 元，纯净水费 5 元，矿泉水 5 元，自然蒸发学校用水费 5 元；

10 月 13 日：再交补课费 50 元，另校园黑社会强迫刷卡用去 10 元；

10 月 15 日：自然生物竞赛费用 15 元（学校称用于购买解剖用活牛蛙一只，后经家长仔细检查，就是一只死蛤蟆）；

10 月 18 日：饭卡充值用去 100 元(其中 10 元不知去向，询问校方给出的答案就是机器坏了，那 10 元自己失踪了，要学生自己下次注意)；

10 月 26 日：英语资料费用 40 元(每隔两个月购买同样资料一份)，另购买校园黑社会学习资料一份 20 元；

10 月 30 日：考试费 10 元，另校园黑社会强迫考试一次，没通过，交补考费 10 元；

11 月 8 日：学校组织海边沙滩种植仙人掌，仙人掌购置费 20 元(海边种仙

人掌！我靠这金海高校的老母）;

11 月 20 日:学校组织看电影《地道战》收费 50 元（其实就是放的盗版影碟），另校园黑社会组织观看《无间道》1、2、3 联播收费 10 元（就连黑社会收费都比学校地道）;

11 月 29 日:学校第五次清洁空气费用 5 元;

12 月 9 日:学校为世界绿色和平组织祈祷费用 5 元;

12 月 17 日:学校反校园周边黑社会教育费 20 元，另校园黑社会组织学习反反校园周边黑社会教育费 10 元;

……（为节约广大读者的时间，此处省去大约 5000 字）总计费用 8672 元。

大礼堂的里面，只要是拿到了这份血书传单的学生无一不龇牙咧嘴面红耳斥宽衣解带的！

“太真实了！”

“太全面了！”

“如此下去中国的未来怎么办？”

“现在的学校都是吃人的老虎！”

“黑社会都比学校地道！”

“对！为什么学校不组织学生观看《无间道》？”

“收了这么多的费用连一个收据都没有开过！真是过分！”

“砸了学校！以泄民愤！”

“对！砸了学校！给，这是铁锹！你去动手！”

“……你怎么不去？”

“我帮你喊口号！”

“靠！”

……

就这样，这次校长组织在大礼堂召开的放假动员大会就在一片混乱中被迫结束了，学校放假一个星期已经变成了不变的事实，不过这次放假的具体原因，金海高校的官方一直都没有给出一个明确的答案，另据小道消息，自从金海高校临时放假之后校董事会成员集体人间蒸发。

Is That You, My Love

亲爱的，是你吗

NO.24

转校第一天，竟然就被告知放假一个星期！酷男的脑袋一直到现在都还没有完全反应过来。

木讷地，酷男就这么傻傻地站在金海高校的大门口看着学校的铁门，大张着嘴巴，也不知道是在想些什么。

太阳已经很高了，碧净的天空中不时地飘过一朵朵棉花糖似的白云，白云将太阳遮住，地上椰树的影子便失去了踪迹。不过很快，当棉花糖对着太阳挥手告别的时候，地面上椰树的影子也会如同情人般地再次依偎在椰树的脚下，静静地，安详地，好似再也不愿离开。

“喂！天才！该走了，你还一个人傻傻地站在这里做什么？等着开学啊？”王铁仁背着书包蹿到了酷男的身边。

“为什么呢？到底是为什么呢？”酷男看着学校的大铁门自言自语道。

“什么为什么为什么？都说了是因为

乱收费内部审查关门人吉了！你看看这些学生们，一个个脸上都乐开了花，哪一点像是想要上课的样子？"王铁仁自己的脸上也是掩饰不住的欣喜。

"为什么杨芳会跟我说我和金先生的千金怎么怎么的？我始终都不明白她到底是在说些什么。"酷男自言自语道。

"你又不是不知道杨芳是金海高校出了名的疯子，你不会连她的话也相信吧？"王铁仁提醒道。

"……也许吧，走了，回家。"

酷男的奶奶给黎晓怡看了许多酷男小时候的照片，黎晓怡看得非常认真，也看得非常仔细，有的时候她会笑，有的时候她又会很平静，酷男的奶奶向她介绍的酷男的点点滴滴她都已经牢记在了心里。

"奶奶，您说的意思是这张照片真的就是酷男？"黎晓怡望着自己手中的那个傻傻的开裆裤小孩问道。

奶奶点点头，笑了笑，接着又无奈地摇了摇头，说道："酷男这孩子幼儿园的时候就是喜欢到处啃小女生，还有这张照片，只要是他看上的小女生他恨不得每个人都发一张。"

"如果按照您所说的，这张照片很多的女孩子都会拥有？"黎晓怡轻轻地歪着嘴巴问道。

"没错，但是……能够保存至今的，恐怕只有你一个。"酷男的奶奶的脸上挂着欣赏。

"那么……他是不是跟每个女生都说了要娶她们做老婆？"黎晓怡咬着嘴唇，淡淡地红着脸颊问道。

"当然没有，也就两个。"酷男的奶奶伸出了两只手指。

"两个？……还有谁？"黎晓怡的脸上竟然挂着嫉妒。

"你是不是真的想要嫁给酷男？"奶奶忽然问了一句。

黎晓怡的脸红得更厉害了，她捏了捏自己小小的拳头，没有回答，但只要是人都看得出来，她这跟说了YES没什么区别。

"晓怡，我想问你一个问题，你一定要如实地回答我。"酷男的奶奶望着黎晓怡的眼睛问道。

"您说。"黎晓怡用右手的手指抚了抚自己短短的秀发。

"如果你是一个男孩的奶奶，那个男孩有一天忽然长大了，到了谈婚论嫁的年纪，就在这个时候，他的面前同时出现了两个都非常愿意嫁给他的女孩，其中一个女孩不但长得漂亮而且家里的金银财宝足以布满整条海岸线，更巧的是，那个女孩的爷爷正好是你的初恋情人。然而另外的一位女孩子就普通了许多，不光家里没钱，而且长相也是平平，但是她的心地却是这个世界上面最最单纯最最美丽的，如果你是那位男孩的奶奶，你会选谁？”酷男的奶奶提出了自己的问题。

“当然是让他选那位长得漂亮家里又有钱的女孩子了！”黎晓怡脱口而出。

“但是另外的那个女孩怎么办呢？那个男孩子可是她唯一的希望，如果没有了他，她也许连生存的希望都没有了。”酷男的奶奶接着问道。

“如果她是真心地喜欢那个男孩，就应该为他作出这样的牺牲，然后在后面默默地祝福他们，或者是自己消失掉……！”黎晓怡还是脱口而出。

“……你的单纯真是超出了我的预计。”酷男的奶奶笑得更加开心了。

“我的单纯？……奶奶，您不会是拿我打比方吧？”黎晓怡转着眼珠子问道。

“傻丫头，奶奶我只是随便问问罢了，你这么善良，奶奶我怎么会不要你呢？”酷男的奶奶爱怜地轻抚着黎晓怡短短的头发，头发很短，但却有着超乎想象的柔顺。

黎晓怡的脸上，满是单纯。

离开学校，酷男并没有直接回家，而是在王铁仁五块钱外加一顿麦当劳午餐的引诱下来到了位于市中心的金海时尚广场。王铁仁跟酷男说在金海时尚广场今天会有一个他非常喜欢的当红玉女派明星宣传新专辑，而且那位女明星完全就和自己梦中的完美情人长得一模一样，非要酷男也来见识见识不可。

不知道为什么，酷男从小到大对一些所谓的明星偶像之类的东东都不怎么来电，不过今天，酷男也不知道怎么了就问了王铁仁一句：“你刚刚说的那个女明星叫什么来着？”

“金淑媛！”

“金淑媛？这名字怎么听起来这么的耳熟？”

“当然了！她这么红！只要是地球人都听说过这个名字！”

“不是，不是，这个名字……”

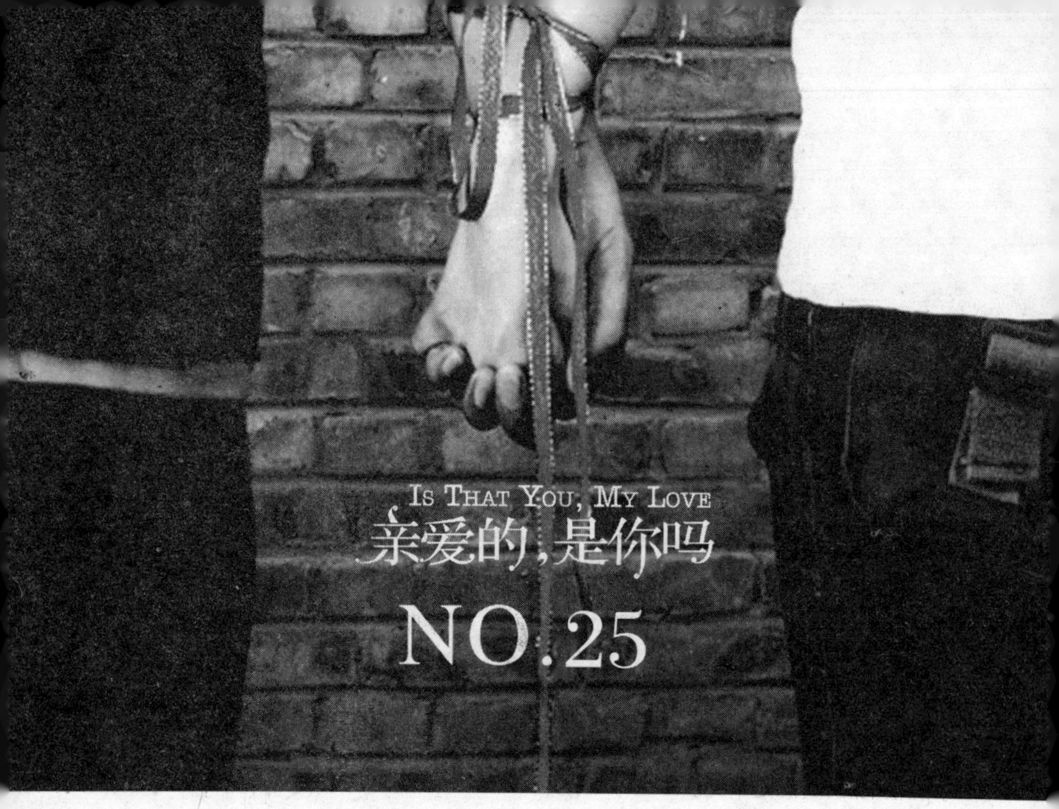

IS THAT YOU, MY LOVE
亲爱的，是你吗
NO.25

只要是明星，特别是正当红的那种，都有一个共同的习惯，那就是喜欢放鸽子，所谓放鸽子就是指明明说好了是今天晚上七点与歌迷见面硬是等到了第二天早上的八点才会出现，理由通常都只会有两个，ONE，交通工具晚点；TWO，公司五分钟前才告知自己有这个通告。

要说金淑媛在这些明星之中算是比较守时的一个，因为到现在为止，虽然金淑媛还没有出现，但是她只迟到了两个半小时而已。这个时候的酷男已经在王铁仁的搀扶下勉强站立在了歌迷之中，因为酷男实在是太饿了。

“铁兄，麻烦你下次还是自己一个人来比较合适，因为我实在是没有这种忍耐力。”酷男的脚又晃了两晃。

“等一下再加一个巨无霸和一个新地。”王铁仁丢了一句。

“嗯，我忽然感觉好多了。”

酷男和王铁仁站的位置应该属于人群的中间地带，酷男放眼估计了一下，方圆一千多个平方米的金海时尚广场竟然已经连一个可以竖旗杆的位置都没有了，要是组织这些疯狂的歌迷去抢摊日本，也不知道结果会怎么样。

“天才，你说要是这里有个人放上一屁，会死多少人？”王铁仁忽然幽了酷男一默。

“不用放屁了，这种状况自然会有人自己倒下。”酷男刚刚说完，他的左后方已经有两位体力不支的少女歌迷昏了过去。不过很快，她们又被自己的同学歌迷团给强行地撑了起来，然后又被迫在自己的头上插满了“金淑媛我爱你”“金淑媛你最棒”“金淑媛你就是我的妈”之类的旗帜，她们给酷男的感觉就是——还不如死了算了。

金海时尚广场靠近大银幕的地方有一个方形的舞台，在这个舞台上站过的明星不计其数，其中包括了刘德华、成龙、TWINS、徐小凤、周杰伦、发哥、SHE、裴勇俊、全智贤以及棉花糖（除这个棉花糖是我自己幻想的外，其他的都属事实）。

所以每当有明星要在这座城市中做宣传的时候，这个地方都是他们的首选，更何况这位明星还是在这座城市中长大的。

在酷男还没有见到金淑媛真人之前他就已经在金海时尚广场的现场看到了无数的金淑媛大大小小的宣传照片和各种免费发放给歌迷的宣传小册子。

酷男真的觉得这个金淑媛自己以前一定是在哪里见到过，但是酷男就是怎么也想不起来，不过酷男仔细分析了一下，也许只要是男人见到了美女的照片都会跟自己扯上一些关系，更何况，这位美女还是当红的明星。

王铁仁的确没有骗酷男，金淑媛的美丽并不是平常女子所能比拟的，这是一种带有那么一点点野性的美丽，而且更不可思议的是这种野性之中竟然还透露着那么一点点是个男人都想要的单纯。在酷男还没有听过金淑媛的歌，看过金淑媛的电影之前，就是看着这些照片和宣传单，酷男也明白了为什么金海时尚广场的现场会聚集这么多疯狂而又忠实的歌迷。

也不知道自己到底等了多久，酷男忽然感觉现场的气氛瞬间沸腾了起来，因为金海时尚广场的大银幕上已经打出了金淑媛五分钟之后将会来到会场的巨型字幕。

“金金！我爱你，我真的爱你！你就是我的老娘！”

“金金歌迷会的会员们！跟着我一起喊！金金！金金！I LOVE YOU 就像 MOUSE LOVE PROVISIONS（翻译为老鼠爱大米）！”

“她要来了！她真的要来了吗？我等这天已经十年了！太好了！真是太好了！我终于可以乘坐 UFO 回火星了!!!”

“金金！金金！你的每张专辑我都是吃到肚子里面去的！你的每部电影的每句台词我都倒背如流！金金！你就嫁给我吧!!!”

“什么都不说了！等下金金一现身，我就死在她的面前，让她知道我的忠诚!!!”

“不行！我要先死！”

“我喝敌敌畏！”

“我自己掐死自己！”

“我当众撞墙！”

“我让金金的保镖把我活活打死！因为他们的手一定碰到过金金!!!”

“好！你是逼我用绝招了!!! 我当众脱裤子大便把自己恶心死！你敢吗？”

“……好的，你赢了。”

……

在现场混乱的局面之下酷男忽然觉得自己的呼吸有些困难，酷男觉得自己估计得没错，现在的金海时尚广场就算没有人放屁自己也会因为空气稀薄窒息而死。

“铁兄，我……去趟洗手间。”酷男实在是撑不下去了。

“这种时候怎么能够去洗手间！等一下你回来的时候还有位子才怪！”王铁仁说的是实话。

“唉，管不了那么多了！再不出去透透气我怕我见不到我奶奶了。”酷男说的也是实话。

“好吧，好吧，等一下万一你要是找不到我就在麦当劳门口等我。”王铁仁和酷男说话的时候眼睛一直都没有离开过大舞台。

“但是这个……大概还要多久？”酷男问了一句。

“大概三四个小时吧！”王铁仁左右看了看。

“三四个小时！……但是我的午饭……”

“唉，给，这是三块钱，你自己去找点吃的吧。”

"三块钱！你不是说要请我吃麦当劳的吗？"

"要是我现在给你钱吃麦当劳你不跑回家才怪！这三块钱你先拿去随便吃点什么填填肚子吧，等一下宣传会一完我就请你吃M，我说话算数！"王铁仁拿着三块钱的手摇了摇。

"……你当我是要饭的？"

"你到底要不要？"

"要！"

就这样，酷男手里拿着王铁仁施舍给自己的三块钱从拥挤的人群中勉强地爬了出来，金海时尚广场的洗手间在二楼，酷男直奔二楼。

金海时尚广场的洗手间可不一般，说了大家也许不信，为了和世界最高水平的时尚广场接轨，金海时尚广场每个洗手间的单独造价都在一百万元人民币以上，要是里面没放马桶，每个人都会以为自己来到了五星级酒店的套房。

除了一楼的广场，现在金海时尚广场其他的位置几乎就没什么人了，因为不管知道还是不知道金淑媛这个人的都跑去看热闹了，中国人的这个习惯不管走到世界哪个角落其实都是一样的，哪里有热闹就往哪里跑，老少皆宜。

"唉，还是这里的空气比较新鲜！"在距离二楼洗手间大概还有五米左右的地方，酷男大口地呼吸着。

不过很快，酷男停住了自己的脚步，因为就在距离洗手间大概还有三米左右的地方，酷男忽然发现洗手间的门口好像站立着几个身材魁梧高大身着黑色西服的东洋巨无霸，他们就那样站立在洗手间的入口外面，没有进去的意思，也没有离开的感觉。看到这一幕，酷男也不知道自己到底该不该再往前走，但是他的尿意却越来越浓。

"对不起，请让让。"想了想，酷男还是觉得自己的身体需要比较重要。

"干什么？"比酷男整整高出了两个头的黑大个问了一句。

"来这种地方还能干什么？"酷男顶了一句。

“对不起,请你过十分钟再来,这里我们现在包下了。”黑大个冷冷地说道。

“靠!你以为这里是收费WC啊?我告诉你,这里可是人人都可以进去爽一把的公共用地!”酷男挺直了身子说道,不过酷男的话都还没有说完,另外的几个黑大个已经向他拥了过来。

酷男左右看了看,笑了笑,别的不敢说,但是打架,酷男从小到大都没有输过,对于打架的这份自信,他超过了任何人。

“这种档次的洗手间也敢说和世界顶极时尚广场接轨?和上次我去北海道做宣传的那间差得实在太远了!”就在酷男全身已经进入了一种随时准备应战的状态时,洗手间的里面忽然传出了一个少女的声音。

“对不起,金淑媛小姐,让您受累了。”另外一个声音赔笑道。

“的确是让我受累了,用这种地方当我的化妆间,真是丢份。”

“对不起,对不起,下次您再来的时候我们一定改进。”

“唉,算了,谁要你们和我爷爷那么熟呢。今天就算我吃点亏吧。”

“是,是,金淑媛小姐,妆您也画好了,现在可以下去了吧?”

“再等十分钟吧,好东西是值得人们等待的。”

“是,是,再等十分钟,再等十分钟。”

洗手间里面的对白,被酷男听得清清楚楚,只要是有耳朵的人都知道,洗手间里面的那位少女一定就是金淑媛了。

“靠!你们还是不是人!下面的歌迷都等了你两个多小时!你还在里面拽个屁!”酷男忽然对着洗手间里面声音传来的方向喊了一句。

酷男的话音还未落下,所有的东洋巨无霸忽然一起拥了过来,将酷男死死地夹在了他们的中间。

一分钟过后,三米处两个,一米处一个,零点五米处三个,刚刚所有用自己的身体贴着酷男的东洋巨无霸们此刻全部都已经乖乖地躺在了地上。他们不知道自己是怎么着就被酷男给扔了出去,而且更不可思议的是他们摔到地上的时候竟然全都没事,但是他们的心里都清楚,今天算是遇到高人了。

很快,巨无霸们再次拥向了酷男,不过更快,他们再次回到了原地。

“谁在外面这么吵啊?”一个红头发戴着金边眼镜的少妇从洗手间的里面走了出来。

“快让她下去！这么不尊重歌迷的人怎么可以当偶像？”酷男对着少妇丢了一句。

“咦？你……”少妇看着酷男，推了推眼镜，好像想起了什么。

“你别管我是谁！还有你们请这些废物来保护她实在是浪费大家的时间。”酷男指着地上几个“倒地版”的巨无霸淡淡地道。

“张姐，什么事？”少女的声音再次响起。

“没事，好像是一个疯狂的歌迷急着想见你。”

“给他张签名照，让他走吧。”洗手间里面的声音淡淡地道。

“但是他已经解决掉了你那几个没用的保镖，我看我是没办法阻止他了。”少妇没好气地回了一句。

“你们这里是怎么做事的？我要是被歌迷伤到了怎么办？”洗手间里少女忽然抱怨道。

“是，是，都是我们的错，今天的歌迷实在是太多了，保安都被我们派下去维持秩序了，下次一定加派人手，一定加派人手。”又是那个赔笑的声音。

“下次！每句都是下次！你们到底会不会做事？……好吧，好吧，算我倒霉！……张姐！我这就出来。”

“金淑媛小姐，这边请。”

当酷男第一眼见到金淑媛的时候还是忍不住地倒吸了口凉气，因为酷男从小到大还真没有亲眼见到过这么漂亮的少女。

这世上有很多种美丽，你就算明明知道她是假的，明明知道她是经过了精心的包装和策划，也一样会禁不住地赞叹她的神奇和不可思议。

金淑媛穿的是一件颜色鲜艳的紫缎长裙，系着一条翠蓝色的绸缎腰带，袖口、领口都编织着两寸多长的金花锦边。金淑缓的脸颊微红，皮肤白而细腻，特别是她的那双眼睛，当真是纯净得清澈见底，而且不时地，还会泛出一些似有似无的闪烁着的涟漪。金淑媛的头发好像并没有经过特别的修饰，就那么顺顺地放在肩膀之上，宛如一道黑色光亮的瀑布倾泻而下。至于金淑媛的身材，我想只要是男人都会忍不住地多看几眼，更何况拥有这完美身材的少女竟是如此的美若天仙，我想所有的女人若是亲眼见到了金淑缓一定都会考虑自己下辈子还是当个男儿郎比较靠得住一些，因为若是和金淑缓站在一起，自己实在就是一块没有任何光彩的顽石。

“你是要我签在衣服上还是自己带了专辑？”金淑媛似笑非笑地走到酷男的

身边问道。

"我……"酷男竟然不自觉地往后退了一步。

"我看就签在你的衣服上面吧。"金淑媛好像对酷男的惊异表情并不感到意外。

"小姐,你有没有男朋友?"酷男张大了嘴巴傻傻地问了一句,此时此刻,他终于彻底明白了为什么王铁仁每次在自己的面前提到金淑缓这个名字的时候都会忍不住地擦拭一下自己的口水。

"喂,我说你是怎么搞的?要签名就要签名吧,哪来这么多废话?"一直在金淑媛身后没有出声的一个秃顶胖子忽然喊了一句,听声音,他应该就是刚刚金淑媛在洗手间里面训斥的那个金海时尚广场的负责人。

"这个少年刚刚可是轻易地就扳倒了金小姐所有的保镖,你这么跟他讲话,我怕……"红发少妇忽然在秃顶的耳边轻声提醒了一句,很快,秃顶哼着小曲独自走进了洗手间。

"我以前是不是在什么地方见过你?"金淑缓看着酷男的脸,忽然问了一句。

"我一个要饭的,你能够在哪里见过我?"酷男开始有些语无伦次了。

"不是,不是,你……"金淑缓抚摸着自己的秀发思索着。

"金小姐,该下去了,歌迷已经等得太久了。"红发少妇提醒了一句。

"张姐,我上次要你帮我查的那个人你查到了没有?"金淑媛忽然对着红发少妇问道。

"我已经托人去查了,他说查到了就发到我的PDA(随身电脑)里面。"红发少妇回道。

"哦……好吧,你要我签哪里?"金淑媛微笑着对着酷男问了一句,她的这个微笑使在场所有的人,包括红发少妇在内都感到了诧异,因为她们跟在金淑媛身边已经很久了,还真的没有看到金淑媛单独见歌迷的时候笑过。

"对不起,金小姐,我忽然想起来了,我并不是来找你要签名的,我是来上WC的。"酷男好像意识到了自己的失态。

听到酷男忽然来了这么一句,金淑媛愣了愣,接着说道:"我总觉得你好像一个人,但是却又不太肯定……"

"金小姐,我要饭的时候很多人都往我的碗里扔过硬币,下面的歌迷真的等你太久了,你如果再不下去真的就不配当一个偶像了。"酷男整理了一下自己的情绪,淡淡地道。

"你想和我共进晚餐吗?"金淑媛的这句话一说出来,包括酷男在内,所有的人都认为自己的耳朵出了毛病。

“对不起，金小姐，你刚刚说……”

“我问你想和我共进晚餐吗？”金淑媛不紧不慢地重复了一句。

“行!!! 当然不行！我说的是不行！我等一下还要到路边去继续要饭！”酷男都不知道自己说的是什么。

“哦，那实在是太可惜了……张姐，我们下去吧。”金淑媛转身，准备离开，不过很快，她又回到酷男的身边微笑着说道：“我有一种感觉，我想我们很快就会再次见面的。”

“是……是吗？”酷男感觉到了自己的紧张，“我想……下次我来这间 WC 的时候你可能会在里面卸妆，不过，你到底化了妆没有？”酷男从金淑媛的脸颊之上看不出任何化学用品的痕迹，看到的只有青春的娇媚和美少女的诱惑。

“好了，没事了，再见。”说完，金淑媛在一群人的簇拥下步向了楼梯口。

我怎么这么白痴!!! 这么美若天仙的女孩子要和自己共进晚餐，自己怎么会那么坚决地拒绝??? 这种机会恐怕自己下辈子都没有了!!! 白痴！我真的是个不折不扣的超级大白痴!!!

在洗手间里面，酷男不停地用自己的脑袋撞向墙壁，他这个后悔呀，恨不得真的一头撞死算了！

距离金海时尚广场的大舞台只有不到五米的距离了，前后左右歌迷的尖叫声已经将整个金海时尚广场的气氛推向了一个顶点。金淑媛就这么缓缓走在保镖的中间淡淡地思索着什么，好像这些疯狂歌迷的尖叫和欢呼声都与她无关。就在这个时候，金淑缓身边红发少妇手里一直握着的 PDA 忽然响了起来，一封新的电子邮件通过无线因特网传到了她的 PDA 之上，邮件的名字很简单，只有四个字：“人找到了”。

IS THAT YOU, MY LOVE
亲爱的，是你吗
NO.27

红发少妇将邮件开启，仔细阅读了一遍，她的瞳孔放大，接着又缩小，她的脸上不经意地闪过了一道惊异的表情，不过很快，她的表情又回复了平静。

“张姐，什么事？”金淑媛问了一句。

“没什么，等你演出结束了我告诉你。”少妇将PDA放入了手提袋。

说了几句废话，和几位疯狂的歌迷玩了玩太极，回答了几个早就给过钱的记者提出的八卦问题，金淑媛正式开始了签售，公司为这次的宣传签售活动准备了一千多张CD，头天晚上便已销售一空，等待签售的队伍，一直从金海时尚广场排到了海边。

当金淑媛机械性地签到第三百多张CD的时候她见到了一个块头非常巨大的高中生，这个人自称叫做王铁仁。他说他昨天夜里因为需要复习没有抢购到金淑媛的新专辑，所以希望金淑媛无论如何也要送给他一张免费的CD，而且还要金淑媛在他右边的脸上签上自己的名字，并且承诺，只要金淑媛签过字的地方，他这辈子都不会清洗了，他还威胁如果金淑媛不答应，他就死在金淑媛的面前。

很快，这位王铁仁不但没有得到免费的签名 CD，而且还被金淑媛身旁的保镖无情地扔到了台下的人群之中。但是很奇怪，当金淑媛签到第四百五十七张 CD 和第六百三十一张 CD 的时候，这个金淑媛亲眼看到被保镖扔到了台下的疯狂不死鸟竟然毫发无伤地再次出现在了她的面前。当然，王铁仁每次都是以同样的姿势飞向了台下。不过他的这种舍生忘死的性格还是获得了台下同样没有购买 CD 而得不到金淑媛亲笔签名 FANS 的阵阵热烈掌声。

金淑媛的签售进行得还算顺利。但是当王铁仁幽灵般第四次再次出现在金淑媛面前的时候，主办方还是不得不为了金淑媛人身安全考虑而强行中断了这次的签售活动。不过暗地里，金淑媛的内心还是非常想感谢一下这位让签售宣传活动提早结束的疯狂歌迷，因为这个白痴帮助自己至少少签了三百多张 CD，这样，自己的手臂晚上就餐的时候也不至于连拿起刀叉的力气都没有了。

在金海时尚广场几乎所有保安的护送下，金淑媛总算是顺利地坐进了公司为了给自己撑门面刚刚租用的一辆加长的林肯房车之中，车窗的外面，歌迷疯狂的尖叫声不绝于耳。

微笑着，金淑媛缓缓地摇起了车窗，就在车窗完全紧闭的那一瞬间，金淑媛的脸颊忽然出现了厌倦与无奈，隐隐的。就在这片厌倦与无奈之中还夹着寂寞，这是一种少女特有的寂寞，这种寂寞就如同天空中飞翔的凤凰无法得到人们的赏识，野地里盛开的百合无法得到爱人的欣赏一般。除了无奈，这还是一种眼睁睁看着自己的青春年华在自己的手掌之间无情流逝的忧伤，这种忧伤，缘自寂寞。

“唉，每次这样飞来飞去，唱来唱去，到处无聊地演戏，真是一点意思都没有。”金淑媛缓缓地将自己的脑袋靠在了林肯车的后座之上。

“你的档期已经排到了后年，如果你想毁约，至少得赔一个亿。”红发少妇在旁边微笑着提醒了一句。

“我知道，我当然知道，我怎么会不知道呢？公司给我安排这么好的车，给我提供这么完美的服务，给我花费这么巨额的宣传费用，当然都不是白给的。”金淑媛望向了窗外，忽然问了一句，“对了，张姐，你刚才好像收到了一封邮件，应该是人找到了吧？”

听到金淑媛的问题，少妇迟疑了一下，接着无奈地说道：“从小到大你都是这么的聪明，没一件事瞒得过你，没错，人的确找到了。”

“如果我猜得没错，张姐一定不想告诉我他是谁吧？”金淑媛的眼睛一直没有离开车窗。

“我的确不太想告诉你他到底是谁，但是你自从进入思春期之后便天天念夜夜想，我想就算我不告诉你，你自己也会找人去查的。”少妇打开了PDA。

“张姐，从小到大除了我爷爷，你就是对我最好的一个人了，这世上有很多东西都比金钱重要，这也是你告诉我的。”金淑媛将目光转向了少妇。

“你这句话一般都是有钱人才会说的，你应该也知道这世上有很多的少女为了一碗饱饭而跟可以做她们爷爷的人上床。”少妇在金淑媛的面前说话很直接。

“所以我一直都觉得，自己是个很幸运的人，特别是有你和爷爷在身边一直照顾我。虽然我有的时候很霸道也很任性，但是对于你和爷爷的话，我通常都是听的。”金淑媛在少妇的面前的确还是个不折不扣的小孩。

“唉，从你出生的那一天起，我都一直将你当做自己的亲生妹妹，所以什么事情做得，什么事情做不得，我都是帮你分析过的。”少妇看着手中的PDA为难道。

“但是这次，张姐你一定要让我彻底的任性一次。”金淑媛咬着嘴唇说道。

“又来了，哪次我不是随着你的性子做事的？只是这次……”少妇手中的PDA开了又关，关了又开。

“这样吧，张姐，你让我猜一次，如果我猜对了，你就将PDA中的邮件给我看，如果我猜错了，我就当你还没有找到那个人，怎么样？”金淑媛忽然说道。

“……算了，我看你还是不要猜的好，每次你这么有自信的时候，哪次是猜错了的？”少妇终于还是打开了PDA中的邮件。

“不过，在我给你看这封邮件之前我还是想认真地问你一句，你真的想清楚了吗？”少妇缓缓地问道。

“张姐，你一定还记得你也曾告诉过我，有些事情想清楚了反倒不好。”金淑媛鬼笑道。

“唉……谁要我生来就是为了帮你排忧解难的，给吧，到时候你做了什么傻事，我能挡多少是多少吧。”说话间少妇将手中的PDA递到了金淑媛的面前。

IS THAT YOU, MY LOVE

亲爱的,是你吗

NO.28

虽然没有得到金淑媛的亲笔签名,但总算是引起了金淑媛的关注,能够做到这一点,王铁仁就已经心满意足了,所以当他见到一直傻傻站在麦当劳门口等他的酷男时脸上堆满了淫笑。

“嘿!嘿!嘿!嘿!……”王铁仁淫笑的声音比哭还要难听。

“怎么?见鬼了?”酷男靠在麦当劳的落地玻璃墙旁有气无力地问道。

“我刚刚用精神力量占有了我的梦中情人!”王铁仁高兴得嘴巴都合不上了。

“什么精神力量?”酷男说话的语气里是明显的心不在焉。

“嗯?怎么看你的精神像是不太好的样子?是不是饿得快不行了?走!今天你点什么都算我的!不过要在十块钱之内。”王铁仁拍了拍酷男的肩膀。

“不是,刚刚我已经买了三块钱的馒头吃了,现在不是太饿。”酷男摇了摇头。

“那是怎么回事?你好像有心事的样子?”王铁仁好奇地问道。

“我……算了,说了你也不会相信的。”酷男话到嘴边又吞了下去。

“唉!说来听听嘛!一个大男人怎么这么婆婆妈妈的。”王铁仁又拍了拍酷男的肩膀。

"你要我说可以,不过我说的话你一定要信!"酷男没有什么自信地说道。

"信!你说什么我都信!"

"好吧,进去边吃汉堡边说,另外,再加一杯可乐。"

"靠!"

找了一个靠墙的位子,酷男和王铁仁坐了下来,然后王铁仁一个人去了点餐台。

五分钟过后,王铁人端着餐盘回来了。

"你……你不是说的是巨无霸吗?怎么麦当劳还有三块钱一个的包子?"酷男看着自己眼前的中式大肉包不敢相信地问道。

"我们只是来感受一下麦当劳的气氛而已,这包子是我在隔壁的天津大包里买的,味道还不错,不比麦当劳的巨无霸差。"王铁仁狡辩道。

"还有这水,你不是说请我喝大杯的可乐吗?怎么看上去这么像是自来水?"酷男看着眼前一杯用一次性纸杯装着的透明液体问道。

"你又冤枉我!这明明是我在对面快亦爽打的免费矿泉水,说了你也不信,刚刚我打这两杯免费的矿泉水时竟然有一个自称刘德华的店小二胆敢阻止我!"王铁仁继续狡辩。

"你……巨无霸变成肉包子,大杯可乐变成小杯的免费矿泉水!还有刘德华都被你给搬出来了!你狠!"酷男对着王铁仁竖起了大拇指。

"是不是中国人?是中国人就应该支持国货!"王铁仁义正词严地道。

"对不起两位,本餐厅不可以食用外带食品。"一个带着麦当劳胸章的矮个子忽然出现在了餐桌边。

"谁说我们要吃了?我们只是看看!怎么?在麦当劳里面不可以欣赏中华美食吗?"王铁仁横了矮个子一眼。

也许是王铁仁的眼神过于可怕,矮个子自行退下了,不过三分钟过后,在更多"矮个子"的鄙视下王铁仁和酷男还是知趣地自行离开了麦当劳,来到了位于金海时尚广场二楼的公共休息区。

公共休息区非常的宽敞,而且旁边的落地巨型玻璃墙还可以清楚地看到不远处的黄金海岸线，这个时间，阳光正好可以透过巨大的落地玻璃墙直射到广场的里面，照在身上，感觉暖暖的。

“真是真是太太过过分分了……（因为激动话语有些颤抖）！要不是你刚刚拉着我，我早就冲过去了！”王铁仁好像有些激动。

“我刚刚好像没有拉你？”酷男问了一句。

“好了，不谈这个了，你倒是跟我说说你到底遇到了什么事情？”王铁仁倒是转得真快。

“金淑媛刚刚请我和她共进晚餐，被我拒绝了。”酷男丢了一句。

“……”听到酷男的话，王铁仁先是愣了愣，然后用手指清理了一下自己的耳朵，接着说道，“好了，你现在可以说了。”

“我刚刚已经说过了。”酷男回道。

“对不起，我刚刚听到的可能是自己的错觉，麻烦你再说一遍。”王铁仁喝了口免费的矿泉水。

“我说金淑媛刚刚请我吃晚餐，被我拒绝了。”酷男重复了一遍。

“……哈！哈！哈！……好了，我也笑过了，不过你这个笑话真的一点都不好笑。”王铁仁又吃了口包子。

“我不是跟你开玩笑的，我说的是真的。”酷男苦笑着说道。

“那我也告诉你，刚刚金淑媛当着众人的面要和我完婚，也被我拒绝了。”王铁仁又喝了口矿泉水。

“我说的每个字都是事实，我也不知道为什么她会突然请我吃晚餐，我更不知道自己为什么会拒绝。”酷男对刚刚自己的拒绝也感到了一些意外。

“你少来了！金淑媛是什么人？她可是金枝玉叶！你最多就是跑得比别人快点，不过也许等你破了世界纪录她真的会来邀请你吃晚餐。”王铁仁看着窗外闪闪发光的黄金海岸线说道。

“她真的长得好漂亮！她的美丽完全超出了我的想象，奶奶在我很小的时候就告诉过我女人的美丽都是假相，但是我为什么还是会被这种假相所迷惑？”酷男自言自语道。

“何止你被迷惑了！金淑媛全世界那么多的FANS个个都被她迷惑了！其中当然还包括我！……对了，你拿着个包子又不吃，要不给我吧？”王铁仁看着酷男手中迟迟未下口的包子问道。

“如果下次她还请我吃饭，我想我一定不会拒绝的。”说话间酷男将手中的包子送到了嘴里。

“你狠！”王铁仁看着从酷男嘴里逃生出来的半个包子愤愤地道。

“这句话可是你说的，我现在就再次邀请你共进晚餐。”一个少女的声音从酷男的身后传了过来。

IS THAT YOU, MY LOVE

亲爱的，是你吗

NO.29

王铁仁从小到大遇到过很多次的意外和超自然现象，但是那些和眼前的这一幕比起来实在都不值得一提。

王铁仁认为自己要么是在做梦，要么是因为吃了包子店处理的包子吃坏了脑子，再不就是崇拜金淑媛到了痴迷的地步，看谁都是金淑媛，要不然眼前这位带着帽子的少女怎么看上去和金淑媛长得一模一样呢？

酷男回过头，他的意外倒是要比王铁仁小上那么一点点，不过当他看到金淑媛再次出现在自己面前的时候，还是忍不住猛地站了起来。

“你……你好！”酷男说话的声音有些颤抖。

“我不是跟你说过吗？我说我有预感我们很快就会再次见面的，但是我们的见面实在比我想象中来得还要快。”帽檐下少女的脸颊显得如此的青春与阳光，这种阳光可以穿透世间一切的阻碍，这种阳光可以照亮世间一切的心灵，这种阳光可以让一切忠实的情人毫不犹豫的背叛，这种阳光在上帝的眼中，绝对属于一种罪，一种足以让任何人不忠的罪。

“你刚刚是不是说如果我再次邀请你共进晚餐你是不会拒绝的？”拥有如此

惊人美丽的少女除了金淑媛,还会是谁?

“我我我……”酷男的声音有些打战。

“金金金淑淑……? ”王铁仁竟然管金淑媛叫“叔叔”。

“你你你……真的没有骗我?!!! ”此时此刻王铁仁忽然想起了应该给酷男另外再起一个更加贴切的外号,比如“神奇小子”这个名称就不错。

“刚刚说了你不信,现在看到真人了你应该没话说了吧? ”酷男小声对着王铁仁说了一句。

“我我我……我这辈子就是你的跟班了! 你你你……实在是太神奇了!!! ”王铁仁至今都还不敢相信眼前的这位少女真的就是自己超超超级崇拜的梦中情人金淑媛,王铁仁希望这个梦境的时间可以再长一点。

“你还没有回答我,有没有时间和我一起共进晚餐? ”金淑媛微笑着轻声问道。

“我……”

黎晓怡的头发非常的短,也很柔顺,而且乌黑发亮的光泽让她的秀发看上去更加的可爱动人,不过黎晓怡的人,比这秀发更加的动人。

黎晓怡的美丽和金淑媛的不同,黎晓怡的美丽是那种涩涩的隐藏的。如果你不是特意地去观察、特意地去发现,她的这种美丽你几乎就会错过,但当你发现了她的美丽时,你的心也会伴随着她的美丽一同美丽,这种美丽属于一辈子的那种,这种美丽让人感觉安稳,让人感觉有家。

金淑媛的美丽则要比黎晓怡的美丽霸道得多,她的美丽绝对是属于那种让人防不胜防而且挡都挡不住的绝代风华。金淑媛的美丽是毫无掩饰的,是排山倒海的,她的美丽如同飓风、如同海啸,当你可以亲眼看到的时候,一切都已经晚了,因为你的心早已随着这飓风、随着这海啸,飘向了远方。这种美丽异常的危险,一不小心,你可能连命都丢了,但就是因为这种危险,让她的美丽更加的迷人、更加的充满了诱惑性,因为男人都是喜欢冒险的。

就在酷男正准备毫不犹豫地接受金淑媛的邀请时, 他看到了一位少女,这位少女留着乌黑发亮的短发,正站在不远处傻傻地看着自己。她注视酷男的目光好像是在逃避,但却又装满了向往,她的面颊中带着羞涩,却又充满了坚定,她轻轻咬住自己的嘴唇,好像生怕自己说出了什么不该说出的话语。不时地,这位少女的眼神也会往金淑媛的身上瞅瞅,不过她的眼神中并没有流露出任何的嫉妒又或者是愤怒，她的眼中流露的，只是单纯的好奇罢了，因为她的心地实在是过于单纯，单纯到以为这个世界再没有第二个人会跟自己争酷男；单纯到以为这个世界上的一切都是美好的；单纯到以为只要自己用目光锁定住了情人，情人便永远都会属于自己；单纯到以为自己喜欢上了别人，别人也一样会喜欢自己。

这位单纯的少女，就是黎晓怡。

IS THAT YOU, MY LOVE

亲爱的，是你吗

NO.30

“嘿！”黎晓怡对着酷男挥了挥手，她的眼神忽然变得有些逃避。

少女看见自己喜欢的人，目光通常都会选择逃避。

酷男的眼睛转向了别处，故作未见。

“金……金小姐，如果他不愿意，我愿意奉陪！”王铁仁蹿到了酷男的身前。

“你想吃西餐还是中餐？”金淑媛当王铁仁是透明的。

“中西都可以！和你在一起啃狗屎我都愿意！”王铁仁特激动。

“如果你不回答，那我就选择西餐了，就米凯博吧，那里的环境还不错。”金淑媛提议道。

酷男咬了咬嘴唇，似乎在思考着什么，但好像又什么都没想。

“奶奶说今天学校不上课，你有可能会来这里。”黎晓怡来到了酷男的身边，她好像并没有看到金淑媛一样。

“就定在六点吧，我会订位置的。”金淑媛好像也没有看到黎晓怡一样。

酷男看了看金淑媛，又看了看黎晓怡，再次咬了咬嘴唇，往后退了一步，没有说话。

“好！好！我一定准时到！一定准时到！”王铁仁以为金淑媛是在约自己，当然，这只是他自己的幻觉而已。

"六点整，米凯博门口，不见不散，我还有个通告，先走了。"说话间金淑媛戴上了墨镜。

"他不会去的。"黎晓怡对着天花板说了一句。

"还没有男生拒绝过我。"金淑媛对着玻璃墙回了一句。

"他是我的。"黎晓怡看了看自己的鞋带。

"这世上没有我得不到的东西。"金淑媛看了看自己的手指。

"我已经住进了他家。"黎晓怡出绝招。

"明天我就搬进去。"金淑媛回答得很平稳。

"你……你是坏蛋！"黎晓怡实在是不怎么会跟人吵架。

"听到你的这句话，我就放心了，你根本就不是我的对手……六点整，不见不散。"说完，金淑媛转身离开。

第一个回合，很明显，黎晓怡输了，在稳定性和随机应变上她都不是金淑媛的对手，更可怕的是，黎晓怡竟然发现金淑媛长得如此的漂亮，而且这种漂亮的程度完全超出了自己的想象。虽然黎晓怡还不知道这个金淑媛到底是谁，但从她的风度气质与举止言行来看绝非凡人，为什么忽然间自己会冒出这样一个对手来？黎晓怡怎么都想不明白，所以她决定问酷男。

"她是谁？"黎晓怡微笑着，看着酷男的眼睛问道。

"我不知……就算我知道，凭什么需要告诉你？"酷男歪了歪嘴巴。

"……算了，她是谁对于我来说已经没有什么意义了，不过，我总算在有生之年找到了你。"黎晓怡的神色忽然变得黯然。

"有生之年？"酷男问了一句。

"其实，医生说我能够活到现在也算是个奇迹。"

"靠！用这一招！"酷男鄙视道。

"没关系，就算你不相信也没关系，反正，时间每一点每一滴都在流逝，到时候还不是全都忘记了，知道与不知道又有什么关系？"黎晓怡将双手放在身后原地蹦了几下。

"我要是相信了你的话，我就是三岁的小孩子！"酷男对黎晓怡冷冷地说道。

"她真的来过吗?还是，刚刚只是我的一个幻觉?"王铁仁痴痴地在旁边自言自语了一句。

“你现在有空和我去个地方吗？”黎晓怡忽然蹦到了酷男的身边。

“没空。”酷男摆了摆手。

“没空？……我忽然想起来了，奶奶要我将你这个月两百块的生活费转交给你，你如果不去，我就说这两百块钱被你在路上弄丢了。”黎晓怡将手插入了自己的口袋。

“我最恨有人威胁我！”酷男握了握自己的拳头。

“你可以考虑考虑再说。”黎晓怡并没有催促酷男。

“男人都是有尊严的！你以为你这样我就怕你了？”酷男挺直了身子。

“你看这是什么？”说话间黎晓怡将兜里的两百块钱在酷男的面前晃了晃。

“靠！去哪里？直说！”

金海半岛有史以来一共有过两座灯塔，一座位于金海半岛东边的望鲸湾，这座灯塔建于1696年，是由当时的水手们的妻子集资修建的，灯塔使用木材建成，由人工手动转向。不过很可惜，这座灯塔毁于1706年的一次大风暴中。金海半岛的另外一座灯塔，也就是现在座落在金海半岛最南边的蓝湾灯塔，这座灯塔建立于1764年，塔高十八公尺，由石料和钢铁建成，以前每当入夜之后蓝湾灯塔便向蓝湾四周二十五海里的范围循环照射，通宵不停，刚刚开始的时候也是由人工手动转向，但是后来随着机械装置的应用，这里也改建成了机械运转。一直到20世纪50年代左右，由于电子导航装置的大面积普及，这座蓝湾灯塔便已经渐渐变得不再重要，到了现在，蓝湾灯塔也只有在年节的时候才会偶尔地亮上一亮，用来纪念这座美丽半岛上的先辈们。

蓝湾灯塔所在的位置原先是一座军事用的小炮台，也是金海半岛的制高点，所以当你登上蓝湾灯塔的时候金海半岛的全景几乎尽收眼底。

距离蓝湾灯塔不到五百米的位置有一座小教堂，教堂的名字叫做圣索菲娅教堂，这座小教堂修建于1626年，教堂的内部建筑结构至今都保留着17世纪欧洲主流教堂的建筑风格。教堂里的天花板呈拱形，墙壁、天花板以及玻璃窗上至今都还保留着距今已经超过了两百年历史的手绘壁画，教堂的顶端还保留着一口历史悠久的古钟，以前只要蓝湾灯塔发出了台风信号，这口古钟便会长鸣。

圣索菲娅教堂和蓝湾灯塔如同一对终生守望的恋人，永远地，静静地，痴痴地，守候在原地，他们永远都不可能结合，同样也没有人可以将他们分离。就这样，不论海啸侵袭，不论台风肆虐，不论天昏地暗，不论潮起潮落，他们永远地，坚定地，无视时间存在地，以他们独特的方式，静静守望。

在金海时尚广场的旁边，黎晓怡拉着酷男上了一辆直通圣索菲娅教堂的9路公共巴士，一路上黎晓怡都没有说话，酷男也酷得可以，两眼一直也没有离开过黄金海岸线，不过很快，黎晓怡便拉着酷男在圣索菲娅教堂的门口下了车。

时钟已经指向了下午的四点整，这个时间正是海岸线阳光最为充沛的时候，海鸟们此时正聚集在圣索菲娅教堂顶端的古钟旁进行着日光浴，微风偶尔伴随着淡淡的海水咸咸地拂过。不时地，一些外国游客熙熙攘攘地穿行于圣索菲娅教堂与蓝湾灯塔之间，享受着他们渴望已久的异国之旅。

"就是这里了。"这是黎晓怡下车之后的第一句话。

"哪里啊？不会是你准备等我拒绝你之后去当修女吧？"酷男望着圣索菲娅教堂的大木门调侃道。

"我妈妈就在这里面。"

“你妈妈? ”酷男有些意外。

“走,我带你去见她! ”说完,黎晓怡拉着酷男的手就往圣索菲娅教堂里面跑。

“喂! 太快了吧? ”酷男好像还没有准备好见家长。

“妈妈等这天已经很久了! ”黎晓怡也不知道哪里来的力气，酷男竟连一点反抗的力量都没有。

“我不去! 打死我也不去! ”酷男随手抱住了一根电线杆。

“不去也得去! ”黎晓怡索性拉住了酷男的双脚,很快,酷男在电线杆与黎晓怡之间变成了个“一”字形。

“不去! 不去! 就是不去! ”酷男感觉自己的身体越来越修长。

“见一面又不会死! ”黎晓怡手上的力气越来越大，她感觉自己距离酷男死死抱住的那根电线杆越来越远。

“断了! 我快要断了! ”酷男号叫了一声。

“……算了,你回去吧。”黎晓怡忽然放开了自己的双手。

终于,酷男的身体再次恢复了原状。

“呼……呼……差点就断了……”酷

男喘着粗气看了看自己的下半身。

“你回去吧，如果你不是自愿的，要你去也没什么意思。”黎晓怡难掩失望。

“就是，既然你知道，我也就 BYE BYE 了，不过，那两百块钱……”酷男望了望黎晓怡的荷包。

“这两百块钱我一定会还给你的，不过你先帮我做件事情。”黎晓怡的脸向着阳光。

“我就知道你一定还会玩花招！快说吧！什么事？”酷男已经做好了为这两百块钱牺牲掉的准备。

“帮我到教堂旁边的小山坡摘八朵小花，白色的那种。”黎晓怡提出了自己的要求。

“就只是摘八朵小花这么简单？”酷男斜着眼睛问道。

“对，就是这么简单。”

“你如果骗我怎么办？”酷男警惕道。

“我不会骗人。”黎晓怡好像说的是实话。

“不行！你得向我做出保证！”

“先给你一百块钱，等你将摘好的小花交给我的时候我就将另外的一百块钱给你。”说话间黎晓怡真的将口袋中的一百块钱交到了酷男的手中。

“这么简单？真是让人怀疑。”酷男拿着一百块钱对着阳光照了照，没错，是真的。

“只要八朵就可以了？”酷男斜着眼睛又问了一句。

“八朵，白色的。”

圣索菲娅教堂的旁边的确有一个小小的山坡，山坡并不陡峭，山坡的下面就是大海。海上无风，海浪很平，海水很清，不时地，竟然还可以隐约看见无意中路过的鱼群。

当酷男来到这个小山坡的时候还是忍不住地被眼前的美景吸引，小山坡的上面，各种颜色的鲜花正在肆无忌惮地开放着，白色，黄色，红色，紫色，橘红色，青绿色，还有一些酷男说不上来的颜色，再加上阳光的映衬与上帝的眷顾，这片看似无边的花海已经完全地将圣索菲娅教堂和蓝湾灯塔与大海紧紧地连接了起来。如果酷男还可以找到合适的词语来形容眼前的景象，这个词一定是“完美”。

“真是的，这么多漂亮的鲜花单单只要白色的，真是没有品味。”酷男边摘边唠叨。

“这位兄弟，看来你也是喜欢白色的鲜花。”酷男的身后忽然传来了一个女人的声音。

酷男转过脑袋，看到了一个年约三十多岁的修女，修女脸上的皮肤很好，再加上她的鼻梁又很高，看上去给人一种非常舒服的感觉。

“你不是要罚款吧？我身上可没带钱！”酷男猛地跳了起来，准备跑。

“这位兄弟不用紧张，我只是觉得你的爱好和我的一位姐妹相似罢了，都喜欢白色的花朵。”修女看着酷男手中的白色鲜花说道。

“哦……你真是吓到我了！但我并不是只喜欢白色的花朵！只要是漂亮的鲜花我都喜欢！”酷男再次蹲到了地上继续采摘。

“是吗？那为何你只采摘白色的花朵？”修女继续追问道。

“白色的花朵香一些可以了吧？”酷男不想再废话。

“但是这万花丛中你又如何可以分辨得出什么花香一些？什么花淡一些？”修女好奇地问道。

“靠！哪来那么多的废话？（很小声地自言自语）……一，二，三……嗯，刚刚八朵，数目够了。”酷男完成了任务。

“八朵？这就更巧了，就连数量都和……”

“对不起，BYE BYE！”酷男用最快的速度消失在了修女的面前。

“真是奇怪的孩子。不过看上去倒是挺可爱的。”修女看着酷男狂奔的背影微笑道。

“呼……呼……呼……”酷男跑回到黎晓怡面前的时候装作很惊惶不安的样子，“唉！刚刚真是吓死我了！有一个女疯子竟然说她爱我！还要和我结婚！要不是我跑得快只怕已经……”

“废话少说！给，这是剩下的一百块钱，你走吧。”黎晓怡鼓着圆圆的嘴巴淡淡地说道。

拿到现金，酷男照旧对着阳光照了照，肯定了是真钞之后，酷男将手中的八朵小白花交到了黎晓怡的手中。

“你要这些花做什么？”酷男忽然问了一句。

“关你什么事？你不是要走了吗？”黎晓怡继续鼓着嘴巴，她看上去好像有点小生气的样子，不过她这个模样，倒真是可爱得没话说。

“我只是好奇随便问问罢了，你不想说就算了。”酷男顶了黎晓怡一句。

“男生对女生好奇就是喜欢她们的前兆，你自己想清楚。”黎晓怡白了酷男一眼。

“BYE BYE！”

要不是黎晓怡亲眼看见，她真的不敢相信酷男奔跑的速度竟然可以如此的不可思议，这种速度黎晓怡以前只在动画片里面看到过，她记得这种速度好像还有一种称呼，好像是叫做“瞬间移动”。

“黎晓怡，你来了。”刚刚酷男遇到的那位奇怪的修女此刻又出现在了黎晓怡的面前。

“慧贞嬷嬷，你好。”

“今天怎么有空过来？想妈妈了？”修女问道。

黎晓怡点了点头，没有说什么。

“刚刚我在小山坡那里看到了一个奇怪的男孩，他好像也和你一样喜欢白色的花朵。”

“是吗？”黎晓怡没有任何的意外。

“……怎么？看你的样子好像不太高兴？”修女好像察觉到了什么。

“没、没有。”黎晓怡看了看手中的花朵。

“人找到了吧？”修女微笑着问道。

“没、没有。”黎晓怡的脸颊竟然红了。

“还说没有？从小到大你有什么都是写在脸上的，骗不了人的。”修女注视黎晓怡的眼神像是母亲。

“我想，刚刚那个男孩应该就是你要找的人吧？”修女接着问了一句。

“不是。”黎晓怡咬着嘴唇低下了脑袋。

“应该是他不会错的，和你一样的可爱，就是头发长了点，像个女孩子。”修女回忆了一下。

“还好了，哪有那么长啊。”黎晓怡脱口而出，但是很快，她的脸颊更红了。

“露馅了不是？”修女笑的样子如同鲜花，只是她的眼角，隐藏着回忆。

“……”黎晓怡无言以对，只有低头不语。

“好了，孩子，什么都不用担心，我看得出来，你们有缘分，圣母会祝福你们的，快点进去吧，别让母亲久等了。”

NO.32

酷男真的跑得很快，但是很可惜，他跑出去也没有多远便又自己跑回来了，因为他的下半身，尿急。

“真是！怎么这个时候……你要我到哪里去找WC啊？”酷男急得原地乱窜。

“圣索菲娅教堂的后面就有一座中世纪的WC。”一个黄头发的美国人跑过来跟酷男说了一句。

“3KU！3KU！”酷男这个人丢的，在自己的地盘上竟然让个老外告诉自己WC在哪里。

唉，不管那么多了，先把这事了了再说，想到这里，酷男向着圣索菲娅教堂的后面狂奔了过去。

说是中世纪的WC，那只是说它的外表，其实它的里面，绝对都是一流的现代化设备。因为本小说不是WC广告，所以在这里就不向大家详细说明了（大家有空的时候自己到圣索菲娅教堂的后面去考察一下)。

酷男从 WC 里面出来的时候不由自主地在内心感谢着圣母玛利亚为世人创造出了 WC 这么个救人于水火之中的圣物。

酷男的路盲大家都是知道的,只是有的时候,他实在路盲得有些不可思议。比如现在,刚刚自己是怎么来到这座 WC 的,酷男已经完全地忘记了,不过好在教堂的后门就在自己的眼前,穿过教堂,走到门口,不远处就是车站了,随性,酷男步入了教堂。

这是酷男第一次进入教堂,以前他只去过寺庙,因为在酷男的印象中,教堂应该是洋人去的地方,自己堂堂一个中国人,不屑入内。只是这次,酷男对教堂的看法完全地改变了。

刚刚推开后门,一股淡淡的檀木清香便涌入了酷男的心肺,紧接着一阵犹如天籁的唱诗声迎面袭来,吓得酷男一时之间竟不知是进是退。不过很快,酷男知道了这阵天籁并不是教堂用来吓唬自己的,而是唱诗班的例行训练罢了。

圣索菲娅教堂的天花板比酷男想象的要高,天花板上根据圣经故事描绘上去的精美图案虽然经过了时间的洗礼,但现在看上去却如同昨天刚刚涂上的,颜料的反光,隐隐可见。

太阳就要西沉还未西沉的时候,便是阳光最为猛烈的时候。这个时间的太阳就像垂死拼搏的勇士,虽然知道自己已没有生的希望,但却做着生命中的最后一搏,这一搏蕴涵着勇士一生的精华,这一搏散发着勇士全部的光彩,这一搏足以让世人永生难忘;这一搏甚至让勇士的对手感到骄傲,因为他们的人生,因为勇士而精彩!

如此精彩的阳光,此刻正透过圣索菲娅教堂西面的彩色玻璃窗投射进来,透过彩色玻璃的阳光是一束一束的,就好像圣母撒向人间的鲜花,一把把的,毫无保留地散落在了圣索菲娅教堂里一排排干净整洁的长椅之上。

圣母像的前面布满了各种颜色的鲜花,一些写满了自己心愿的小纸条整齐地摆放在圣母像前的方桌之上,在圣母像前的鲜花之中,有一样东西忽然引起了酷男的注意。

这个东西是一幅照片，照片的框架非常简单，原木的条纹清晰可见，这原本是酷男一眼就可以扫过去的东西，也许很快，这个东西就会从酷男的记忆中消失，只是这照片中的人……

第一眼看上去，酷男真的以为这幅照片中的人就是黎晓怡，但是这个人明显要比黎晓怡大上许多，根据酷男的推测，照片中的这个女人估计在三十岁左右，而且她的风度气质，看上去要比黎晓怡成熟稳重不少，只是为何此人和黎晓怡长得如此之像?

此刻酷男才注意到，照片的前面，所有的鲜花都是白色的，而且全都是八朵一束，看到这里，酷男的心里忽然产生了许多奇奇怪怪的联想，莫非此人就是黎晓怡的……

正在酷男独自纳闷的时候，他忽然听到了身后传来了黎晓怡的声音。

“慧贞嬷嬷，以后我会每个星期都来做礼拜的。”

“不用，心诚的人圣母自然会知道的。”

……

不好，要是被黎晓怡知道了自己又回到了这里，就算不被她耻笑，黎晓怡也会拉着自己去见她的母亲。酷男左右看了看，一头钻进了圣母像前的方桌之下，还好这个方桌垫有桌布，而且方桌的下面，还算宽敞。

酷男听到了黎晓怡和嬷嬷的脚步声越来越近，慢慢地，酷男放轻了自己的呼吸。

“你最近的身体好些没有？”修女问道。

“还是老样子。”

“注意休息，我先到院长那里去一下，等一下你过来找我，我有东西交给你。”修女看了看桌上的照片，又看了看黎晓怡，说道。

“好的。”

“可怜的孩子，愿圣母保佑你。”

酷男可以看到黎晓怡的双脚，他还可以看见，阳光此刻正好照射在黎晓怡的身上。

没错，不知道为什么，每次黎晓怡来看她妈妈的时候教堂里的阳光无论怎样都会照射在她的身上，圣索菲娅教堂的人都管这叫圣迹，但是慧贞嬷嬷说这光是黎晓怡母亲在天之灵对黎晓怡的一种洗礼与眷顾。

黎晓怡看着桌上的照片，没有说什么，她的脸上布满了依恋与期待，隐隐的，黎晓怡的脸颊忽然浮现了一丝愁容。

“妈妈，我今天又来看您了，还是老样子，我带了您最喜欢的白色花朵，另外，我还要告诉您一个好消息，我找寻了很久的那个男孩，终于被我找到了，只是……”黎晓怡微微停顿了一下，接着说道，“……只是也许他对我的爱，还不太敢接受……不过没有关系了，反正这种事情肯定是要给他一点点时间的，虽然您不在我的身边，但我还是一样可以感觉到您的担心，这么多年我都是一个人过来的。虽然我的病让嬷嬷们都很担心，但是您也知道的，我的命硬，不管是风吹雨打还是风餐露宿我一个人都挺得过来，虽然我还只是一个小女孩，一个到处流浪寻找着她梦想中爱人的小女孩，但是我的内心已经是一个真正的大人了。自从您离开的那一天开始，我就是一个真正的大人了，您走的时候总是担心我一个人在这世上无依无靠被人欺负，现在您也看见了，我还不是一样快快乐乐地长大了，还不是一样这么的可爱，还不是一样这么的讨人喜欢，虽然……虽然有的时候我也会遇上一些坏人，虽然有的时候我也会被人欺负，但您也知道的，我吉人天相！就算被那些坏人欺负了，也只是我成长中的一个必经过程，有什么关系呢？其实我并没有我外表看起来那么的脆弱，就算我一个人无依无靠，就算我饿的时候没有饭吃，就算我在寻找爱人的过程中吃尽了苦头，只要想想您，想想我将要找到的那个可以将一生托付给他的人，我的心里就会感到快乐满足。这种满足是一切物质都代替不了的，您也曾经笑过我，说一张小小的照片怎么可能是一生的缘分？但您还是敌不过我的天真和坚持，您在离开的时候还是同意了我的执著。我知道，也许您只是希望我找到一个可以终身依靠的人，没错，自从您离开之后，那张照片的确是我在这个世上唯一的希望，要不是有那张照片，妈妈，我可能早已经回到了您的身边……”黎晓怡的眼眶开始有些湿润，桌下的酷男也不太好受，酷男知道一个小孩子没有父母会经历什么样的痛苦，酷男自己是个男孩子，有的时候都感觉挺不过来，更何况黎晓怡这样一个弱女子。

“……妈妈，您还在的时候总是告诉我，好心的人总是会得到上天的眷顾，虽然我已经被很多陌生人欺骗过很多次，但我还是坚定地相信，您说的话一定都是对的。我知道，就算那些人骗我，欺负我，终有一天他们会得到良心的忏悔，再次回到圣母的身边。妈妈，不知道为什么，这几个月以来，每当我一个人的时候，总会感觉自己的孤单越来越明显，甚至有的时候我还会流下不明不白的泪水。我知道，您总是告诉我女孩子应该会学坚强，但是我已经很坚强了，就算没有饭吃我都不会哭，就算没有地方睡觉我的眉头都不会皱一下，就算被人欺负了我也是笑一笑就过了，但是为什么每当我想起您，又或者是想起他的时候，眼泪总是不听我的使唤，一个劲儿地往下流？……不过还好了，这件事情就我一个人知道，您放心，我偷偷流眼泪的事情不会让任何人知道的，我要让全世界的人都知道我是一个坚强的小女孩，让全世界的人都知道我是一个没有眼泪的小女孩，让全世界的人都知道我是这个世界上最最幸福的小女孩，只是我的心……为什么还是会痛？”黎晓怡抹了抹眼角的泪花，看了看手中的白色鲜花，接着说道，“……妈妈，我终于知道了，我要找的那个男孩不叫Q男，我也是傻得可以，这世上怎么可能有人叫做Q男呢？原来他的名字叫做酷男，就是很酷很酷的酷男，我手上的这束您最喜欢的白色鲜花是他亲手给您摘的。您是在我八岁那年离开的，所以我每次都会送您八朵白色的鲜花，从小到大我都认为，所有颜色的鲜花中只有白色的才是最配您的，就像您对我的爱，没有丝毫的杂质。您现在终于可以放心了，女儿总算是找到了可以终生依靠的人，您也不用经常在我的梦中来看望我了，慧贞嬷嬷说您住在天堂，那么大老远的，跑来跑去也挺累的，您还是在天堂多多的休息，医生也告诉过我，在不久的将来，我也会飞到您的身边，永永远远地陪伴在您的左右，再也不会离开，再也不会离开……”

IS THAT YOU, MY LOVE

亲爱的，是你吗

NO.33

酷男清楚地看见，自己眼前的地板上落下了一滴泪，这滴泪落得很慢，慢到酷男以为自己经历了一生。

黎晓怡离开很久之后酷男才慢慢地从方桌的下面爬出来，当他爬出来的时候还顺带吓坏了几个前来许愿的基督教友。酷男的头发很长，而且他爬出来的时候头发全都是耷拉在脸前面的，不知道他是谁的人还真的以为自己看到了“公”贞子。

酷男现在的心情不是很好，他认为自己对待黎晓怡的态度实在是存在一定的问题。黎晓怡是个可怜的孩子，自己对她的无所谓态度简直就是在她的伤口上撒盐。所以酷男现在作出了一个决定，他决定不再贪恋美色，专心地，好好地，帮助黎晓怡抚平心灵上的创伤。

酷男走出圣索菲娅教堂的时候天色

已经渐渐地暗淡了下来，虽然太阳还在大海的边缘做着最后的苦苦挣扎，但是它最终将会被月亮取代的命运早已注定，也许当它再次升起的时候早已经历了另一个轮回。

今天的太阳真的还是昨天的太阳吗？今天的感情真的还是昨天的感情吗？今天的你我真的还是昨天的你我吗？谁知道呢，反正我只是一个写小说的……

米凯博西餐厅就在轩越大酒店的一楼，轩越大酒店是金海半岛上最贵的一家酒店，也是金海半岛上餐饮品种最为齐全的一家酒店，米凯博从严格意义上来说其实只是轩越大酒店的一个分部，也是轩越大酒店唯一一个可以完全看见大海的分部。米凯博里的西餐虽然不是金海半岛最可口的，但是米凯博里面的装潢与消费绝对算得上是金海半岛顶级的，这也正好迎合了许多不懂西餐只讲排场的无知有钱人的需要。

金淑媛对西餐的研究绝对不能够用“无知”这两个字来形容，如果一个人知道西餐中鸡尾酒的三十二种调制方法和奶油汤的五十六种做法，我想这个人就算不是西餐厅里的大厨也算得上是一个极有品味的西餐美食家了。所以，金淑媛之所以选择米凯博与酷男共进晚餐就绝对不是仅仅吃个西餐这么简单。

金淑媛的确在米凯博订了位置，不过她订的位置实在是多了点，因为米凯博的四十八个台位全都被她一个人给订下了。米凯博的经理本来想阻止这种霸道的订位行为，但当金淑媛交纳了米凯博几乎一个星期总营业额的定金之后，米凯博经理脸上的那种不满立刻变成了快感，这是一种发自内心深处的“快感”，一种只有金钱才可以让他感受到的“快感”。

酷男来得很准时，因为奶奶曾经告诉过酷男，不论发生什么事情，都不可以让女孩子等，就算你非常讨厌那位女孩，甚至看到她就想吐，只要你没有当面拒绝那位女孩子，都不应该让女孩子等。因为女孩子的青春实在宝贵，女孩子的每一寸光阴都比我们想象中要珍贵得多，这种珍贵虽然不是每个人都可以体会，但当青春逝去的时候，这种珍贵带给我们每个人的震撼，刻骨铭心。

酷男以前从来都没有来过米凯博，因为这种消费的地方并不是酷男这种无产阶级收入的人可以想象的，一包纸巾收费五十，一杯普通的西式冰水收费两百，看来看去，还是做西餐比较好搞。

在米凯博的门口溜达了几圈，酷男硬是没有敢去推门，因为酷男实在算不准推一下这门米凯博会收费多少。

“喂！……我说你呢！……米凯博门口不准要饭！”就在酷男跳来跳去往米凯博门缝中张望的时候，一个身着经理服的油头粉面一下子从门缝中蹿了出来。

酷男往自己的左右看了看，除了自己，就剩下了一只刚刚偷情回来的野猫。

“我说你看什么呢？没见过这么高档的地方吧？赶紧走！扰乱了我们这里食客的心情可别怪我不客气！”油头粉面拔高了声调。

酷男看了看油头粉面，已经确定了这小子的确是在跟自己说话。

“看什么看？我都说了米凯博国际豪华西餐厅门口不准要饭！快走！快走！别不识好歹！”油头粉面对着酷男狠狠地甩了甩手。

听到油头粉面对自己侮辱性的人身攻击，酷男没有说什么，而是直接走到了油头粉面的面前礼貌地问道：“请问你是在跟我说话吗？”

“不是说你说谁？米凯博前面这么尊贵的街道是你这种……”油头粉面的话语忽然停顿了下来，因为他忽然感觉自己的脸颊一凉，紧接着嘴里一空，然后就有几颗硬邦邦的东西从自己的嘴巴里跑了出来。后来经过油头粉面的仔细辨认，终于知道了从自己的臭嘴巴里面跑出来的东西是自己刚刚花了三个月的工资安上去的假牙。

“你！……你！……你！……你给我等着！我现在就去找人废了你！”油头粉面看到刚刚与自己分离的假牙抓狂了起来。

“酷男，你来了。”就在油头粉面刚刚准备跑回自己的基地搬救兵的时候，他忽然看到金淑媛笑盈盈地从米凯博的里面走了出来。

“金小姐，这小子是个疯……”

“什么都不用说了，张姐，给他几千块看医生。”金淑媛从来都懒得跟这种人废话。

“酷男，快进来吧，我已经等你很久了。”金淑媛看着酷男的眼神竟然包含着幸福。

“他难道就是……”待自己亲眼看到金淑媛挽着酷男的手臂走进米凯博的

时候，油头粉面彻底地闭上了自己的狗嘴，因为喜欢仗势欺人的人通常都知道有钱人一般都不是太好得罪的，自己仅仅只是掉了几颗假牙而已，酷男不跟自己追究，已经算是幸运的了。

"金淑媛小姐，我今天来……"

"什么都不要说，先听我说。"

金淑媛此刻的装扮非常简单，上身是一件麻制的白色衬衣，腰间一条粉红色的绸缎丝带，下身一条简单的碎花短裙，这些东西本是那种地摊又或者是夜市上随手都可以买到的便宜货，但当它们出现在金淑媛身上的时候，一切都已不同。金淑媛就好像有一种天生的明星气质，又好像有一种可以化腐朽为神奇的魔力。金淑媛穿戴的东西不一定很贵，但每一样都好像是为了她量身定做又或者是为了她才出现在这个世上的，就好像金淑媛代言的一个韩国的服装品牌，那个品牌的服装以前就算在韩国也只是属于那种三流的几乎没有人问津的品牌，但当金淑媛做了那个品牌服装的代言人之后，那个品牌每一样商品的标价都上升了百倍，而且还是一样的供不应求。所以金淑媛的身上体现了一个真理，那便是只要你是美女，就算披块破布在身上也是时尚。

米凯博四十八个座位，现在只剩下了两把椅子，两张正好可以看到夕阳的椅子，椅子所在的位置就位于米凯博二楼的天台。

“金淑媛小姐，我是来跟你……”

“夕阳好美。”金淑媛好像没有听到酷男的声音。

夕阳的确很美，这世上比夕阳更美丽的事物本就不多，但是金淑媛，绝对算得上其中的一项。金淑媛的美丽本就是上天对人类的恩赐，更何况是在这撩人的夕阳之下，就连本是来拒绝她的酷男，此刻也不禁看得痴了。

夕阳会发出一种独特的淡淡的红光，这种红光有一种魔力，它可以让一些原来并不是很美丽的东西在瞬间迷人起来，也可以让一些原本就很迷人的东西瞬间变得动人魂魄。

酷男忽然觉得自己的心跳得很快，快到足以让自己面红耳赤的地步，他试着用手按住自己的心脏，但是他的双手也随着这种跳跃一同舞动。

酷男还是一个小男孩，对于感情这种事情，他有很多东西不懂，但是有些东西，懂与不懂，又有什么区别？中国自古的四大名著，人类有史以来的所有记录，又有谁可以将这种事情说得清楚。

“金淑媛小姐，你……真的好漂亮。”酷男说完这句，便随手扇了自己一下，因为这句话实在不是他这个时候应该说的。

“谢谢，女人再漂亮，也美不过这夕阳。夕阳每天都会继续，女人的美丽，每天都在消失。”

女人美丽并不可怕，可怕的是美丽的女人具有了智慧，这种智慧型的美女，绝对是男人的噩梦。

看着金淑媛，酷男张开的嘴唇又闭上了，闭上的嘴唇又张开了，张开又闭上，闭上又张开，酷男忽然感觉自己现在像是一条上了岸的金鱼。

想拒绝金淑媛这样的极品美女，实在很难。

夕阳落得很慢，酷男看着夕阳，看着金淑媛，忽然想到了另外一个女孩，那个女孩现在吃饭了没有？那个女孩现在穿的衣服单不单薄？那个女孩子现在孤不孤单？那个女孩子是否还在一个人痛苦地徘徊？那个女孩子以后的人生是否会幸福？那个女孩……

酷男现在脑袋里面的问题实在是多得可以，他用力拍了拍自己的脑袋试图让自己清醒，但是，一些新的问题反倒冒了出来。

金淑媛为什么会长得如此美丽？金淑媛的声音为什么会如此的动人？金淑媛的气质为什么会如此的让人着迷？金淑媛的双手为什么会如此的修长？金淑媛的秀发为何会如此的柔顺？金淑媛的皮肤为何会如此的光滑？金淑媛的……

更多的问题，更多的问题，更多的问题，酷男感觉自己已经快要疯掉了！

夕阳到底是什么时候完全落下的，酷男一点都没有发觉，因为他的双眼一直都没有从金淑媛的身上离开过，现在的金淑媛，的确要比这夕阳更美。

米凯博二楼天台的灯，亮了起来，星星们也在月亮公公的带领下，出来玩耍了。

"金淑媛小姐，我今天其实是来……"酷男想让自己保持清醒。

"这张照片是你的吧？"还没等酷男说完，金淑媛便将一张照片推到了酷男的面前。

"这张照片……你怎么也有这张照片？"金淑媛推到酷男面前的照片竟和黎晓怡拥有的那张一模一样。

"我想你也许忘记了，这张照片，是你亲手交给我的。"金淑媛对酷男的微笑从不吝啬。

"我亲手交给你的……"酷男回忆了一下，却怎么也想不起来。

"没关系了，就算你记不起来也没有关系，反正我的决定是没有人可以改变的。"金淑媛将推到酷男面前的那张照片拿了起来，"照片上的这个男孩一直都是我的梦想，我也找寻了他很多年，现在总算是找到了，所以我们……结婚吧。"

"……你你你……你说什么??"酷男身后的椅子都被他给撞倒了。

"你的意外我一点都不感到奇怪。"金淑媛笑了笑，将照片轻轻放到了桌上。

"哦！我终于知道了！这里什么地方一定藏着隐藏式的摄影机！你们这些明星最好这一口了！"酷男自作聪明地左右看了看，然后上蹿下跳地胡乱搜索着，不过很可惜，他一无所获。

"你不用找了，这里除了我和你，还有这些桌椅，只剩下天空中的星辰了。"

"你不用骗我了！一定在什么地方！一定在什么地方！"酷男还是没有放弃。

“结婚之后家里的大小事务都交给我来处理，你只用每天陪着我赏赏花，看看星星就可以了。”金淑媛补充了一句。

“我又不是一条狗。”酷男顶了金淑媛一句。

“……从小到大，你是第一个敢这样跟我说话的人，不过，我欣赏你。”金淑媛抚了抚秀发，几颗流星，划过天际。

“金淑媛小姐，我生来并不是给什么人欣赏用的，我也知道，你们这些有钱的艺人每天都是闲着没有什么事情做，总是想找一些傻子寻寻开心找找乐子，不过很可惜，你选错人了。”酷男并没有找到他幻想的隐藏式摄像头，无奈，他又回到了座位上。

“容仙儿，贾凤芝，叶玲珑，萧华凤，薛燕燕，欧阳碧玉，这些名字你都听说过吗？”金淑媛忽然问道。

“都不知道你在说些什么。”对于金淑媛说的这些名字酷男的确是第一次听到。

“这些人当年比我还要红，但是现在，又有谁会记得她们是谁？”金淑媛的脸上忽然出现了一种萧瑟，这是一种自古以来只有绝代美女才会表现出来的萧瑟，这种萧瑟包含着很多的意思，叹息、惋惜、失望、惆怅、怜惜以及对青春年华即将逝去的无奈都隐在其中。

“所以对于一个女人来说，没有什么比成立一个家更加重要的了，所以我决定了，只要你答应了我，我便退出娱乐圈和你一起过平凡人的生活，只要你的一句话，便可以改变我的整个人生。”

金淑媛就这样静静地看着酷男，她的脸上并没有焦急，金淑媛是个聪明的女孩，她知道什么事情可以勉强，什么事情不可以勉强。

有的时候，等待对于一个女人来说，也是一种美德。

酷男没有想到金淑媛会对自己说出这样的话，也没有想到自己的一句话会对金淑媛的人生起到如此的作用。这些事情对于酷男来说实在是突然了一点，酷男忽然想笑，笑自己小的时候怎么会做出如此愚蠢的事情，更可笑的是竟然还有人将这些事情当真。

“你一年可以赚多少钱？”酷男忽然问了一句。

“除开所有的税收和各种打理，大概还有一千多万吧。”金淑媛回答得很平静，因为金钱对于现在的她来说只不过是一连串的数字罢了。

"你知道我和奶奶一年的收入是多少吗？"酷男苦笑了一下，问道。

金淑媛摇了摇头，没有追问，因为她知道酷男会自己说出来的。

"除开所有的学费，除开所有的水电房租，除开所有的家庭开支，还剩两百三十八块五毛。"这个数字是经过酷男精心计算的，因为穷人都有一个毛病，就是喜欢没事的时候计算自己的开支与收入情况，殊不知金钱这玩意儿，有的时候越算，反倒会越来越少。

"的确是少了点，所以你更应该答应与我之间的婚事。"

"但是我和奶奶生活这么多年一直都感到很快乐。"酷男的脸上写着满足。

"钱多一些岂非更加的快乐？"金淑媛看了看自己的手指，她对自己身体的每个部位都感到非常的满意。

"奶奶告诉过我，金钱这个东西刚刚够用就可以了，多了，反倒是种负担。"酷男也看了看自己的手指，手指上面布满了污迹。

"你奶奶最近是不是经常咳嗽？"金淑媛缓缓地抬起头看着酷男。

"你怎么知道？她只是在晚上没有人的时候偶尔咳嗽两声。"酷男皱了皱眉头。

"那只是你在家的时候，你可知道你不在家的时候你奶奶的情况？"说话间金淑媛从桌子的下面拿出了一个东西。

"你说这话是什么意思？"酷男站了起来。

"你看看这个东西就知道了。"

圣索菲娅教堂是不关门的，但是黎晓怡却是要回家的，黎晓怡现在的家就是酷男的家，黎晓怡同样也觉得酷男的奶奶就是自己的亲人。

不管多晚，圣索菲娅教堂里的灯总是会亮上几盏，这样不论教友们多晚来祷告都可以发现圣母的怀抱永远都是向着自己敞开的。

黎晓怡准备离开的时候并不是太晚，她和嬷嬷们一起共进了晚餐，晚餐很简单，但是黎晓怡非常开心，因为圣索菲娅教堂里的嬷嬷都是看着她长大的，所以每次看着她们，黎晓怡都感觉自己见到了亲人。

慧贞嬷嬷送给黎晓怡一条连衣裙，连衣裙是白色的，没有任何的褶皱，这种式样的连衣裙非常配黎晓怡，因为黎晓怡如同这连衣裙一样，没有任何的瑕疵。

晚饭过后，慧贞嬷嬷让黎晓怡换上了那条白色的连衣裙，黎晓怡以前穿的那件衣服，实在是有些旧了。

黎晓怡和这件连衣裙就如同侠客配名剑、骏马配宝鞍、流星配明月，实在是绝配得一塌糊涂！

张心蓝有个习惯，那便是不论到了哪座城市，他都会到城市中的基督教堂进行祷告，张心蓝并不是基督教徒，他的这种习惯是他小的时候在妈妈身边养成的。本来张心蓝加入基督教会也是早晚的问题，但是当他母亲在他上初中过世的时候他便已不再相信任何的宗教，张心蓝之所以喜欢在教堂之中进行祷告仅仅是为了怀念那段与母亲在一起的幸福时光。

金海半岛的教堂并不少，但圣索菲娅教堂却是其中最为精致的一个，张心蓝每次选择教堂的时候都很用心，因为他认为只有够得上品位的教堂才配得上他对母亲的思念。

当张心蓝来到圣索菲娅教堂的时候天色已经完全暗淡了下来，正如他此刻的心情，完全黯然。

其实艺人并没有我们想象中的那么风光，他们的辛苦，他们的付出，他们的健康，他们的人际关系，他们的无奈，他们的难处，张心蓝比什么人都清楚。

没错，张心蓝这几年的确有些红得发紫，但是谁又知道他每天只睡三个小时，每个星期要陪五位老板八位富婆喝酒，每次生病的时候公司只给他十个小时的休息时间，每次外出都得打扮得连自己的亲娘都不认识，每次见歌迷都得化上两个多小时的妆，每次因为化妆品过敏脸部起包的时候还要笑盈盈地登台又唱又跳。

张心蓝真的很累，累到整个人生都感到麻木了。他真的不想这样，不想自己以后就算有钱也没时间没命花。他想逃避，逃避这个世界，逃避所有歌迷，逃避所有的经纪人，逃避所有的演出，但是很可惜，张心蓝也和金淑媛一样，档期全都排到了后年，如果毁约，以前所有的收入全都得赔进去，然后一无所有地被公司遗弃。

黎晓怡往外走，张心蓝往里走，两个人在圣索菲娅教堂的门口擦肩而过。

在那一瞬间，张心蓝忽然感觉到了一阵春风迎面而来，这阵春风让张心蓝在顷刻之间忘却了所有的烦恼，这阵春风让张心蓝在顷刻之间又看到了人生的希望，这阵春风让张心蓝想起了自己和母亲在一起的幸福时光，这阵春风让张心蓝感觉到了家的味道，这阵春风让张心蓝感觉到了归宿。张心蓝忽然笑了，他笑得很甜，他几乎没有转身，他只是轻轻地对着这阵春风说了几个字。

“嫁给我吧！”

黎晓怡继续往前走着，她好像并没有听到张心蓝的胡言乱语。

张心蓝也是的，光顾着自己摆 POSE 去了，竟然连黎晓怡已经距离他很远了都不知道。

“嫁给我吧！”张心蓝已经进入了剧情。

“对不起，这位先生，我们这里是教堂，并不是婚姻介绍所，麻烦你先找对地方。”一位胖胖的嬷嬷不知道从哪里冒了出来。

在胖嬷嬷的提醒下，张心蓝回头……

“人呢？”

其实黎晓怡走得并不是很快，只是前面的一个岔道口挡住了黎晓怡的身影而已，但是张心蓝却以为黎晓怡是被自己的唐突给吓跑的，独自一人站在教堂的门口不停地懊恼。

“咦？你怎么会在这里？”懊恼中的张心蓝忽然听到了一个声音。

张心蓝抬头，他的双眼再次放出了光芒，因为他心中的女神——黎晓怡同学再次出现在了他的面前。

“对不起，一定是我刚刚吓到你了。”张心蓝想解释。

“吓到我了？”黎晓怡不明白地摇了摇脑袋，问道，“吓到我什么了？”

“就是我刚刚向你的……难道你刚刚什么都没有听到吗？”张心蓝睁大了眼睛。

“听到什么？我不是刚刚才见到你吗？”黎晓怡的眼睛睁得更大。

“……没、没什么，可能是今天的几场SHOW让我有些头晕。”张心蓝没有勇气当着黎晓怡的面再次求婚。

“你……昨天晚上没事吧？”张心蓝还在为昨天晚上的事情担心。

“昨天晚上什么事？”黎晓怡好像已经不记得了。

“就是你被……被……”张心蓝实在不敢把“迷晕了”这三个字说出来。

“被什么了？”黎晓怡的眼睛的确很大，再加上她单纯的面容，月光都显得逊色。

“没什么，我想可能是我多心了。”张心蓝笑了笑，抿了抿嘴巴。

“陪我走走吧。”黎晓怡忽然说了一句。

“陪你走走?!!!”张心蓝往后退了一步，他感到了自己的紧张。

“喂！你不是吧？好像很怕和我散步的样子？”黎晓怡撅了撅嘴巴。

“当然不是！我去！我去！我去!!!”张心蓝感到自己现在的心情好像比开演唱会的时候还要兴奋。

“我已经听到了！这可是你答应我的，不过你得等我一下下，我进去拿个东西。”黎晓怡的脸上又恢复了微笑，她的微笑很纯、很真。

“半个小时够不够？”张心蓝的脸上乐开了花。

“几分钟就可以了。”

“那你可不可以就在这里面等我半个小时？”张心蓝忽然问道。

“怎么又变成我等你了？”黎晓怡故意皱了皱眉头。

“我刚刚好像也有样东西掉在酒店了，我现在一定要去把它取回来！”张心蓝脸上的兴奋就连傻子都看得出来。

“好吧，我等你，你可不要爽约哦。”黎晓怡闭着一只眼睛指着张心蓝笑道。

“对于你，我永远都不会爽约。”

目送黎晓怡进入圣索菲娅教堂，张心蓝飞奔到公路旁边叫了一辆TAXI。

“快！最近的珠宝店！”

距离圣索菲娅教堂最近的珠宝店其实就在金海时尚广场的一楼，珠宝店的名字叫做喜大福。喜大福在金海半岛也算得上是一家老字号，喜大福中每一件珠宝首饰都是独一无二的，当然，喜大福珠宝的价格也是一样的独一无二。

喜大福由于是珠宝店，所以平时逛的人并不是很多，几个营业员也因为无聊再加上主管也趁机跑出去泡妞而聚在一起，正在谈着八卦。

“喂！你们听说没有啊？就是今天刚刚在我们这里签售的那个金淑媛好像跟那个叫什么张心蓝的传出了一夜情！”一位戴着头巾的胖大嫂丢了一句。

“这有什么稀奇的？现在哪个明星不闹一夜情啊？”旁边的一位正在看报纸的瘦高个回了一句。

“喂！张心蓝可是我的偶像！你们不可以说他的坏话！”一位正在修着指甲的年轻少女顶了一句。

“什么偶像不偶像的？都是包装出来的！你要是看到了真人还不是一样的奇丑无比？”胖大嫂每天唯一的乐趣就是损人。

“没错，我上次就亲眼见到过一个韩国的明星！电视上面比刘德华还帅，可是一见到真人，我才发现原来我老公要是在韩国也是一天皇巨星！”瘦高个赞同胖大嫂的观点。

“不是吧！张心蓝不可能是那样的！电影上面他和周润发可差不多高！”年轻少女愤愤地道。

“都说了那是包装！要是你见到真人，没准比潘长江还矮！”胖大嫂推测道。

“没错，你要是见到真人也许比赵传还丑！”瘦高个跟着附和。

“不是吧？……？现实不会那么残酷吧？”年轻少女的信心开始有些动摇。

“请问你们这里最贵的钻石戒指是哪枚？”一个声音打断了三位无聊女人的对话。

“就在那边拐角，自己去看。”胖大嫂有气无力地回了一句，因为她知道，大多数人都只是看看而已。

“拐角？……拐角好像有很多枚戒指。”

“哎呀！你自己看看标价，最高的那个不就是了？”瘦高个连头都懒得抬。

“我听说每个珠宝店都会有不摆出来的镇店之宝，不知道你们这里有没有？”那个声音又问道。

“有倒是有，不过那种东西可不能够轻易地拿出来……”年轻少女放下了指甲刀。

“但还是麻烦你们拿出来给我看看。”那个声音坚持道。

“喂，我说你这人怎么……”胖大嫂刚刚准备奚落对方几句的时候忽然闭上了嘴巴，她颤抖着推了推瘦高个的细腰。

“什么事？没看我正在看娱乐新闻吗？”瘦高个缓缓抬起了自己的头。

“#~◎·`×**#◎@@#$%^@#$（这是瘦高个发出的怪叫声）你你你……你是……”瘦高个好像没见过什么大场面，不过她还是硬撑着推了推年轻少女的肩膀。

“报纸看完了给我看看。”年轻少女好像没有理解瘦高个的意思，“喂，我说你推一下就可以了，紧推个什么？”

年轻少女终于还是抬头对着顾客声音的方向瞅了瞅，她打了一个哈欠，不过她的这个哈欠打到一半的时候嘴巴再也没有合拢。

“你你你你你你你……？”年轻少女需要接受治疗。

“我想你们刚刚说错了，我和金淑媛并没有一夜情。”

Is That You, My Love

亲爱的，是你吗

NO.37

古代希腊传说中钻石是天空中星星坠落到地上的碎片与天神眼泪的结合体，因为这种结合很稀有，所以珍贵。

钻石多为透明、淡黄与棕色，如果再有其他颜色的钻石必为珍品，也就是人们常说的彩钻，但在彩钻之中又以红色、蓝色、紫色最为罕有。历史上，在1987年4月28日伦敦克里斯蒂拍卖行的一次宝石拍卖会上，一颗重量仅为零点九五克拉的紫红色钻石，其成交价竟然高达八十八万美元（还是建议大家玩玻璃弹珠比较便宜，什么颜色都有）。

喜大福的确有件镇店之宝，不过这件镇店之宝就连这里的店员都没有亲眼见过。所以，当临时被店员紧急叫回来的主管将那个小方盒从保险柜里缓缓取出的时候，几乎在场所有的人都屏住了呼吸。

“张心蓝先生，您是不是真的想买？”主管还是忍不住地问了一句，因为他觉得小方盒中物品的价格实在不是正常人可以接受的。

“怎么？你觉得我买不起？”张心蓝反问了一句。

“不是！当然不是，只是……不一定每个人都会觉得它值这个价。”主管深深吸了口气。

“废话就不要讲了，我赶时间，请快点。”

主管打开小方盒的速度很慢，不知道的人肯定还以为他正在拆除定时炸弹。

忽然，金海时尚广场全都黑了下来，不过很快，所有的应急灯亮了起来。

"张先生不用担心，这里经常跳闸的，很快就会好的。"主管解释。

"麻烦你可不可以快点？我真的赶时间。"张心蓝看了看墙上的钟，他不想让黎晓怡久等。

"张先生，请过目……"

张心蓝以前见过很多种钻石首饰，有金色的，有红色的，有紫色的，有绿色的，甚至有一次他还亲眼见过一枚黑色的钻石，但是天蓝色的钻石，他还是第一次见到。

这枚天蓝色的钻戒并不大，甚至可以说看上去还有那么一点点的小，但是非常奇怪，喜大福里面其他所有的钻戒就算全部放在它的旁边此刻也会完全失去光彩。

黑暗中，这枚天蓝色的钻戒正在散发着一种奇异的光芒，光芒不大却很耀眼，这种光芒张心蓝记得自己在哪里见过，好像是梦中，又好像是夜空，但是这种淡淡的蓝色光芒怎么看都不应该出现在现实世界之中。如果说世间的钻石真的是天空中星星坠落到地上的碎片与天神眼泪的结合体，那么张心蓝眼前的这颗一定是这些结合体中最为完美的一滴。

张心蓝看到这枚钻戒的第一感觉就是，它与黎晓怡是绝配。

"它叫什么名字？"张心蓝忍不住地问了一句。

"心蓝。"

"你在叫我？"

"不是，我说的是这枚钻戒的名字。"

张心蓝从来没有想到过这世上竟然有一枚钻戒和自己的名字一样，如果这种际遇不叫做缘分，张心蓝实在没有其他的解释。

在回圣索菲娅教堂的 TAXI 上，张心蓝的眼睛一直都没有离开过那枚钻戒，心蓝实在太美丽了，恍惚间，张心蓝甚至感觉从这枚钻戒的身上看到了自己的前世今生。

毫不夸张地说，这枚天蓝色钻戒的归属权决定着张心蓝的命运。如果黎晓怡接受了它，如果黎晓怡拒绝了它，那么张心蓝以后一切的一切都将会不一样了。

世间有很多人的命运就是这样，也许他们不会承认，但是他们的命运的确是被一些非常细小的事物改变和牵制着。这些事物也许是一枚戒指，也许是一份报纸，也许是一封书信，也许是一张车票，甚至也许只是一部手机信号的好坏，都有可能将他们的命运完全改变。如果你不相信，请回忆……那些细小的事物就隐藏在你我的记忆之中。

张心蓝用的时间比半个小时要长，但是黎晓怡见到他的时候并没有责怪他，甚至连一句抱怨的话语都没有。

黎晓怡拥有的，只是微笑。

张心蓝从黎晓怡的眼中总是可以见到希望，这是一种对未来充满了期待的希望，这是一种只有心地纯洁的人才可以流露出来的单纯的希望，这种希望很简单，简单到仅仅只要爱人的一个微笑就可以满足，这种希望，我们全都曾经拥有。

"东西拿到了吧？"黎晓怡微笑着问了一句。

"拿到了。"张心蓝的钻戒就在他的衣服口袋中。

"走走吧。"

"好。"

"你上过灯塔没有？"刚刚走了几步，黎晓怡便问道。

"没有。"张心蓝说的是实话。

"走吧，陪我到灯塔上去看看风景。"黎晓怡拉了拉张心蓝的衣角。

"现在？"张心蓝看了看满天的星斗。

"就是现在。"

蓝湾灯塔本身并不高，但是它所处的位置却是金海半岛的制高点，再加上金海半岛上面几乎没有什么高层建筑，所以，你不论从金海半岛的哪个方向看过去，几乎都可以多多少少看到一点蓝湾灯塔的影子，久而久之，蓝湾灯塔在金海半岛住民的心目中便成了最高的建筑。

看着蓝湾灯塔，张心蓝忽然想到了自己，自己现在所谓超级巨星的地位，是否也和这蓝湾灯塔一样？只是自己碰巧站立的位置比别人高一点点而已，要是换到了别的位子，自己还会一样的闪耀吗？张心蓝没有自信。

当张心蓝跟在黎晓怡身后登上蓝湾灯塔的时候，还是被眼前的景象惊呆了，张心蓝从来都没有想到过夜色中的海景竟会如此的美丽。

白天的大海是蔚蓝色的，晚上的大海则是银白色的，这种独特的银白色绝对是月光对大地的一种恩赐。大海的远处，点点闪动的银白色波光与夜空中闪耀的繁星正在不断地交换着思念。近一些的群山，芬芳的花香毫不吝啬地沿着夜色中的黄金海岸线四处散发着它们天生迷人的魅力。天空中点点的白云，正在大海与星空之间缓缓地流动，它们好像早已厌倦了漂泊，但是它们与生俱来的流浪气息又使得它们不得不离开自己眷念的故乡，带着遗憾，游走四方。

“好美，我真的没有想到夜色中的大海竟然如此的美丽。”张心蓝深深呼吸了一口带有花香的海风，不禁整个人都有些醉了。

“每当我感到孤独，又或者是思念一个人的时候，总是会独自一人跑到这里欣赏风景。”黎晓怡轻轻扶着蓝湾灯塔的护栏望着远方说道。

“这里的确是个赶走孤独的好地方。”张心蓝望着远处的山峦轻轻地说道。

“但是我每次到这里，反倒更孤独。”黎晓怡看向了蓝湾灯塔不远处开满了鲜花的小山坡，鲜花很艳，伊人寂寞。

“也许有个人陪你，就会好一些。”张心蓝伸手摸了摸口袋中的戒指。

“孤独倒是好办，只是这思念，实在令人头痛。”黎晓怡苦笑了一下。

“思念？”张心蓝将手从口袋中拿了出来。

“深夜的时候，大海的表面就会扬起一层薄薄的浓雾，每当那层浓雾散去的时候，晨曦便会闪耀。”黎晓怡忽然变得很深沉，少女就是这样，谁都猜不透她们心底的思念到底有多深。

“是吗？我好想看看。”张心蓝试着在大海的表面搜索雾气，只是可惜，大海亮如明镜。

“坐下来吧，坐下来大家都会舒服点。”说话间黎晓怡已经坐在了蓝湾灯塔上特制的木制地板上。

“我坐哪里？”问出这句之后，张心蓝想死。

“你就坐我旁边吧。”黎晓怡望了望身边的空位。

没有再说什么，张心蓝坐到了黎晓怡的旁边，也许是不经意的，张心蓝和黎晓怡还是保持了一点点的距离。

“坐近一点吧。”黎晓怡忽然说道。

张心蓝的心忽然一紧。

“你好像怕我？”黎晓怡看到了张心蓝紧张的表情。

“我……没有。”张心蓝挪到了黎晓怡的身边。

“我可以把头靠在你的肩膀上面吗？”黎晓怡的这句话让张心蓝更加的紧张了。

“不！……可以！”张心蓝都不知道自己说的是什么。

“不可以就算了。”黎晓怡并没有觉得遗憾。

“不！我说的是可以！”张心蓝明显地失态。

得到了张心蓝的允许，黎晓怡轻轻地将自己的秀发滑落在了张心蓝的肩头。忽然之间，张心蓝感受到了一种比花香还要迷人百倍的味道，这种味道穿透了张心蓝的心脏，穿透了张心蓝的肺腑，穿透了张心蓝的防御，直达灵魂。

“你你……你身上好香啊！”张心蓝紧张得打战。

“圣索菲娅教堂的嬷嬷告诉我，这是一种处女才有的芬芳。”黎晓怡回答得很轻柔。

张心蓝的鼻血几乎喷了出来。

“你还记不记得我曾经跟你说过，我正在找寻一个人？”黎晓怡忽然问道。

“你说的每句话我都记得。”张心蓝闭上眼睛，享受着黎晓怡身上那种独特的芬芳。

“我已经找到他了……”

夜深，海风扬起。

IS THAT YOU, MY LOVE

亲爱的，是你吗

NO.39

黎晓怡用双手环绕着自己的肩膀，她忽然感觉有些冷，每当海风扬起的时候她总是会觉得冷。

“穿上我的外套吧。”张心蓝心痛道。

“不用了，每次都是冷一冷也就习惯了。”黎晓怡的双手包裹得更紧。

每一次都是冷一冷也就习惯了，这是多么凄凉的一句话。张心蓝忽然觉得鼻子酸酸的。

“你真的不穿？”张心蓝已经将自己的外套脱了下来。

黎晓怡摇摇头，没有回答。

张心蓝知道，这实际上是一种拒绝，因为少女的自我保护意识总是很强的。少女的温暖，只源自于自己喜欢的人，黎晓怡也不例外。

“好，你不穿，我陪你挨冻。”说话间张心蓝随手将外套扔到了蓝湾灯塔的下面。

“喂！你疯了？我不穿你的外套并不等于我不可以到灯塔里面去避寒啊？”黎晓怡向后指了指。

“不是吧？”张心蓝回头看了看，没错，灯塔里用玻璃笼罩的控制室里面看上去的确很温暖。

以前还是人力维护灯塔的时候，过夜的工人都会待在控制室里面。蓝湾灯塔的控制室是由很多块高透明的保温玻璃做成的，这种保温玻璃有种独特的吸热功能，只要白天有阳光，便可温暖一夜。

金海半岛的居民管这种控制室叫做玻璃房子。

现在的黎晓怡和张心蓝就坐在玻璃房子的里面，玻璃房子很温暖，大海的夜色愈发迷人。

“这里面的确暖和了不少。”暖和的地方总是会让人的心情稍微愉快一些。

“这里是个过夜的好地方，特别是这张椅子，晚上睡觉特别的舒服。”黎晓怡向后指了指，一张宽大的睡椅呈现在了张心蓝的面前。

这张睡椅的确很宽大，看上去也非常的舒服，只是……它实在是太旧了，旧到椅子上几乎所有的地方都有裂痕。

“每次我来灯塔，都会睡在那张椅子上。”黎晓怡注视那张旧椅子的目光就好像看到了宝藏。

“这张椅子……也太破旧了吧？”张心蓝还是忍不住地说了出来。

“当我感到寒冷的时候，它就是我的天堂。”黎晓怡的话语总是可以让人感悟。

“当我感到寒冷的时候，它就是我的天堂。”这句话后来张心蓝回味了很久，每当他感到骄傲，每当他感到自满的时候，他总是会想到黎晓怡曾经说过的这句话。

其实每个人都可以过得很幸福，之所以有些人总感觉不到幸福，只是因为他们太贪心了而已，但是这又能怪谁呢？

人就是这样，生病的时候觉得健康就是幸福，健康的时候觉得有钱就是幸福，有钱的时候觉得平安才是幸福，平安的时候觉得找个爱人才是幸福，爱人找到了，又觉得别人的爱人才是幸福，爱人走了，又觉得自己的爱人才是真的幸福，问问自己，幸福到底是什么？

其实，我们每个人都曾经拥有过幸福。

“你为什么不问我找到的那个人到底是谁？”黎晓怡看着自己的脚尖，问道。

“你不说，我不问。”张心蓝的成功并非偶然，因为他知道什么时候该问，什么时候该沉默。

“你真的是个明星吗？”黎晓怡忽然问了一句。

“我？只是个拍三级片的。”张心蓝想玩幽默。

“三级片是什么？”黎晓怡好像不懂。

“三级片就是……在山的脊梁上面拍摄的片子。”张心蓝找台阶下。

“哦，原来是这样，那我以后一定要告诉别人我认得一个拍山脊片的明星，他的名字就叫做张心蓝。”黎晓怡一脸的单纯。

“这个……山脊片又叫文艺片，你还是告诉他们我是拍文艺片的吧。”张心蓝知道自己玩笑开大了。

“不行！我还是觉得山脊片这个名字听起来比较炫！”黎晓怡坚持。

“我……？”张心蓝想死。

海上有风，海浪轻抚，夜，更深了。

“你说得对，这世上真的没有人叫Q男。”黎晓怡的话语忽然变得忧郁。

“……”张心蓝沉默。

“他的名字叫酷男，很酷的酷。”黎晓怡说话的声音很小，但是这种声音在张心蓝的心中，早已越过千山万水。

“他人怎么样？”张心蓝好像问得很随意，但是他的双手，握得很紧。

“人很好，只是……只是还需要一点点时间适应。”黎晓怡看着自己的脚尖，沉默。

“这世上不懂欣赏的人有很多，就算放在他面前的是一朵玫瑰，他也会当成一棵野草。”张心蓝明摆着心里不爽。

“其实还好了，能够在我有生之年找到他，我就已经很满足了。”黎晓怡撩了撩头发。

“有生之年？什么意思？”张心蓝望向黎晓怡，黎晓怡的脸上写着满足。

“没什么意思，只是随便说说而已。”黎晓怡笑了笑，笑得有些勉强。

“如果他不接受你怎么办？”张心蓝将自己的双脚交叉了起来，每当他感到紧张的时候，都会这样。

“不接受我？……我想不会的，我这么可爱，没有人会不喜欢我的。”黎晓怡脸上隐隐的忧伤没有逃过张心蓝的眼睛。

“如果他不接受你，你会接受我吗？”张心蓝斗胆问了一句。

“你在开玩笑？”

“你看我像吗？”

“不会。”黎晓怡回答得很肯定。

“为什么？”张心蓝要答案，张心蓝的确太年轻，他还不明白这世上有些东西并没有答案，而且有些答案，不到最后一刻，谁都不会知道答案。

“我说过这辈子只要他一个人，就算死，也是他一个人。”黎晓怡咬着嘴唇，坚定地说道。

“这样做未免太傻了吧？”张心蓝皱了皱眉头。

“妈妈跟我说过，傻一辈子的女人才是最幸福的。只要是妈妈说过的话，就是真理。”在黎晓怡的心目中，母亲就是上帝。

“嫁给我吧！”张心蓝忽然脱口而出。

“……你……说什么？”黎晓怡好像没有听清楚。

“我说你嫁给我吧！你这样的女孩子我已经找了很久了！”张心蓝跃到了黎晓怡的面前。

“好了，好了，我知道了，你一定是为了逗我开心，让我知道自己还有人要，谢谢你了，能够有你陪着我，我已经很开心了。”对于现在的张心蓝而言，黎晓怡的微笑胜过一切。

“我不是跟你开玩笑的！你不信？我连求婚戒指都准备好了！”张心蓝有些急了。

“是不是真的？你能够把戒指拿出来我就信？”黎晓怡睁着大大的眼睛笑道。

“我的戒指就在……戒指就在……”张心蓝全身搜索着。

“不好！戒指还在外套里面！……你一定要相信我！那是一枚天蓝色的钻石戒指！”张心蓝忽然想起了刚刚自己装潇洒已经将外套扔出了灯塔。

“钻石还有天蓝色的吗？”黎晓怡歪着脑袋想了想。

“我没有骗你！那真的是一颗天蓝色的钻戒！而且还是喜大福的镇店之宝！它就在我的外套口袋里面！那是我特地为向你求婚准备的！”张心蓝想拿自己的脑袋撞墙。

“好啊，你去拿，我等你，只要你可以在五分钟之内将一颗天蓝色的钻戒放在我的面前，我就嫁给你。”黎晓怡随口说道，因为她知道，张心蓝现在所说的一切都只是为了逗自己开心而已。

“好！这话可是你说的！你等我！我现在就下去找！”张心蓝的心绪又被黎晓怡给抬到了沸点。

“不急，不急，天蓝色的钻石需要几亿年的形成时间，你五分钟要是可以做一颗，我什么都答应你，只不过这夜色之中……”

黎晓怡的话都还没有说完，她便看玻璃房子的墙壁之上多了一个人形，张心蓝几乎是飞出了玻璃房子，直接跳出了塔外。

IS THAT YOU, MY LOVE

亲爱的，是你吗

NO.40

王小凌有个很特别的习惯，那就是每次晚饭过后他都喜欢在自己家周围二点五公里的范围之内搜寻可以捡回家的值钱玩意儿。

王小凌的这个习惯是他五岁那年在距离自己家一公里左右的位置捡到了一块钱开始的，打那以后王小凌发现自己总是可以在自己家周围的某些地方多多少少地捡到一些值钱的东西。比如说还剩一半的橡皮擦，还装有笔芯的自动铅笔，还有弹性的橡皮泥，还可以用来装水的水壶，甚至还有一些无家可归的小猫小狗，王小凌一直都不承认自己这实际上就是捡破烂，他给自己这项饭后的捡破烂活动起了一个名字，叫做环保自愿者搜索大营救。

今天，王小凌的兴致好像比平时都高，因为他一不小心捡到了将近十块钱的纸币和三块多钱的硬币，索性，他沿着海岸线直接从自己家的门口捡到了圣索菲娅教堂后面的小山坡之上。

王小凌在蓝湾灯塔不远处的小山坡花丛之中发现了一件男士的外套，根据王小凌多年以来捡破烂的经验，他发现这件男士外套一定价格不菲，再次深入地搜索之后王小凌在外套的内口袋中发现了一个小小的包装盒，包装盒很精美，上面落有一只小小的蝴蝶结。

就在王小凌刚刚准备打开这个制作精美的包装盒时，忽然有一个东西从蓝湾灯塔的上面凌空飞到了自己面前，王小凌吓得连连后退了好几步。

“那是我的外套！”那个“东西”不是张心蓝还会是谁？

听到声音，王小凌总算是确定了对方是一个人类。

“靠！大半夜的飞来飞去，想吓死人啊！”王小凌看到自己已经没有了危险，态度马上又强硬了起来。

“那是我的外套！赶快还给我！”张心蓝披头散发地冲到了王小凌面前。

“兄弟！捡破烂也有捡破烂的规矩！凡事都有个先来后到不是？”王小凌玩江湖。

“你要多少钱我都给你！麻烦你现在赶快把外套还给我！”张心蓝好像有些急了。

“我要多少钱都给我？你真当我还是个初中生啊？我现在就要一百！你有吗？”在王小凌的观念中，一百元人民币已经是天大的数字了。

“给！这是一千，不用找了！快把衣服还给我！”张心蓝从自己的裤子荷包里掏出了一叠类似于草纸的东西。

“一千？一千！一千……我看你是想钱想疯了吧！还一千！靠！”王小凌对着张心蓝伸出了中指，他不相信世界上会有这么便宜的事情。

“求求你了！这件衣服真的对我很重要！麻烦你快点还给我吧！这是我身上所有的现金，你全都拿去吧！”说话间张心蓝将口袋中所有的现金全都掏了出来，根据王小凌的目测，张心蓝掏出来的那叠纸张的厚度大概在半寸左右。

半寸钱到底有多少？王小凌从来都没有想过，他也不敢想，因为他平时的现金都是用微米来计算的，今天忽然之间看到了这么多的现金，王小凌一时之间还适应不过来。

“是不是真的？拿两张过来看看？”王小凌借着月光，冒着生命危险从张心蓝的手中抽出了两张纸币对着月光反复看了看，然后又用自己的牙齿咬了那么一咬。

“哦！哦！哦！圣母玛利亚！这真的是现金！我苦苦祈祷了这么多年，这种有钱的疯子总算是被我遇到了！！！”王小凌激动得眼泪都快要流淌出来了。

“你你你……你真的愿意用你手里的这叠钱来换取这件衣服？”王小凌想确定对方“疯”的程度。

“全都是你的！快把衣服还给我！”张心蓝几乎是举着双手哀求。

“我如果要更多……你也变得出来吗？”王小凌超级贪心。

“我身上就这些了，你如果真的想要，你把账户告诉我！我明天给你汇过去！”张心蓝好像并没有开玩笑。

“我要十万！”看来王小凌这辈子就搞这一次了。

“好！我答应你！快把衣服给我！”

“二十万！”

“好！”

“三十万！”

“OK！”

“一百万！”王小凌这次真的冲了。

“好！没问题！你要多少我都答应你！我的时间不多了！快把衣服还给我！”张心蓝越来越急。

“我长得帅不帅？”王小凌忽然问道。

“你是我见过最帅的！”张心蓝肯定道。

“我的秀发光不光滑？”王小凌再次问道。

“这个……麻烦让我先吐一吐再回答你！”张心蓝在王小凌的“秀发”面前痛苦地弯下了身躯。

“好了！我相信你说的都是真的！不过……这件衣服真的对你这么重要吗？”

“它足以改变我的一生！”

“是不是真的？那我得仔细看看这件衣服到底有什么与众不同的地方了！不过你不用担心，大概半个小时就够了。”王小凌决定对这件神奇的外套进行一次彻底的大搜索。

“靠！你这么说就是逼我抢了！！！汪！汪汪！汪汪汪！……”说话间张心蓝疯狗似的吼叫着冲向了王小凌，这一击，张心蓝几乎用尽了全力。

就在一阵疯狂的撕咬与凌辱之后，王小凌终于还是悲惨地远离了那件对于他来说充满了神秘感的外套。直到今天，在王小凌的记忆中，仍然还记得那天晚上他遇到了一只可以在月圆之夜超级大变形的疯狂变态人狼！

张心蓝咆哮着，几乎是沿着蓝湾灯塔的墙壁攀爬到了灯塔的顶端。

当张心蓝再次回到玻璃房子内部的时候，玻璃墙的上面再次多出了一个人形，不，准确地说应该是一个狼形。

“这么快就回了？”黎晓怡感觉好像还不到五分钟。

“那枚天蓝色的戒指我拿到了！就在这件外套之中！”张心蓝将一直叼在嘴里的外套取了下来。

“是吗？给我看看。”

“你可是答应我见到了那枚天蓝色的钻戒就嫁给我的！”张心蓝想肯定自己刚刚听到的不是幻觉。

“我答应你的一定做到，不过你也得答应我一件事情。”黎晓怡微笑道。

“说！你说什么我都答应！”张心蓝说的是真话，哪怕黎晓怡现在让他去死，他也会马上含笑赴黄泉。

恋爱中的男孩就是这样，他们常常可以做出一些让人匪夷所思的事情，也会做出一些让人怎么也意料不到的事情，就算他们喜欢的女孩子让他们立刻飞天，他们也会毫不犹豫地化作超人飞向蓝天。这种事情没得解释，你如果没有亲身经历过爱情，永远都无法理解爱的力量到底有多么强大。

“如果你现在要是拿不出戒指，以后都不可以再用这种玩笑逗我开心了，我很容易当真的。”黎晓怡的微笑几乎让张心蓝崩溃。

“我真的不是跟你开玩笑的！不信你看……”

IS THAT YOU, MY LOVE

亲爱的，是你吗

NO.41

“就在这里……这里……也许是这里……也有可能是这里……还有可能在这里……靠！那小子把戒指拿跑了！！！”张心蓝翻遍了整件外套也没有发现装有钻戒的盒子。

“好了，我相信你。”黎晓怡忽然说道。

“你相信我什么？”张心蓝的脸上呈现白痴状。

“我相信你这件外套的里面曾经有过一枚天蓝色的钻戒。”黎晓怡好像在帮张心蓝找台阶下。

“真的有过！可能已经被刚刚那个几年都没有洗头的小子给偷去了！”张心蓝真的想生吞了王小凌。

“好的，你现在说什么我都相信。”黎晓怡对着张心蓝眨了眨眼睛，表示自己对他的肯定。

“我！我！啊！啊！啊！……”咆哮间张心蓝冲向了玻璃房子中的铁制控制台，他准备一头撞死算了。

呱！呱！呱！……就在张心蓝的脑袋距离铁制控制台还有零点三厘米的时候，他的裤子口袋里面忽然传出了一阵蛤蟆的叫声。

“你有随身携带青蛙的习惯？”黎晓怡问了一句。

"不是,那是我的手机铃声。"张心蓝的手机铃声实际上是他那首成名曲《田野蛤蟆叫》的伴奏。

其实张心蓝的手机号码也就一个人知道,也就是他的亲生姐姐兼经纪人张心红,张心红还有一个孪生妹妹叫做张心紫。这个张心紫实际上也就是张心蓝的二姐,张心蓝的两位姐姐都是经纪人,而且同样都留着红色的头发,张心红负责的艺人就是张心蓝,而张心紫负责的艺人则是金淑媛。

"姐,什么事情?"张心蓝接通了电话。

"你这个臭小子又干了什么好事?"电话那头传来了张心红抓狂的声音。

"嗯?什么啊?姐姐是不是喝多了?"张心蓝问道。

"你个臭小子从小到大就是会装傻!你跟我说,你今天是不是去过喜大福?!!!"

"喜大福?好像是经过了的。"张心蓝装傻。

"经过!!!你敢说你只是经过?你跟我老实说,喜大福里面最贵的那枚钻戒是不是被你给买了?"张心红几乎是咆哮道。

"钻戒?我好像记不太清楚了。"张心蓝的确很会装傻。

"你少跟我来这套!这事整个报界都知道了!喜大福为了宣传自己已经向媒体爆料了!要不是我媒体的朋友告诉我,你怎么死的都不知道!!!"张心红掩饰不住自己的愤怒。

"……"谜底被解穿,张心蓝沉默。

"好了!现在不管你在哪里,赶紧给我回酒店!记者可能已经知道你的行踪了!还有你小子突然买那么贵的钻戒做什么?"电话的声音很大,一旁的黎晓怡听得很清楚。

"我……爱上了一个人。"张心蓝丢了一句。

"什么?你再说一遍!"张心红不敢相信自己听到的。

"我……"

"你不会是想用那枚钻戒向别人求婚吧?上帝啊!请你宽恕我这个无知的弟弟!看样子你是要我死在你的面前你才肯罢休啊!!!"张心红已经用另一部电话为自己叫了辆急救车。

"……姐姐!难道我没有爱的权利吗?难道我一辈子都要被姐姐管教吗?难道爱上了一个人有错吗?"张心蓝在姐姐的面前永远都是一个孩子。

"……好!从现在开始我不管你的死活了!你有什么话留着自己去向记者解释吧!!!"张心蓝的姐姐挂上了电话。

张心蓝打电话的过程中黎晓怡一直都坐在原地静静地听着,张心蓝挂上电话之后，两个人都沉默。

三分钟之后。

“我……”张心蓝想解释。

“你姐姐也是为了你好。”黎晓怡抿了抿嘴巴，说道。

“她……”

“你不知道在这个世界上有亲人是件多么幸福的事情。” 黎晓怡看着张心蓝，眼中装着羡慕。

“她管太多了！”张心蓝抱怨。

“她管你是因为她爱你、她关心你，你难道也想像我这个样子？一个人，永远都不知道什么时候天气会变凉？什么时候应该上床睡觉？什么时候应该戴上围巾？什么事情是对的？什么事情是错的？什么地方是陷阱？什么地方又是天堂？我甚至不知道什么时候可以办理身份证。你知道吗？我真的好羡慕你能够拥有这样的一个姐姐。”黎晓怡停顿了一下，接着说道，“真的，你应该好好珍惜你和你姐姐之间的关系，一些你们看来很平常的事情对于我来说都是天堂。”黎晓怡说出这些话的时候脸上的表情非常复杂，没有人看得出她到底是哀伤、羡慕还是嫉妒。

“但是我……”张心蓝想狡辩。

“好了，时间也不早了，送我回去吧。”黎晓怡起身。

“这么快就走？我还想和你多待一会儿。”张心蓝不想这么早与黎晓怡分别。

“你们男孩子觉得很早的时候其实对于女孩子来说已经非常晚了。”黎晓怡的自我保护意识很强，对于一个美丽的孤儿来说，她这样做是明智的。

“……好吧，我送你回去。”张心蓝不是那种喜欢勉强女生的男孩子，他知道什么事情可以做，什么事情不可以做。

海边的街道很干净，海浪声很轻柔。

月光轻轻地洒落在黎晓怡的脸颊之上，黎晓怡的笑很淡，淡到一股轻风就可以将她吹散。但是轻风没有这个胆量，因为黎晓怡实在太纯，纯到她自己都不知道自己的美丽到底有多么迷人。

如果月光可以杀人，现在的张心蓝早已死过千遍，张心蓝已经记不得自己到底亲眼见到过多少的 “少男杀手”“××国第一美女”“娱乐圈绝代佳人”“×××选美冠军”……但是她们，就算打包和黎晓怡比起来，也是一堆狗屎，一堆没有任何内涵、早已失去纯真的破烂。

黎晓怡的美丽不是那种一眼看上去就会心慌的类型，她的美丽很淡，淡到当你发现她的时候才知道原来女人的美丽实际上就是纯真。这是一种没有任何杂质的纯真，这是一种对任何的事物都心存感激的纯真，这是一种可以让人回到童年的纯真，同样，这也是一种随时都会让人彻底心碎的纯真。

海边的小路很长，海风不时地吹过张心蓝的脸颊。这么多年以来，张心蓝第一次感到了愉悦，这是一种发自心底的愉悦。张心蓝终于明白了，能够和自己喜欢的人在这种长长的小路上漫步，也是一种幸福。这种幸福很单纯，张心蓝笑了，他没有想到快乐也能够这样的平淡，这样的好似清风，你不用去说，也不用去问，静静地，静静地，等待清风抚过……

“谢谢你！”张心蓝第一次感到了自己真心的微笑。

“谢我什么？”黎晓怡轻柔地转身，倒着漫步。

“谢谢你让我明白了很多。”张心蓝终于还是放下了。

“你明白了什么？”黎晓怡微笑着问道。

“我不说，因为我已经明白。”

“哈！哈！我想你真的明白了！”黎晓怡笑得好开心。

“虽然我明白了，但是我还是想追你。”张心蓝说得很轻松，看来，他真的明白了很多。

“好啊！你来追我试一试！我以前可是学校的长跑冠军！”黎晓怡做着准备活动。

“我不是说的这种‘追’！”

“我就当你说的是这种‘追’！”说完，黎晓怡轻盈而去。

“喂！怎么又跑了！”

“你有本事就来追追我试试！如果我被你追到了我就请你吃冰淇淋！”黎晓怡的声音越来越远。

“好！这可是你说的！嗯？人呢？人跑哪里去了！！！”

月色迷人，年轻的心，晶莹剔透，当我们回首青春年华，我们的纯真，还在原地……

IS THAT YOU, MY LOVE

亲爱的，是你吗

NO.42

酷男的眼前现在放着一本病历，酷男的手在发抖，他从来都没有想到过自己的双手会有一天抖动得这么厉害。

酷男不敢相信，奶奶的身体一直都很健康，怎么会一下子就得了肺癌？虽然是早期肿瘤状态，但是治愈的希望已经非常的渺茫。

“这个东西一定不是真的！你一定是想拿这种伪造的东西威胁我！”酷男颤抖地对着金淑媛说道。

“我威胁你什么？”金淑媛反问道。

“威胁我和你成亲！”

“我想要你和我完婚可以使用不下一百种手段，没有必要用这种卑鄙的招数。”金淑媛说得很有自信。

“……”酷男已经不知道应该怎么办，他本是一个非常有主见的人，但是现在，却丝毫没有任何的办法。

为什么肺癌不是出现在自己的身上？为什么老天爷要让奶奶那么善良的人承受这么大的痛苦？为什么？这一切都是为什么？酷男很迷茫，他忽然发现现实的残酷完全超出了自己的想象！酷男好希望现在自己正在做梦，做着一个很快就会醒来的噩梦！但是现实真实得如同酷男现在的颤抖，酷男自己已经完全无法制止。

“你准备怎么办？”金淑媛轻轻问道，她的语气还是那么的柔和，她的气质还是那么的优雅，她并没有威胁酷男，她只是这样轻轻地问，慢慢地说，但是这种态度，绝对胜过任何的威胁。

“……”酷男还是沉默，这世上奶奶是自己唯一的亲人，酷男从来都没有想过自己有一天失去了奶奶会怎么样，酷男不敢想，也不愿意想，因为这种假设实在是太过残酷！

“我已经调查过了，治疗这种早期肺癌，医疗设备和科学技术最发达的地方是在美国，治疗的费用大概需要八十万到一百万美元。”金淑媛喝了口咖啡。

“你跟我说这些是什么意思？”酷男几乎将手中的病历捏碎。

“没什么意思，就算你不答应我，我也会帮你出这笔治疗费用。”金淑媛的脸上竟然写着真诚。

“你……你说的当真？”酷男不敢相信自己所听到的。

“钱我都已经准备好了，一百万美元，支票就在我的助手身上，只要你跟我说一声，你需要这笔费用，那些钱马上就是你的，而且我会第一时间为你的奶奶安排去美国的手续。”金淑媛的确不是一个普通的女孩，她想要得到什么，永远都不会那么的直接，她很会使用一些方法，让那些她想得到的东西自己送上门。

“你还是在威胁我！”酷男知道自己现在在金淑媛的面前没有任何的优势。

“我并没有威胁你，你只要跟我说需要这笔费用，我马上让助手将现金支票放在你的面前，而且绝对不会要求你用任何的东西交换，其中当然包括我们的婚事。我从来不会骗人，我也从来不会威胁谁。你说，我给，很简单。”金淑媛端着咖啡杯微笑着注视着酷男。

金淑媛的确没有威胁酷男，但是酷男知道，如果自己现在真的接受了金淑媛的这笔费用，无疑就是答应了和她完婚，因为这世上所有的恩情都是需要报答的，一百万美元是个什么概念？酷男知道自己这辈子都不可能将这笔费用还清！

酷男现在忽然想到了一个人，这个人的名字叫做黎晓怡。黎晓怡在教堂里面说出的那番话酷男怎么会忘记？黎晓怡是个孤儿，她的母亲在她很小的时候便已离她而去，黎晓怡一个人在母亲过世之后只剩下了唯一一张可以支撑她活下去的照片。酷男知道，那张照片不光代表黎晓怡唯一的希望，也代表着黎晓怡的前途，代表着黎晓怡对未来的向往，酷男自己也曾经亲耳听到黎晓怡说过，她要找的那个人比自己的生命还重要。酷男知道，如果自己接受了金淑媛的那张支票，无疑就是将黎晓怡推入了一个深渊，酷男不知道黎晓怡是否可以接受他和金淑媛闪电完婚的结局，酷男也不知道黎晓怡能不能够承受这种结局。

让黎晓怡看着她的希望在自己的面前破灭，这将是多么残酷的一件事情。

酷男本可以毫不犹豫地选择金淑媛的支票，但是当他想到黎晓怡单纯的面容时，心中便是一阵绞痛，黎晓怡已经非常的可怜，难道自己还要让她更加的可怜?但是想到奶奶，酷男的心便已经完全被撕碎，奶奶对自己的恩情，自己就算来世做牛做马也不可能还清！但是黎晓怡的希望，也会随着奶奶的治疗而破灭，酷男很迷茫，他忽然觉得自己的脑袋实在太小，小到根本就装不下这么多的难题。

“你给我一天的时间考虑一下。”酷男的语气几乎是哀求。

“好，就一天，我等你。”说完，金淑媛起身离开，没有任何的犹豫，没有任何的威胁，没有任何多余的话，就这样，直接地离开。因为她知道，酷男一定会给自己一个满意的答复。

酷男坐在椅子上，他忽然觉得面前的大海黑暗了起来，黑暗得几乎什么东西也看不见，酷男看不见自己的未来，看不见奶奶的未来，也看不见黎晓怡的未来……未来到底会变成什么样? 奶奶的病真的有机会治愈吗? 黎晓怡真的可以找到自己的幸福吗? 自己人生的选择真的会是正确的吗?

酷男，真的好累……

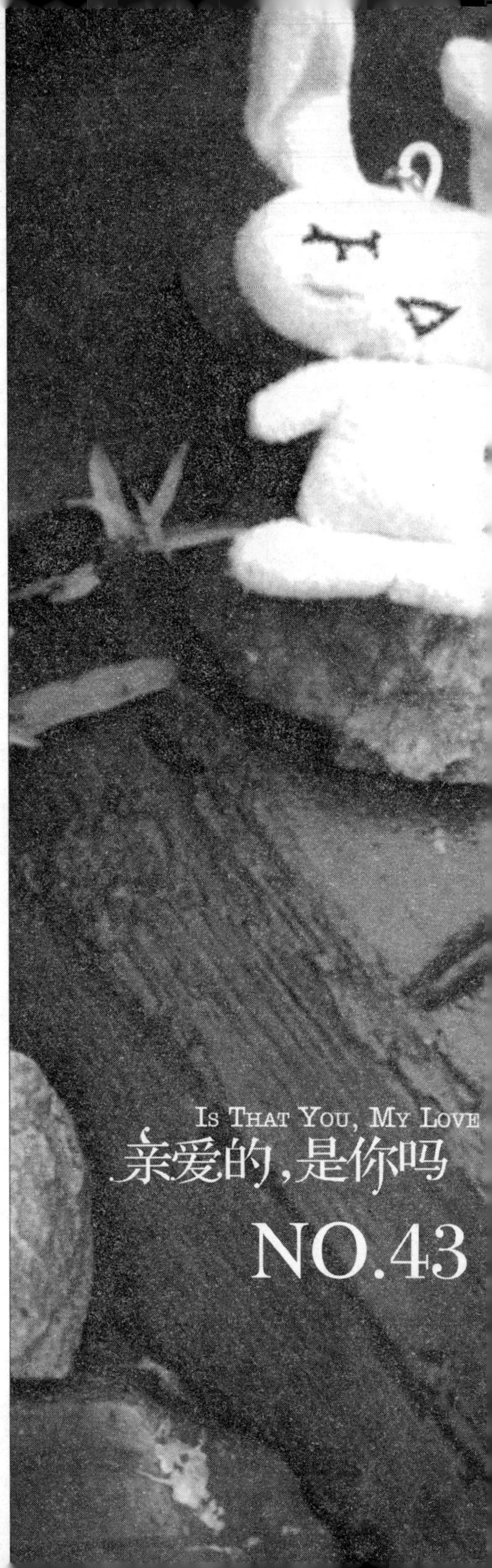

深夜的金海中心步行街比白天还要热闹,一对对满脸写着空虚的红男绿女手提着各式的大包小包徘徊在各种时尚专卖店的门口,包越沉,越空虚。

酷男,一个人,走上几步,停一会儿,走上几步,停一会儿,他忽然感觉自己的情绪非常的低落,低落到好像对一切的事物都已失去了兴趣。

索性,酷男坐到了步行街一旁的公共木椅之上。

酷男刚刚在金淑媛那里看到的、听到的,不时地从酷男脑袋中的各个地方窜出来,酷男真的想让自己的脑袋静一静,但是他的双眼,交织着恐慌与迷茫。

这是酷男人生第一次感到了金钱的重要,第一次感到了作为一个穷人的无奈,第一次怀疑自己以前的人生观是否正确。

酷男的对面,一面巨大的广告牌映入了他的眼帘,广告牌的上面,一位清纯美丽的少女正在为她所代言的服装品牌做着各种迷人时尚但又不失高雅的优美造型。广告牌的前面，一些盲目追求潮流的少男少女们正争相在这块今天夜里才刚刚竖起的广告牌前合影留念。广告牌的下方，写着这位少女的名字，金淑媛。

酷男不得不承认，金淑媛就算仅仅拥有漂亮这一项就足以令她顺利地踏入演艺界，但是如果再加上她处事的才干与做人的技巧，金淑媛能够取得今天的成就也是必然。但是不知道为什么，酷男竟觉得自己对这位随时都有可能进入自己眼帘的当红美少女一点感觉都没有。酷男看了看自己下半身，确定了自己是个男孩，然后又试着对金淑媛的巨幅海报进行着他力所能及的各种幻想，但是很可惜，他还是一点感觉都没有。

“为什么呢？我怎么对她一点感觉都没有呢？”酷男甚至已经开始怀疑自己的性取向。酷男又试着对步行街上一些过往的帅男多看了几眼，很快，酷男将自己今天吃的东西全都吐了出来。

“买双鞋垫吧。”呕吐中的酷男忽然听到了一个声音。

擦了擦嘴巴，酷男勉强站立了起来。

“买双鞋垫吧。”那个声音又说了一句。

酷男顺着声音看了过去，他看到了一位头上布满了银发的老婆婆。经目测，这位老婆婆应该与自己的奶奶年龄相仿，老婆婆的左手挎着一只装满了鞋垫的竹篮，右手则紧紧地握着一双上面布满了针线痕迹的灰色鞋垫。

“买不买鞋垫？”老婆婆又问了一句，她的语气近似哀求。

“多少钱一双？”酷男不忍拒绝。

“一块钱一双。”老婆婆的脸上写着希望。

“一双半卖不卖？”酷男看了看口袋。

“卖！半双都卖！”老婆婆脸上的皱纹让酷男想哭。

“如果我想一块五买一双您卖不卖？”酷男想让老婆婆多赚一点。

“一块五买一双？”老婆婆为难了一下，“但是我没有一块五一双的鞋垫啊。”

“不是，我的意思……好吧，您还是给我一双半吧。”酷男将口袋里唯一的一块五毛钱递到了老婆婆的手中。

老婆婆接过钱，小心翼翼地用一层又一层的旧布包裹着放进了自己随时都有可能穿孔的内衣口袋之中，酷男注意到，整日的劳作已经使得老婆婆早已衰老的双手更加的沧桑。

“算了，还是给你两双吧。”老婆婆从竹篮里取出了两双鞋垫。

“这怎么可以？这么厚的鞋垫，您一双都赚不了多少钱，怎么能够要您两双！”酷男拒绝。

“没关系，反正这里买鞋垫的人少，我每天能够赚几块钱就可以了。”老婆婆脸上的善良与慈祥让酷男心酸。

老婆婆说得没错，这年头还有多少人会使用鞋垫呢？动辄几百上千一双的鞋子，有谁还会使用一块钱一双的鞋垫呢？酷男忽然想起自己小的时候，每当有新鞋的时候奶奶总是会为自己亲手缝制一双鞋垫，奶奶缝制的鞋垫就如同现在自己眼前的这些鞋垫一样，一针一线一板一眼，每一处都一丝不苟认认真真。奶奶这代人并不会因为这种东西便宜，这种东西不值钱而改变自己对待它们的态度，这也许就是奶奶和这位老婆婆对待人生的态度，虽然生活处处充满了艰辛，但是她们的人生态度，依然认真，依然执著，依然坚持着自己做人的原则，虽然日子很苦，但是她们，问心无愧！

“小兄弟，你知不知道PC是什么东西？”老婆婆忽然问了一句。

“PC？”酷男没有想到老婆婆忽然会问自己这个问题。

“好像就是PC吧？”老婆婆自己好像也不太肯定。

“PC应该就是电脑的意思吧？”酷男认为自己的理解没错。

“是不是就是可以在上面玩游戏看电影的东西？”老婆婆继续问道。

“对，对，就是它。”酷男现在已经肯定老婆婆问的就是电脑了。

“但是……您问这个做什么？”酷男有些好奇。

“哦，是这样的，我家里穷，就我和孙子两个人，我那个孙子整天吵着闹着要什么PC，还说什么那个东西上面可以玩游戏看电影。我买不起，孙子就整天在外面玩那个东西，一宿一宿不回家。他是我唯一的命根子，他要是夜里不回家要我怎么睡得着？小兄弟，你知不知道那个PC大概要多少钱一个？也不知道我这样卖鞋垫要卖多少双才可以买得起？”老婆婆的眼中布满了对孙子的担心。

老婆婆的问题酷男不知道应该怎么回答，一块钱一双的鞋垫，一针一线地由老婆婆布满了老趼的双手缝制起来，然后还要没日没夜地到处兜售，就算老婆婆每天可以赚到十块钱，除日常开支和老婆婆那个不孝孙子的挥霍，就算攒到死，都不一定赚得回来。

“PC这个东西有的时候贵，有的时候便宜。”酷男想逃避这个问题。

“哦，最便宜的时候大概要多少钱？”老婆婆没有放弃。

“最便宜的时候……大概也就……对不起，老婆婆，我回答不了这个问题。”酷男不忍心欺骗老婆婆但是他更不忍心让老婆婆觉得自己没有希望，她这样的年纪希望本来就很少，如果连希望都没有了，酷男不知道老婆婆还可以在生活的残酷重压下呼吸多久。

“哦，那我只好问问别人了，谢谢你了，小兄弟。”

“不用谢，不用谢，请问您的孙子贵姓？”酷男都不知道自己为什么会问出这个问题。

“我家孙子应该和小兄弟你差不多大，他叫王小凌。”

王小凌现在就在距离他家不远处的网吧里玩着一个名为“天堂猎人”的网络游戏。王小凌操控的是一个衣不掩体的丰满女猎人，这个游戏王小凌已经玩到了二百多级，再挂个什么七八个星期他就可以升级成为正统的大魔法师了。但是令王小凌万万没有想到的是，这个网络游戏的幕后制作者已经在考虑关闭这套练级系统了，估计也就在一到两星期之后游戏的形势就要改变成彻底的即时战略。到那个时候，所有的游戏者全都要使用现金购买的点卡来换取最棒的武器，换句话说也就是现实生活中谁有钱在网络游戏中也一样的会变成强者！当然，最后偷笑的也只有那些在背后大笔大笔往怀里装钱的幕后黑手们。

以王小凌为中心半径一点五米的范围都是没有人的，因为没有一个正常的上网者可以忍受他头上散发出来的“迷人气味”。

“兄弟，我们老板为你安排了一间包

房，麻烦你能不能到那里去独自享受？"一个鼻子上夹着一个木头夹子的网管出现在了王小凌的身边。

"靠！没看我正在升级吗？"王小凌玩游戏的时候非常投入。

"但是你往这一坐，我们就没法做生意了！"网管满脸的为难。

"又是一个逼我用绝招的！看着我的头发！看着我的头发！看着我的头发……"不到三十秒，网管被众人抬了出去。

网吧的老板本来是准备报警将王小凌抓走的，但是后来转念一想，自己网吧里尽是未成年人，最后还是忍了。

怎么办呢？这小子往那一坐，每个进入网吧的人不是吐着跑出去了便是就地躺下了！网吧老板这叫一个为难，不过就在这个时候，一件奇怪的事情发生了。

网吧老板先以为是自己的眼睛有毛病，他看到一个扛着摄像机和一个拿着话筒的人急匆匆地跑到了王小凌的身边，然后紧接着，又是几个拿着照相机和录音笔的人笔直拥到了王小凌的身边。网吧老板揉了揉眼睛，他看到了更多的记者模样的人拥入了自己的网吧，刚开始网吧老板以为是有人将自己接待未成年人上网的事情曝了光，但是后来仔细一看，这些记者们手里的话筒尽是娱乐频道的标志。好奇中，网吧老板也随着这些不断拥进来的记者们捏着鼻子蹿到了王小凌的身边。

"你好，我是'拆了危'电视台的记者，请问你是不是张心蓝的情敌？"一个秃头的女记者端着话筒冒着被熏死的危险贴到了王小凌的身边。

王小凌光顾着自己升级，竟然没有发现自己的旁边忽然出现了无数肩扛摄像机手持话筒的娱记。

"你好，我是'胡了未死'的记者，请问你为了和张心蓝争夺女朋友在蓝湾灯塔下决斗是不是真的？"另一个大胸的女记者又冲了上来。

王小凌现正在电脑中和另外一个女魔头决斗，他已完全脱离了现实世界。

"你好！我是'踢未必霸'频道的记者，请问你已经将张心蓝用来求婚的戒指抢了过来是不是真的？"这回是个男记者，不过要不是他敞着胸，谁都看不出来他是个男的。

王小凌已经开始使用绝招了，他发现对方这个女魔头实在比自己想象中的还要厉害！

"你好！据可靠消息你不光是张心蓝的情敌而且还是金淑媛的情人，请问是不是真的？"又一只话筒飞了过来。

王小凌正在给自己补血。

"你好，我是'疯慌卫士'娱乐频道的记者，据知情者爆料，金淑媛今天晚上已经接受了一位男士的求婚，请问是不是真的？"一个已经快脱光了自己的衣服想要引起王小凌注意的美女记者问道。

王小凌在发气功。

很快，N个记者提出了自己的N个问题，但是王小凌还沉浸在自己的梦幻之中不能自拔。

"喂！你就算不回答我们的问题总该告诉我们你叫什么吧？"一个块头有些大的男记者实在沉不住气了。

"他不说！我知道！"网吧老板忽然高喊了一句，这种抛头露面的机会他已经等了一辈子了！

"他叫什么？"

"他叫什么？"

"他叫什么？"

"他叫什么？"

"他叫什么？"

……N张嘴，一个问题。

"他就叫……"网吧老板翻阅着自己的上网登记，"……王小凌！！！"

啪！啪！啪！啪！啪！无数的闪光灯在向网吧老板致敬。

"好了，可以截稿了，明天的大标题就说这个王小凌已经默认了自己就是张心蓝的情敌。"

"明天头版就写王小凌和张心蓝争女人被张心蓝亲手打成重伤，以至于只能够坐在轮椅上上网。"

"明天就写已经证实王小凌就是金淑媛的情人，然后他也亲口证实了金淑媛今天晚上已经接受了另外一位男士的求婚。"

"张心蓝是同性恋，是王小凌亲口说的。"

"王小凌身家几个亿，送了枚比张心蓝大十倍的钻戒给情人，后来张心蓝自觉没趣，想自杀，没死成。"

"王小凌是在豪华总统套房里面接受我们访问的，单单他使用的VERTU生产的豪华手机就价值一百万人民币，张心蓝看到这个就自己退缩了。"

"但是张心蓝好像也非常非常有钱？"

"唉！管那么多做什么？我要你这么写就这么写呗！只要读者看得过瘾，谁管你是不是真的？”

……

就这样，王小凌在他还在网络世界中和别人厮杀的时候，他已经成为了第二天各大媒体娱乐版头条的新闻人物，虽然他没有和这些记者们说过一句话，甚至都不知道这些记者们的存在，但是娱记们天生的超级想象能力和虚构故事改编能力已经将王小凌推向了神坛……

张心蓝和黎晓怡今天晚上都过得非常愉快，他们完全没有发现一路上娱乐记者们已经将他们一切的一切都偷拍了下来。不光这样，娱乐记者们还使用了各种电脑科技将他们的照片重叠变形，然后使一些本来根本就没有什么的照片一张张变成了超级亲密接触和模糊的偷情裸照。明天早上，这两位无辜的人的整个人生将会改变，特别是黎晓怡，应该说她才是真正的受害者，但是事已至此，但愿上帝可以帮助这位可怜单纯的小女孩脱离困境。

为了偷拍金淑媛“偷情”的照片，每个在米凯博周围蹲点的娱记至少都等了三个小时以上，不过还好，米凯博经理卖给他们的情报果然可靠。酷男出现得很“准时”，金淑媛对待他也很“热情”，同样的，这些记者们偷拍的照片明天登出来的时候也将会是经过修改的，一个好的新闻正在诞生。

家里的灯，还是亮着的，酷男的奶奶永远都不会忘记告诉酷男家的方向在哪里。

人的习惯和记忆是非常神奇的东西，有的时候，人老了，总是会忘记一些事情。有些老人，他们甚至会忘记自己姓什么，忘记自己住在哪里，但是他们永远不会忘记问候一声自己的子女，肚子饿不饿？衣服薄不薄？工作累不累？

老人们会忘记一切，但是他们永远都不会忘记的，便是自己的子女。

酷男站在距离自己家门口十米的地方静静地注视着从家里发出的微弱灯光，这是酷男第一次看着自己家的门口不敢进门。

酷男害怕，害怕自己一看见奶奶就会哭，自己一哭，奶奶便什么都知道了，奶奶如果知道自己知道了，一定会比以前更加的伤心。奶奶之所以将这件事情瞒着自己就是因为希望可以天天看到自己的笑

容。酷男知道，自己的笑容，就是奶奶的整个世界。

自己笑了，奶奶的世界就会晴空万里；自己哭了，奶奶的世界便会乌云密布；自己病了，奶奶的世界便会天崩地裂；自己健康，奶奶的世界便又回到了艳阳高照。反之，酷男自己的世界，也会因为奶奶的一切而改变。

在距离酷男家还有一公里左右的地方，黎晓怡拒绝了张心蓝的继续护送。

“我到了。”黎晓怡停下了脚步。

“哪里？”张心蓝左右看了看。

“你不用知道在哪里。”黎晓怡望了望星空。

“为什么？我们今天晚上不是过得很愉快吗？”张心蓝问道。

“今天晚上过得愉快并不代表我可以告诉你我的住址。”黎晓怡不想给酷男的奶奶添麻烦。

“好吧，我从来都不会为难女孩子。”张心蓝的魅力在无形之间展露。

“再见。”黎晓怡转身。

“我们还会见面吗？”张心蓝问。

“随缘吧！我妈妈说过，缘分一到谁都挡不住。”黎晓怡没有回头。

“这么说我还是有希望了？”张心蓝大声地问道。

“我们之间只是再次见面的缘分而已，你可不要想歪了，我有主了。”黎晓怡回头笑了笑。

“我第一次进入歌坛的时候别人也跟我说新人不要跟天皇巨星争，但是现在，大家都只买我的CD。”张心蓝说得很有自信。

“你也有被别人取代的一天。”黎晓怡提醒道。

“我就是这个意思，所以说，我还有希望。”张心蓝顺势说道。

“但是我的感情不是娱乐圈，很抱歉，你没有在我这里出CD的机会了。”黎晓怡微笑着拒绝。

“你的拒绝总是这么直接。”张心蓝的心胸很开阔。

“再说下去天可就要亮了。”黎晓怡指了指星空，星空如梦。

“好吧，就按你说的，有缘再见。”

“你可不许跟踪我。”

“我不会那么没趣。”

“好了，有缘再见。”

“有缘再见。”

黎晓怡觉得张心蓝真的是个不错的男孩子，不但有风度，而且还很幽默。但是很可惜，黎晓怡对张心蓝的感觉就好像鱼在水中一样，毫无感觉，只是这鱼一旦离开了水……

这一公里黎晓怡走得很慢，海风不时地吹过黎晓怡的额头，黎晓怡也不时地抬头看看星空。海边的星空，很干净，干净到你用肉眼几乎就可以看得见星云，在那片遥远的星云之中，也会有着另外一个黎晓怡正在寻找着另外一个Q男吗？

黎晓怡笑了笑，收起了自己的思绪，就在她低头之间，她忽然看到了一个人，这个人正在远远地注视着自己将要回到的家，这个人的眼神很迷茫，也很忧伤，他迷茫的是什么？忧伤的又是什么？黎晓怡不知道，黎晓怡所知道的只是，这个人的名字叫做酷男。

黎晓怡发现自己注视酷男的时候心跳得很厉害，而且脸上的温度也在不断地上升，这种感觉是她人生中第一次拥有，她不知道这种感觉到底从何而来，黎晓怡忽然感觉自己很慌张，一时之间竟然不知道到底是应该走向酷男还是装做没有看见。

“你回了。”酷男对黎晓怡说出这句话的时候发现黎晓怡明显地颤抖了一下。

“嗯。”黎晓怡往后退了一步，为什么自己会退上一步，她不明白。

“你怕我？”酷男无精打采地问了一句。

“我怕你？开玩笑！”黎晓怡说得很大声，因为她心虚。

“不怕我你退个什么？”酷男问。

“没什么，前面地上刚刚有只蚂蚁，现在它已经过去了。”黎晓怡低头向前走了一步。

“你看这星星和月亮。”酷男往天上指了指。

“星星月亮怎么了？”黎晓怡抬头东张西望。

“没什么，我只是想试一试你单纯到了什么程度。”酷男摆了摆手，黎晓怡的单纯超出了他的想象，这使得酷男的内心更加的矛盾。

“好啊！你又耍我！”黎晓怡鼓着嘴巴跺了跺双脚。

“什么叫我又耍你？我以前耍过你吗？”酷男反问道。

“……”黎晓怡没说话，因为与人争辩并不是她的强项。

“今天晚上你有空吗？”酷男忽然问道。

“……今天晚上？让我想想……好像有空。”黎晓怡眨了眨眼睛。

“等一下我奶奶睡着了之后我可不可以到你的房间去？”酷男问道。

“……不行！我们还没有成亲！怎么可以！！！……”黎晓怡的脸红到了脖子里。

“靠！你想到哪里去了！”酷男的脸也有些红了。

“……那你想干什么？深更半夜跑进女孩子的房间！虽然我承认我喜欢你，但是我可不是那么随便的女孩子！”黎晓怡虽然知道自己喜欢酷男，但是她也清楚地知道什么事情可以做，什么事情做不得。

“奶奶有病。”酷男单刀直入。

“奶奶有病？”黎晓怡不明白。

“肺癌。”

酷男家的门口,酷男站在前面,黎晓怡站在他的身后。房子里面,传来了微微的咳嗽声。

虽然一直到现在黎晓怡都还不太敢相信酷男跟自己说的是真话，但是黎晓怡也知道，酷男不可能在自己的奶奶身上开这种过分的玩笑。

酷男刚刚拿出钥匙,门开了。

酷男的奶奶披着睡衣戴着老花眼镜出现在了黎晓怡和酷男的面前。

“回了?”奶奶问了一句,她的面容有些憔悴。

“对不起,回来晚了。”酷男的声音充满了沮丧。

“还不算太晚，快进来吧，外面凉。”奶奶将房门推得更开。

“奶奶!你长得好漂亮!”黎晓怡为了掩饰自己不安的情绪丢了一句,酷男瞪了她一眼,黎晓怡闭上了嘴巴。

“老了,不中用了。”奶奶将身上的睡衣紧了紧。

“进去吧。”酷男拉了拉一直愣在原地不知所措的黎晓怡的衣角。

屋里很温暖，奶奶为酷男和黎晓怡倒了杯热茶。

“肚子饿不饿？我去给你们弄点吃的。”老人就是这样，见到自己的子女永远都会问上这么一句。

“不饿！不饿！刚刚酷男请我吃了火锅的！”黎晓怡端着茶杯站了起来。

“白痴！这附近哪里有火锅店啊！”酷男暗自抱怨道。

“是吗？那一定是在很远的地方吃的。”奶奶笑了笑，没有任何的怀疑，对于酷男和黎晓怡的话，奶奶绝对相信。

“……是的！就是在北湾吃的！”黎晓怡又丢了一句。

“靠！这里到北湾三个多小时的车程！我怎么可能请你到那里去吃火锅！”酷男用自己的鞋尖推了推黎晓怡的右脚，暗示她可以闭嘴了。

“晓怡，学校的事情我已经拜托金海高校的校长了，等他将手头的事情办完，马上会安排你入学的。”只要是奶奶说过的话，都会兑现。

“奶奶！我……”黎晓怡的情绪一下子上来了。

“时间真的不早了，你可以去洗澡睡觉了！”酷男站了起来。

“水我已经烧好了，我也有些累了，先进房间了。”奶奶掩饰不住自己的疲劳。

“奶奶，您去吧，早点休息，晚安。”酷男害怕黎晓怡说漏了嘴。

“对！奶奶早点休息，这对您的身体有好处！”黎晓怡脱口而出。

要不是奶奶在场，酷男已经冲过去掐住黎晓怡的脖子了。

听到黎晓怡的话，奶奶没有说什么，只是淡淡地笑了笑，然后独自进入了自己的房间，房门刚刚关上，几声咳嗽便从奶奶房间里面传了出来。

“奶奶真的好可怜！”黎晓怡的泪花已经涌到了眼眶的边缘。

“哭什么哭！你自己还不是一样可怜！”酷男现在的心情实在不怎么好，但是当他说出这句话的时候还是觉得自己过分了一点。

黎晓怡就这么看着酷男，眉头微微皱着，牙齿轻轻压着嘴唇，一脸无辜的表情。

“……看什么看？我知道自己说错了还不行吗！”酷男知道自己理亏。

“……你真是过分！”说完，黎晓怡掉头独自进入了洗手间，关门的声音虽然不大，但也不小。

酷男感觉自己很烦，他觉得自己的内心此刻好像有一股莫名的怒火不断地涌上心头。酷男不知道应该如何发泄,他几乎连太大的响声都不敢弄出来,因为他害怕会影响奶奶的休息,奶奶房间里的咳嗽声偶尔也会传出来,虽然间隔的时间很长,但是每一声都让酷男如陷地狱。

为什么会这样? 这个世界的不公平为什么会如此准确地降落在奶奶的身上? 奶奶到底做错了什么? 不是说这个世界上善有善报恶有恶报的吗? 难道是自己对善恶的理解有问题? 自己所理解的善良难道就是邪恶? 自己理解的邪恶难道就是善良不成? 酷男感觉自己对这个世界上的善恶观念突然变得模糊,他发现自己已经渐渐地分不清楚到底什么是善、什么是恶,酷男现在就像是一只等待上帝救赎的羔羊,直到,她的出现……

黎晓怡沐浴之后换了件翠绿色的吊带连衣裙,这件连衣裙实在太短,短到裙摆都已经跃到了黎晓怡膝盖的上面,黎晓怡的确还是一个无知的少女,她完全不知道自己身体的发育已经到了一个什么样的程度,更不知道自己刚刚沐浴完毕之后的模样可以让多少的男人顷刻之间变成野兽。

黎晓怡发梢上的露水还没有完全散去,一颗一颗地依附在她短短可爱的秀发之上,犹如新鲜的珍珠点缀在黑色的瀑布上一般让人感觉惊艳。黎晓怡脸上还包裹着一层淡淡的雾水,这雾水在黎晓怡眼睛的里面得到了升华,如果说黎晓怡的双眼如同瀑布下的深泉, 那么这层雾水便是瀑布跃下时扬起的水花,深泉本就深不见底,再加上这层灿烂的水花,更是让人产生无限的幻想。每个人都好奇这深泉的下面到底会是什么? 在那里会不会有自己想要的幸福? 在那里失落的人们会不会得到安慰? 在那里彷徨的人们会不会找到方向? 在那里受伤的人们会不会抚平伤口?在那里贫穷的人们会不会找到自己的宝藏?在那里,酷男会不会找到善与恶之间的分别? ……

多看了几眼,酷男开始觉得自己的呼吸困难,这也是酷男人生中第一次看见一位少女感觉到了自己呼吸的困难。酷男的眼睛想逃避,但是双眼已经不听自己的使唤;酷男想说话,但是他怕自己刚刚张嘴便让自己悔恨终生,酷男想跑;但是他已无处可跑,因为他的灵魂已经飘到了黎晓怡的身边。

“我身上有宝贝吗? ”黎晓怡觉得酷男盯着自己实在太久了。

“你身上的衣服……是不是少了点? ”酷男的鼻血正在鼻框的边缘徘徊。

“……流氓! ”说话间黎晓怡羞涩地跑回了自己的房间。

酷男今天洗澡用的是冷水，因为酷男害怕使用热水自己会因为鼻血过多失血身亡。

酷男感觉自己现在反倒更加的迷茫，因为就在五分钟之前，酷男看到黎晓怡刚刚从洗手间沐浴完毕走出来的那一刻，他发现自己喜欢上了一个人，这个人是短发，而且她也深深地喜欢着自己，不光如此，这个人的身世与身体状况都是自己值得为她付出终生的。这本是一件大家都会觉得幸福的事情，但是现在，酷男奶奶的病情更是迫在眉睫，如果自己自私，如果自己只考虑着自己的幸福与未来，奶奶怎么办？难道让奶奶自己一个人自生自灭？酷男知道，这是绝对不可能的事情。因为酷男知道奶奶在自己生命中的地位永远都会是第一的，就算自己爱上了谁，就算自己爱得再彻底，奶奶永远都是奶奶，永远都是那个在你饿的时候会做东西给你吃，在你冷的时候会为你加衣服，在你失落的时候会安慰你，在你遇到风雨的时候会为你挡风遮雨的那个人！奶奶对自己的恩情，就算自己经历几世循环也报答不了。但是黎晓怡也同样的无辜，就算自己不会喜欢她，不会爱上她，但是她是孤儿，她也有病，她也需要别人的关心与帮助。如果自己现在离开了她，她的未来又能够怎么办？难道自己忍心让黎晓怡回到以前那个孤苦伶仃没有人爱护、没有人关心她死活的悲惨日子？更让酷男感到无奈的是，黎晓怡这么多年寻找的人竟然是自己，酷男现在多么希望黎晓怡的那张照片上的男孩是别人。如果是别人，酷男就可以站在一旁，静静地看着黎晓怡独自幸福，然后自己淡淡地掠过，就这样如同两个陌生的路人一般，谁也不欠谁，谁也不知道谁的存在，各自生活在一个共同的世界两个不同的时空之中，隔岸观火，不拖不欠……

但是现实终究是现实，酷男觉得自己需要找人倾诉，需要找人谈谈，如果再不找人说说话，酷男怕自己会疯掉！

洗完澡，酷男穿上了一件白色的短袖T恤，他来到了黎晓怡房间的门口，酷男看着房门，想到了世界的奇妙，这房间几天之前还是自己独有，但是现在已经变成了黎晓怡的安乐窝，更不可思议的是自己居然感到非常的开心，而且几乎希望黎晓怡可以永远在自己的房间中住下去，就算自己睡一辈子的客厅都值得。

这个世界真的很奇妙，谁都不知道下一秒钟会发生什么事情，每个人都以为自己可以预见短暂的未来，每个人都认为明天一定又是安安稳稳地到学校去上学，快快乐乐地到公司去上班，又或者是按照几天前的约定去参加一次宴会，又又或者是继续站在路口的老地方等待着自己暗恋的对象再次出现。但是谁又会知道，自己的班主任已经辞职，公司的老总已经携款潜逃，宴会的地点已经更改，暗恋的对象肚子里面已经有了别人的孩子？

上帝笑，我们哭，上帝哭，我们哭得更惨。

这个世界上每个人都在寻找救赎，酷男面前的门自己打开了。酷男就是一个需要等待救赎的男孩，酷男现在所经历的一切可以让酷男变得很坏，也可以让酷男更加坚定地相信奶奶告诉自己的一切童话都是真的，事情的发展，到底会怎样？

门的里面，发出了淡淡的光亮，一阵沐浴后的清香拂面而来……

黎晓怡开着台灯，自己赤裸着双脚依靠在床脚边的地毯之上。地毯很干净，干净到几乎让人感觉不到一丝灰尘，就好像现在的黎晓怡，纯净到如同这台灯的光线，你几乎感觉不到它的存在，但你却偏偏又享受着它带给你的希望与安宁。

“关上门。”黎晓怡轻轻说道。

酷男将房门轻轻掩上，房间里面很安静，灯光也很柔和，酷男以前从来都没有想到过自己的房间也可以这样的迷人。

“坐。”黎晓怡往自己身边的地毯上指了指。

“你好像没有加衣服?”酷男再次感到了呼吸困难。

“你如果想把我怎么样，我加件衣服只会让你兽性更强。”黎晓怡白了酷男一眼。

“我同意你的说法，但是我好歹也是青春发育期中最容易犯罪的年纪，你这样诱惑我……”

“你到底坐不坐？”

“坐。”

房间里有水壶，也有水杯，黎晓怡为自己和酷男各自倒了杯白开水。

一分钟之后，白开水的温暖浸透了酷男全身。

窗台就在床的旁边，窗台的外面有奶奶种的鲜花，这些鲜花奶奶每天都会抽出一些时间护理，奶奶对待鲜花很有耐心，所以这些鲜花也没有辜负奶奶，鲜花，开得正艳。

月光柔和地照在鲜花的花瓣之上，淡淡的花香仿佛也伴随着这撩人的月光涌入了房间，远处的大海，更美了。

“想不到你的睡房竟然可以看见大海。”黎晓怡的脸上写着满足。

“我们家的地势比较高，海边的房子一般又在山坡之上，能够看见大海也是很正常的。”酷男明显的身在福中不知福。

“你知道这种可以看见大海的睡房是多少人梦中的幻想吗？”黎晓怡喝了口白开水，她的脸色很红润。

“别人的梦想关我什么事？”酷男不屑道。

“我的梦想呢？”黎晓怡忽然问道。

“……关那么一点点。”酷男喝了口水。

“你知道我的梦想是什么吗？”黎晓怡的话语总是这么的让人不知所措。

“我怎么知道？”酷男望向了窗外的大海，大海金灿灿的，远处的浮云若隐若现。

“我的梦想就是可以找到自己心爱的人，然后和他一起平凡地结婚生子，一起静静地相守到老，我要让自己的孩子觉得他们是这个世界上最最幸福的人。”黎晓怡说得很轻，她的梦想就在身边。

“可不可以先生孩子再结婚？”酷男幻想道。

“没有婚姻呵护的孩子会幸福吗？”黎晓怡反问道。

“好像不会。”酷男知道父母不在身边的滋味。

“奶奶的病你准备怎么办？”黎晓怡将自己的脑袋靠在了酷男的肩膀之上，一阵清香涌向酷男。

“那你的病又准备怎么办？”酷男也很直接。

“你知道我的病？”黎晓怡微微颤抖了一下，没有抬头。

“不光知道，还知道你的病并不比奶奶的轻。”酷男觉得自己在黎晓怡的面前没有什么好隐瞒的。

“你怎么知道的？”黎晓怡问。

“你在圣索菲娅教堂为你母亲祝福的时候我就在桌子的下面。”酷男坦白。

“好啊！你跟踪我！”黎晓怡将脑袋猛地抬起愤愤地道。

“哪有啊！当时我尿急，去了趟圣索菲娅教堂的WC，回来的时候就看到你了，没办法，怕被你耻笑，所以我就……”

“这么说你看到我母亲的照片了？”黎晓怡问道。

“看到了，你母亲很漂亮。”

“当然了！她是这个世界上最最漂亮的母亲！”黎晓怡提到母亲的时候一脸的自豪。

“我还看到当时你落下的一滴泪。”

“……我哪有落泪啊！那明明就是鲜花上的一滴雨露！”黎晓怡嘴硬。

“今天晚上我见过金淑媛了。”酷男话锋一转。

“就是我今天在金海时尚广场看到的那个女孩？”黎晓怡问道。

酷男点了点头，说道：“就是她，她可是现在非常有名的一位大明星。”

“张心蓝你知道是谁吗？”黎晓怡接着问道。

“当然知道。”其实酷男也是这两天才知道张心蓝是谁的。

“……今天晚上我也见过张心蓝了。”

一分钟的沉默之后，酷男终于忍不住先开了口。男孩的耐性，总是要比女孩差些。

“张心蓝不是好人！”酷男人身攻击。

“你嫉妒？”黎晓怡抿着嘴巴淡淡笑道。

“才不是！我怎么会嫉妒他？”酷男的笑容很僵硬。

“说了你也不信！张心蓝说他是个拍山脊片的明星！”黎晓怡随口说道。

“三级片！！！那倒还真是没有看出来，但是一般拍三级片的明星，都不是什么好人！”酷男下定义。

“但是他要我跟别人说他是拍文艺片的，但是我还是觉得山脊片好听一些。”黎晓怡一脸的天真。

“喂！小妹妹，你到底知不知道三级片是个什么东东？”酷男问道。

“山脊片不就是在山的脊梁上面拍摄的电影吗？”黎晓怡单纯地问道。

“这是他跟你说的？”

“对啊，他就是这么说的。”黎晓怡回忆道。

“流氓！”酷男丢了一句。

“喂！我说你怎么这么说别人？”黎晓怡不喜欢有人说自己朋友的坏话。

“他就是个流氓！”酷男坚持。

“你……你太坏了！竟然在别人的背后说别人的坏话！”黎晓怡鼓着嘴巴。

“他今天除了跟你说他是个演三级片的，还对你做过一些什么？”酷男心中的嫉妒升级。

“你真的想知道吗？看来你对我还是挺关心的嘛！”黎晓怡傻笑着用自己的手肘推了推酷男的肩膀。

“我只是好奇罢了！”酷男嘴硬。

“好奇？……那就是知不知道都无所谓了？”黎晓怡试探道。

“当然是了，不过如果你想说，我还是有兴趣听的。”男孩最重要的就是顾及自己的面子，酷男也不例外，殊不知道这个“顾及面子”，已经在世间毁掉了多少段未了情缘？

“但是我说了你也不一定相信，一定又说我是吹牛。”黎晓怡看了看自己的双脚，黎晓怡双脚的皮肤在灯光的映衬下仿佛绸缎般光滑，少女的皮肤本该如此的完美，只是黎晓怡的完美，由内至外，完美得更加透彻。

“只要你不说他是外星人我就不会说你是吹牛。”酷男知道黎晓怡不是那种会说谎的女孩子。

“他今天晚上……”黎晓怡欲言又止。

“他怎么你了？他是不是做了什么对不起你的事情！”男孩就是喜欢幻想这个。

“喂！我说你这个人的脑袋怎么这么肮脏？”少女的单纯其实有的时候超出了她们自己的想象。

“我第一次见到他那种贼眉鼠眼的样子时就知道他不是什么好东西！”酷男这如果不是嫉妒，实在不知道这是什么。

“张心蓝长得那么帅，哪一点贼眉鼠眼了？”黎晓怡反驳。

“对！你说得没错！他的确是长得比我帅！又比我有钱！接着说吧！他还有什么好的地方？”酷男好像在张心蓝的面前没什么自信。

“没有自信的傻瓜。”黎晓怡顶了酷男一句。

“废话少说！他今天晚上到底对你做了什么？”

“喂！麻烦你不要把话说得这么难听好不好？”

“好吧，你说，我闭嘴就是。”酷男已经等不及听到黎晓怡的描述，因为黎晓怡的一句话就可以决定酷男今晚甚至是以后的心情。

“你可是说了会相信我的？”黎晓怡打预防针。

酷男对着自己的嘴巴做了一个上拉链的手势，没出声。

“张心蓝……今天晚上向我求婚了。”

“我说的没错吧？他这种行为不是流氓是什么？”酷男越来越肯定自己对张心蓝的定义。

“他说他为了向我求婚买了枚天蓝色的钻戒，虽然他没有找到，但是我还是相信他说的话是真的。”黎晓怡没有理会酷男的胡言乱语。

“我也为了向你求婚买了顶钻石头盔，咦？头盔放哪了？”酷男四处张望。

“你这么说我也不会奇怪，我早就知道你不会相信的。”黎晓怡看了看杯中水。

“金淑媛今天也跟我说要我和她成亲。”酷男将声音放低了一些。

“你也很会开玩笑。”黎晓怡回了一句。

“我说的是实话，就是今天在米凯博发生的事情。”酷男肯定。

“她还说什么了？”黎晓怡问道。

“她还说结婚之后就退出娱乐圈和我过平凡人的生活。”酷男自己都觉得自己是在吹牛，但是事实就是事实，不管你多么的不相信，它就是事实。

“金淑媛也是拍山脊片的吗？”黎晓怡忽然问道。

“好像……不是，虽然她看上去很适合拍三级片。”酷男幻想着耸了耸肩膀。

“看来我们和娱乐界的人都很有缘分。”黎晓怡笑了笑。

“的确是这样，虽然我们现在都不相信对方说的话。”

“你准备怎么办？金淑媛长得很漂亮。”黎晓怡说了两句完全不搭边的话。

“张心蓝的条件也不是盖的！你准备怎么办？”酷男反问道。

“我先问的。”

“我后问的！”酷男强词夺理。

就在酷男与黎晓怡争辩的同时，奶奶的房间之中又传来了几声沉沉的咳嗽声。

听到奶奶的咳嗽声，黎晓怡忽然沉默了十几秒，然后轻轻地说道：“张心蓝的确是个不错的男孩，而且他对我也非常的好，如果这个世界上没有你的存在，我也许会选择他。”

听到黎晓怡的话，酷男的心中一阵刺痛。

“我也一样，金淑媛的条件也是每个男孩心中的梦想，如果没有你，我也一样会选择她的！”酷男也不知道说的是不是气话。

“看来我们达成共识了。”

“什么意思？”

“你和金淑媛在一起，我和张心蓝在一起，就这么决定了。”

“……你在跟我开玩笑？”酷男不敢相信自己听到的。

黎晓怡看着自己眼前的地毯，非常平静地说道：“我没有跟你开玩笑，我说的是真话。”

酷男看了看黎晓怡，沉默了几秒，咬了咬嘴巴说道：“……但是，但是你怎么可以这样！”

“我怎么样了？难道我错了吗？我相信每个听到我们情况的人都会说我的决定是正确的。”黎晓怡抬起头看着酷男，她的眼神告诉酷男她并没有说谎。

“我不喜欢你的这个玩笑。”酷男说的是真话。

“你看我像是开玩笑吗？”黎晓怡看着酷男的眼睛，没有半点开玩笑的意思。

“你……想不到你也是这种人！也是这种见利忘义的小女人！”酷男真的有些生气了。

“你说得没错，我的确就是这种人，我以前之所以一直都在寻找你就是想要找到一个可以终身依靠的人，但是现在有人的条件比你好，我为什么不可以选择他？”黎晓怡的话语很坚定。

“你！……别耍我了！”酷男笑得很勉强，他忽然发现自己喜欢黎晓怡的程度比自己想象的要深。

“你如果可以给我一个理由不选择他而选择你，我就继续留在你身边。”黎晓怡说得很直接。

“他……我比他……”酷男实在找不到女孩子不选择张心蓝的理由。

“没话说了吧？”黎晓怡看着酷男的眼睛接着说道，“金淑媛的条件也不错，今天我还在外面看见过她的户外广告，她的确是个美女。”

“她是美女又如何？难道女人只要美貌就可以了吗？”酷男反驳。

“问题是金淑媛不只拥有美貌，她还拥有智慧和金钱，你可以给我一个理由让我觉得自己比她强吗？”黎晓怡的问题很残酷。

“我对她一点感觉都没有！你总不能看着我往火坑里跳吧？”酷男实在找的不是理由。

“如果她是火坑，我想早已人满为患了，我们面前都放着可以改变人生的机会，为什么不好好把握呢？”

“但是我和你已经……”

“已经怎么样了……”黎晓怡微笑着问道，黎晓怡此刻的微笑几乎让酷男崩溃。

“我已经和你……”酷男脑袋里面一片空白。

“既然我们还没有开始，也就不存在结束。”黎晓怡说得很绝情。

“我现在就要把你……”酷男好像准备做傻事。

“如果你以后不会后悔，就来吧。”黎晓怡注视着酷男，没有丝毫准备反抗的意思。

“我不管那么多了！我现在就要把你……”说话间酷男真的向着黎晓怡冲了过去。

黎晓怡真的没有反抗，瞬间，她已经被酷男重重地压在了地毯之上。

“来吧，就算你今天真的对我做了什么，我以后就是你的人，但是我还是一样会嫁给张心蓝。”黎晓怡说得很坚决。

“我现在就……”酷男准备用手扯黎晓怡的吊带。

黎晓怡没有反抗，但是她的双眼已经望向了窗外。

忽然，酷男猛地站立了起来，他此刻面部的表情也不知道是懊恼还是愤怒。

“怎么不来了？你知道你这样做只会让我更加庆幸我自己的决定？”黎晓怡的话语实在有些刻薄。

“你……我终于把你看穿了！就算你以后遇到了比张心蓝更好的，也一样会离开张心蓝！你不是一个好女孩！”酷男的话语有些颤抖。

“你说得没错，我本来就是一个无依无靠的女孩，为什么不让自己选择更好的？”

“你！……我以前还以为你就是我一直要找的好女孩！想不到你也是这种人，跟外面的那些坏女孩没有两样！我鄙视你！我以后再也不想见到你了！”

“对不起，让你失望了，你以后也不会见到我了，因为我马上就会变成金凤凰了。”黎晓怡笑道，黎晓怡的笑让酷男彻底心碎。

“不管你以后变成什么我都一样鄙视你！你太无耻了！是我看错你了！”说完，酷男头也没回地破门而出。

黎晓怡看着酷男消失的背影，没有说话，没有思考，没有感觉，甚至没有呼吸，她现在的脑中，一片空白……

酷男离开不久，天空中忽然下起了一场流星雨，整个夜空都被这阵突如其来的流星雨彻底地照亮了。

这场流星雨，酷男、黎晓怡、张心蓝、金淑媛奇迹般的全都看到了，但是他们四个人竟然没有一位对着流星雨许愿的，因为他们四位此刻的心情都比往日要复杂得多……

酷男没有想到黎晓怡竟然是这样的女孩，竟然会如此的令自己感到前所未有的心碎。酷男想起就在不久之前，黎晓怡还在信誓旦旦地亲口对自己说她要寻找的那个人比自己的生命还重要。但是今天晚上，就在这场流星雨出现之前，黎晓怡的转变竟然如此之快，难道真的如同黎晓怡自己说的，之前选择自己是因为没有找到更好的？现在找到了比自己优秀这么多的男孩子，作出这样的选择也是正常的？酷男忽然发觉，对于人生，自己需要学习的还有很多很多……

张心蓝也没有睡，当这阵流星雨出现的时候他正独自静静地伫立在酒店的窗台前想念着一个人。这个人让他感到了前所未有的纯真，感到前所未有的幸福，他想要为这个人付出自己的一切。不过很可惜，有些人就算你为她付出了一切也只是自娱自乐，因为她们一旦喜欢上了谁，就如同受到了恶魔的诅咒，永远都不会回头。但是这种人的魅力却又是无法阻挡的，就是因为这种无法阻挡，导致了张心蓝此刻看着流星雨的双眼出现的却是黎晓怡的身影……

金淑媛没有睡觉是因为她正在拍摄一段需要深夜才能够正常拍摄的户外广告，类似于这种外景拍摄金淑媛几乎没有可能在白天进行，因为她现在受欢迎的程度已经超出了所有人的想象，只要是金淑媛出现的地方，交通铁定瘫痪。今天夜里的工作非常繁忙，但是当金淑媛看到流星雨的时候还是想到了酷男。虽然金淑媛之所以要酷男和自己完婚也许完全只是为了自己的任性和固执，但是隐约间，金淑媛发现自己还是真的喜欢上了这个傻傻的男孩，因为除了他，没有人敢跟自己那个样子说话。就是因为这样，金淑媛在酷男的面前也感到了无比的放松。金淑媛忽然发觉自己只有在酷男的面前才可以变回真正的自己，没有任何的面具，没有任何的防备，没有任何的利益关系，没有任何的物质需要，同样的，酷男也让金淑媛发现自己的内心其实也只是一个普普通通的小女孩罢了，也有爱的需要，也有拥抱的需要，也有被人安慰的需要，也有想念一个人的需要……

流星雨出现的时候黎晓怡在哭，流星雨结束之后黎晓怡还是在哭，这天夜里黎晓怡哭得很彻底，她几乎流光了自己青春期应该流下的所有眼泪，整个抱枕浸得透湿，黎晓怡为什么会哭？她不是已经作出了一个正确的决定吗？她不是知道自己的这个决定对酷男和自己都有好处吗？那她为什么还是会哭？没有人知道这个问题的答案，除了黎晓怡自己……

有人说流星雨是少女真心的眼泪，少女越真心，流星雨就会越多，今天夜空中的流星雨，下了整整一夜……

海边的清晨永远都是这么的清新明媚，不论昨天发生过什么，今天又将发生什么，芭蕉叶上的露水依然晶莹剔透，还有那远山传来的泥土清香，也仿佛是为了除去人们心中的疲倦而特意增加了香料似的芳香扑鼻。

海面上的雾气渐渐地淡去，天空中最后的几颗星星做着顽强的挣扎，只是可惜，它们的离别就如同太阳的出现一样，不可改变。

黎晓怡房间外的窗台上，鲜花已经完全被露水包裹，一缕淡淡的阳光迫不及待地涌向了黎晓怡曾经留恋过的床单，床单上面还残留着黎晓怡淡淡的香气，只是黎晓怡已经如同昨夜的流星雨般地消失无踪……

黎晓怡离开得很早，她的行李也就是那件旧旧的背包，除此之外，黎晓怡一无所有。

酷男的奶奶今天起得特别的晚，虽然这样，但是她脸上的疲倦并没有因此而改变，还是和往常一样。酷男的奶奶起床的第一件事情就是来到位于自家门口的邮箱看看那封她已经等待了不知道多久的邮件到来没有，不过还是和往日一样，邮箱里面一无所有。

酷男的奶奶看到酷男的时候发现他的眼眶黑黑的，而且脸上也带有一种掩饰不住的疲倦。

“怎么了？昨天夜里没有睡好？”奶奶问道。

“没有啊，我睡得很好。”酷男不想让奶奶担心。

“晓怡起来没有？”奶奶问了一句。

“不知道。”酷男回答得很无力。

“你去看看晓怡起来没有。”

“我去？”酷男好像很为难的样子。

“……你和晓怡吵架了？”奶奶忽然问道。

“没有，当然没有！我去，我这就去……”说完，酷男连跌带撞地来到了黎晓怡的门前。

咚，咚，咚，酷男敲了几声房门，没有反应。咚，咚，咚，又敲了几声，还是没有反应。

“她可能还没有睡醒。”酷男歪了歪嘴巴，耸了耸肩膀。

“不会啊？现在时间已经不早了，难道她昨天太累了？”说话间奶奶也来到了门前。

咚，咚，咚，奶奶敲了几声房门，和酷男一样，没有反应。咚，咚，咚，又是几声，还是没有反应。

“……晓怡，起来了吗？”说话间奶奶轻轻推开了黎晓怡的房门。

房间的里面，除了黎晓怡身上那股淡淡的清香，什么都没有……

同一时间，王铁仁家不远处。

当王铁仁按照惯例帮自己的父亲购买当天报纸的时候还是忍不住地将自己嘴巴里面的牛奶喷射到了报摊老板的脸上，因为今天各大娱乐刊物的头版头条实在是让王铁仁感到了惊恐。

“金淑媛接受神秘男子酷男的求婚”“张心蓝购买价值百万彩色钻戒向富豪千金黎晓怡示爱”“为了博得情人欢心张心蓝与情敌王小凌在蓝湾灯塔下进行决斗”“亿万富豪王小凌已经亲口证实张心蓝是同性恋”“王小凌介入张心蓝新

恋情”“张心蓝与金淑媛同侍一夫”“超级神秘男子酷男为争夺金淑媛被情敌王小凌打成重伤”……

一直以来王铁仁都认为自己的视力不是太好，今日一看，他更加确定了自己的双眼完全就是摆设，因为眼前看到的这些标题几乎完全都是不可能在现实世界中出现的，什么王小凌是亿万富豪，什么张心蓝与金淑媛共侍一夫，什么张心蓝与王小凌为了黎晓怡决斗，什么金淑媛已经接受了酷男的求婚，这都是什么跟什么嘛！！

“老板，来份早报。”王铁仁告诉自己眼前的一切都是幻觉。

“喂！麻烦你下次嘴巴包不住东西的时候可不可以往别处喷？”报刊老板白了王铁仁一眼。

“我刚刚真的有喷牛奶在你的脸上吗？”王铁仁想确定一下。

“靠！你以为我们新闻人都是白痴啊！！！你看看这些白色的是什么东西！不是你上面喷的难道还是你下面喷的！！！”报刊老板指着自己的假发怒道。

王铁仁凑到老板的头边，用自己的鼻子闻了闻，紧接着，王铁仁独自倒在了报摊旁边的一棵槐柳的下面呕吐了整整半个小时，很可惜，这棵槐柳光荣地牺牲在了王铁仁的大嘴之下。

“……老板……我这个人不怎么识字，麻烦你把这些娱乐版的标题念给我听听。”王铁仁爬到了报摊老板的脚边。

“靠！这么大个人不识字还每天跑来买早报装知识分子！”老板鄙视道。

“对不起，是我错了！麻烦您就可怜可怜我，看在这么大了连‘男女厕所’这几个字都不认得的份上就帮我念念吧！”王铁仁坚持。

“真的想听我念？”报刊老板好像心动了。

“真的！”王铁仁露出了渴望的眼神。

“学狗叫！”

“汪！汪！汪！……”

“学猫叫！”

“喵！喵！喵！……”

“学老鼠叫！”

“吱！吱！吱！……”

“学蜻蜓叫！”

“……这个？我实在不会！”王铁仁在报摊老板的脚边为难道。

“好吧！好吧！看你可怜，我就帮你念念吧！”说完，报刊老板的目光投向了各大报纸娱乐版的标题。

“张心蓝与金淑媛同侍一夫”“亿万富豪王小凌已经亲口证实张心蓝是同性恋”“金淑媛接受神秘男子酷男的求婚”“为了博得情人欢心张心蓝与情敌王小凌在蓝湾灯塔下进行决斗”“超级神秘男子酷男为争夺金淑媛被情敌王小凌打成重伤”……

报刊老板几乎是将王铁仁刚刚亲眼看到的又重复了一遍，这可可怜了王铁仁，在报刊老板的脚下边听边吐。

“我的天啊！！！难道这些都是真的！！！……不行！我得赶今天的第一班飞机去找酷男亲口证实！！！”说完，报刊老板脚边的王铁仁忍者般地消失在了空气之中……

王小凌每天早上起来总是第一时间跑到隔壁那座欧式建筑的墙角下小便，他对这种行为的解释为不但帮助了花草的生长，而且也节约了国家的水利资源。

那座欧式建筑的里面住着一位叫做冷湘芸的美女，虽然王小凌也曾经有幸见过她一面，但是王小凌在她的面前，也只是透明的。

今天还是如同往日一样，王小凌睡眼蒙眬地站在了欧式建筑的墙角之下，但是就在王小凌刚刚脱掉裤子的那一瞬间又猛地将裤子狠狠地提了起来，王小凌之所以这么的惊慌只是因为他忽然发现一个美女正在不远处傻痴痴地看着自己。

王小凌上下左右前前后后里里外外仔细看了看，发现自己站的这个地方除了自己便只剩下了满地的野草。

“美女……你是在看我？”王小凌甩了甩头发，漫天的雪花飘舞。

“帅哥，请问你是不是叫王小凌啊？”美女对着王小凌丢了一个媚眼。

“是我！是我！就是我！！！”王小凌长这么大第一次听到有人叫自己帅哥，而且还是这么漂亮的一位美女，王小凌怀疑自己是不是在做梦。

“那真是太好了！不知道你今天早上有没有时间和我一起共进早餐然后共同沐浴啊？”美女在王小凌的面前扭动着身躯。

“共同沐浴……当然可以啊！！！不过我不可以洗头！！！”看来王小凌做人还是挺有原则的。

“没有关系，只要你把你的家产分我一半，一辈子不洗头都可以。”美女的身后放着一张今天新出的报纸，王小凌的大头像就在报纸的头版。

“家产……但是我的家产只剩下一元两角了。”王小凌回忆了一下。

“一亿两千万!!!”这位美女的耳朵不太好使。

“对！就是一元两角。”王小凌以为美女听明白了。

“没关系！没关系！反正我都已经是你的人了！”说完美女恶狼扑食般地冲向了无辜的王小凌。

“喂！等等！我还没有尿完！”

“谁说他是你的！他明明是我的!!!”就在王小凌提裤子的同时另外的一个美女凭空出现在了他的面前。

“他是我的！”又一个美女出现。

“他明明是我的！”又又一个美女出现。

“我已经和他做了！”又又又一个美女出现。

“我肚子里面已经有他的孩子了!!!”又又又又一个美女出现。

“你这算什么？他的龙凤胎我都已经带来了!!!”更多的美女。

“跟我争！门都没有!!!”更更多的美女。

“看他还是个处男的样子！我现在就把他就地办了！看你们怎么办！”更更更多的美女。

……无穷无尽的美女、丑女、少女、妇女、痴女、傻女、怨女、阴阳人，不断地向着可怜无辜的王小凌拥了过来。

王小凌的小便，瞬间尿在了裤子的里面……

NO.50

金淑媛看到媒体上对自己夸张的报道时正在和助理一起吃着早餐。

“张姐，这报道是谁写的？”金淑媛喝着果汁问道。

“不知道？不过真是有够夸张的。”张心紫微笑道。张心紫不但是金淑媛的助理，她也是张心蓝的姐姐。

“金淑媛背叛张心蓝投奔神秘人物酷男怀抱？……这人不去做编剧实在是太可惜了。”金淑媛摇了摇脑袋。

“但是这条……‘金淑媛强迫亿万富豪酷男与自己成亲’也不知道是不是真的？”张心紫指着另一份报纸的标题问道。

“除了‘亿万富豪’这几个字是编的，其他的都是真的。”金淑媛笑了笑。

“如果我没有猜错，等一下我们一走出酒店的大门，蜂拥而至的媒体肯定是不会放过你的。”张心紫推测道。

“又不是第一次了。”金淑媛吃了口水果沙拉，看她神情自若的表情便知道金淑媛已经对于这种报道习以为常了。

“你准备怎么跟媒体解释？”张心紫问道。

“我准备把我的决定告诉媒体，我已经决定嫁给酷男了。”金淑媛用纸巾擦了擦嘴唇。

“我是你的经纪人,我有责任提醒你这样做的后果。”张心紫提醒道。

“张姐,你觉得爱到底是个什么东西?”金淑媛忽然问道。

“我问你后果,你问我爱是个什么东西?唉……”张心紫叹了口气,接着说道,“我有的时候真的搞不懂你们这些有钱的小孩每天到底都在想些什么。”

“张姐,虽然我还不知道爱到底是什么,但是当我昨天晚上看到流星雨的时候整个脑袋里面想到的都是酷男,也不知道这算不算是爱的一种?”金淑媛笑道。

“你这最多算是一种爱的初级表现。”张心紫摇了摇杯中的果汁,果汁中的果粒扬起。

“初级表现?难道我唱过那么多的情歌却仅仅只是了解爱的表面?”此刻的阳光已经落在了金淑媛的脸上,虽然昨天夜里她只睡了三个小时不到,但是她的皮肤,依然如玉。

“情歌唱得多有什么用?就好像你如果拍了一部超人的电影难道你真的就变成了 SUPERMAN?”张心紫解释道。

“但是当我想到酷男的时候心也会慌,呼吸也会困难,难道这都不是爱?”金淑媛从小都喜欢逞强。

“心慌气短最多就是身体有病,那也不是爱。”张心紫与其说是金淑媛的经纪人还不如说是金淑媛从小到大最好的朋友和最贴心的导师,不论金淑媛有什么困惑又或者是遇到了什么难题,她第一个想到的就是张心紫。

“那爱到底是什么?张姐你倒是告诉我啊!”金淑媛追问道,在张心紫的面前,金淑媛真的还是一个孩子。

“爱是什么我有什么资格告诉你?不过,我倒是知道有个人可以告诉你这个问题的答案。”

“谁?张姐你倒是快说啊。”金淑媛顽皮地拉了拉张心紫的衣角。

“这个人就是……你的爷爷。”

如果说金淑媛的经纪人张心紫看到了媒体的报道还算冷静,那么张心蓝的经纪人,张心红可就没有那么冷静了。

“都是你做的好事!你倒是跟我说说,你这是第几次被媒体抓到了!!!”张心红指着张心蓝的鼻子质问道。

“这种事情好像是第一次。”张心蓝懒洋洋地靠在房间的沙发上,就好像他听到的是别人的新闻。

“你老实告诉我，这个王小凌又是个什么东西？”张心红抓着一张上面写有“王小凌与张心蓝争夺未婚妻决斗大曝光”的报纸愤愤地问道。

“我怎么知道王小凌是谁？这种虚拟人物媒体又不是第一次编造了。”张心蓝无奈地耸了耸肩膀。

“你还说不知道王小凌是谁！！！这张你和他扭打在一起的照片又怎么解释！！！”张心红指着报纸上面一张还算清楚的照片问道。

“哦，你说的是他啊！”张心蓝好像才看清楚，“我哪里知道他是谁？”

“你不知道他是谁还和他打架???”张心红已经快要被弟弟给气疯了。

“他偷了我刚刚买的钻戒，我只不过想要拿回我的东西罢了。”张心蓝起身为自己倒了杯开水。

“这么说报纸上面说的是真的！你真的到喜大福买了枚彩钻戒指！！！”张心红已经感觉自己的心理承受能力到达了极限。

“的确买了一枚，不过已经弄丢了。”张心蓝看了看杯中的水。

“彩钻可不便宜！多少钱买的？”张心红追问道。

“也就……姐姐！为什么我什么事情都要告诉你！我难道就没有一点人身自由吗？”张心蓝也快被姐姐给逼疯了。

“你还知道叫我姐姐！难道媒体报道求婚的事情也是真的？”张心红又抓出了另外的一张报纸。

张心蓝点了点头，表示默认。

“你！……你非要把我气死才高兴！！！”张心红气得往后退了好几步。

“姐姐，你知道爱上一个人的滋味是什么吗？”张心蓝忽然反问道。

“爱你个头！等一下你自己去跟媒体解释吧！”张心红气急败坏。

“姐姐，我知道，从小到大你一直都在帮我挡风遮雨，但是不管怎么样我也有长大的一天，我也有爱上别人的一天，请你这次一定要相信我，我对黎晓怡的感觉就好像当年父亲对母亲的感觉一样，没有丝毫的杂质。”张心蓝说得很深情。

“小小年纪，你知道什么是爱?等你赚够了本钱，什么样的女孩子找不到?你就不能够把眼光放远一点吗？”张心红质问道。

“姐姐，我的确还不知道什么是爱，但是每当我见到黎晓怡的时候都有一种找到了家的感觉，这种感觉自从父母过世之后我还是第一次拥有……”张心蓝望着窗外，停顿了一下，接着说道，“……黎晓怡其实是个非常单纯的女孩，而且她绝对也是母亲那样为了一个男人可以付出自己一生的女孩，她这种女孩绝对不会因为你贫穷或者富有而改变对你的态度。如果姐姐有机会看到她为了心爱的人祈祷的眼神，便会相信这个世界上真的还有天使存在，因为我绝对相信，那种为了爱人可以付出一切的眼神绝对应该是天使才会拥有的，这种眼神拥有可以融化这天地中一切的力量，至少，我是第一个被她融化的男孩……”

“你在那里跟我演戏啊？”张心红顶了张心蓝一句。

“……姐姐，一直以来我都对女孩子没有感觉，现在我才知道，原来我一直都没有遇到简简单单只是单纯为了爱而爱的女孩子。我以前见到的那些，之所以喊着闹着要和我在一起，不是因为我的身份就是因为我的金钱。但是黎晓怡不同，她的思想纯净得如同宇宙中的无物，她完全不在乎我的身份到底是贵族还是平民，我感觉这世间的万物在她的面前完全都是平等的。同样的，为了她，我也可以付出我的一切！”张心蓝说得很肯定，就连张心红也是第一次听到张心蓝用这种语气和自己说话。

“你才和她见过几次面？你怎么知道她不是在做戏骗你？我就不相信这世上真的还有像你说的这么单纯的女孩！”张心红虽然心中已有些动摇，但是嘴上却不给弟弟任何的机会，毕竟，张心红是张心蓝的亲姐姐，她也想为自己的弟弟找到一个完美的归宿。

“姐姐，你如果不相信我说的话，我可以安排你们见……”张心蓝的话还没有说完，房间里的电话忽然响了起来，张心红走到电话的旁边，拿起了话筒。

“哪位？……真是太巧了！你就让她上来吧。”说完，张心红挂上了电话。

“姐姐，什么事？”张心蓝问道。

“我马上就可以验证你说的话是不是真的，因为那个名叫黎晓怡的女孩子已经在上来的路上了……”

“她来找我？”张心蓝好像有些不敢相信。

“我就知道这种女孩一定会自动地投怀送抱，怎么样？被我猜到了吧？”张心红不屑道。

“不对，她一定是有什么事情才会主动来找我的！”张心蓝觉得自己应该还算了解黎晓怡。

“当然是有事了，看了今天的报纸终于知道你的身价了，这么好的机会，不来找你找谁？”张心红鄙视道。

“但是姐姐……”

“好了，你什么都不用说，你先回避一下，我倒是想单独会会她，看她到底是不是真像你说的那么单纯……”

Is That You, My Love

亲爱的，是你吗

NO.51

此刻，黎晓怡带着她唯一的背包站在张心蓝房间的门口，她低着头，手落在门铃之上，久久未有按下去。

黎晓怡现在的痛苦也许只有她一个人能够感觉得到，为了酷男的奶奶，也为了酷男以后的幸福，黎晓怡决定牺牲自己。她决定用自己的未来换取酷男奶奶的医药费，只要奶奶可以痊愈，酷男的脸上就会每天都带着笑容，酷男的笑容，不就是自己一直追求的完美吗？

门是自己打开的，张心红已经从猫眼的里面看到了犹豫中的黎晓怡。

“黎晓怡？”虽然张心红先前见过昏迷中的黎晓怡，但她还是想要确定一下。

“你是……”黎晓怡以为自己走错了房间。

“我是张心蓝的经纪人。”张心红上下仔细打量着黎晓怡，虽然她的心里不愿意承认，但是黎晓怡的外表的确是单纯得一尘不染。

“你好，我是来找……”

“进来吧。”还没等黎晓怡说完她便被张心红一把拉进了房间，随后，张心红探出脑袋在走廊左右瞅了瞅，还好，没人跟踪。

“坐。”张心红指了指一旁的靠椅。

“请问,张心蓝在哪里?”黎晓怡左右看了看。

“他有事,等一下才回,你先坐坐吧。”说话间张心红帮黎晓怡倒了杯开水。

“谢谢。”黎晓怡很有礼貌地坐了下来。

“喝水。”

“嗯……不,谢谢。”黎晓怡好像有些心不在焉。

“要多少?说吧。”张心红非常非常直接地问道。

“什么?”黎晓怡认为自己听错了。

“我问你,准备要多少?”张心红重复了一遍。

“谢谢,一杯就可以了。”黎晓怡看了看手中的水杯。

“你可真会装傻!”张心红暗自想道。

“你觉得我身上的这件VALENTINO外套怎么样?”张心红指着自己身上价值两千美金的VALENTINO顶级女装问道。

黎晓怡向前瞅了瞅,然后不好意思地摇了摇脑袋,说道:“不好意思,这个东西我不懂。”

“你个小丫头片子可真会装单纯!”张心红皱了皱眉头。

“那么……这枚戒指呢?你看上面的钻石多大!”张心红伸出了自己的右手。

这次黎晓怡倒是看得很认真的样子,张心红心里想道,终于还是被我识破了吧!瞧你那个看着钻戒哈喇子直流的样子,真是可笑至极!

“你这颗还算大吗?那我这颗算什么?”说话间黎晓怡摇头晃脑地将右手伸进自己的背包摸索着。

不是吧!我这颗钻戒可是整整一克拉的VVS的H级正牌货!花了我十多万才搞到手的!真是想不到这个小丫头竟然还有比我这颗更大的!难道……她的家底也不薄?张心红幻想道。

搜索了半天,黎晓怡终于从背包之中拿出了一枚整整比张心红手上那颗大出五六倍的彩钻戒指,这下可把张心红吓的……

“你这……这难道就是那颗传说中的‘非洲之星’!!!”张心红不敢相信自己所看到的。

“我也不知道它叫什么名字,反正是妈妈生前给我的,如果你喜欢,我送给你了。”黎晓怡无所谓地将手中的彩色钻戒递到了张心红的面前。

“……真的可以吗?这颗可是价值千万的极品中的极品!!!”张心红不敢相

信黎晓怡竟然可以这样从容地将价值千万的东西随手扔给自己。

“没有关系了，我还有几颗。”黎晓怡笑了笑，说道。

“你！……这样贵重的东西你还有几颗！！！”张心红感觉自己低估了黎晓怡的身价。

“对啊，你先拿着，我再把那几颗也找出来。”说话间黎晓怡将手中的彩色钻戒放到了张心红的手中。

大概三十秒过后……

“喂，你等等……”张心红仔细地将黎晓怡递给自己的“非洲之星”拿到阳光下研究了一番，然后得出了一个惊人的结论，“你这颗是彩色玻璃做成的！”

“是啊，妈妈也跟我说是彩色玻璃做成的，我发现姐姐你喜欢大个的彩色玻璃所以将把它送给姐姐，虽然我还有些舍不得，但是姐姐你渴望的眼神还是让我做出了这个决定。”黎晓怡满脸的真诚。

“你是真的不懂还是假的不懂？”张心红感觉自己被黎晓怡给耍了。

“什么懂不懂？姐姐，我不明白你的意思。”黎晓怡露出了一副天真的表情。

不行！我可不能够被她这种假相给骗了！她一定是装的，一定是装的！张心红告诉自己不能够放松警惕。

“好吧！既然大家都不是傻瓜，我就跟你直说了吧！你准备找张心蓝要多少钱？”张心红终于还是问出了口。

听到张心红的话，黎晓怡忽然沉默了起来，不过很快，黎晓怡还是做出了回应。

“……真是没有想到姐姐还是看出了我的来意。”黎晓怡一脸的不好意思。

“开玩笑！我是做什么的？你这种人我见得多了！不过你这种敢于承认的倒是第一个。”张心红为自己的眼光独到感到自豪。

“说吧，想要多少？”张心红步步紧逼。

“……姐姐，不知道治疗早期肺癌需要多少钱？”黎晓怡低着脑袋问道。

“早期肺癌？”张心红没有想到黎晓怡会提出这个问题，“看你的样子好像还比较健康啊。”

“不是我！不是我！”黎晓怡摇着小手，“是我一个好朋友的奶奶。”

“你好朋友的奶奶关你什么事？”张心红不屑道。

“当然关我的事！”黎晓怡鼓着红扑扑的小脸蛋认真地说道，“我那个好朋友和他的奶奶对我非常非常的好，自从母亲去世之后我还是第一次在他们那里感觉到了家庭的温暖，现在他们遇到了困难，我说什么也得尽我所能帮助他们！”

“……你母亲在你几岁时去世的？”张心红忍不住问了一句。

“八岁。”黎晓怡说得很轻。

“八岁……那岂不是和张心蓝一样的年纪？”张心红低声自语道。

“姐姐说什么？”黎晓怡问道。

“没什么……你怎么知道张心蓝会答应给你钱？”张心红问道。

“我不知道，所以我想跑来问问，我最多……”黎晓怡忽然停下了话语。

“最多什么？”张心红追问道。

“……还是等他回来了再说吧。”黎晓怡的脸蛋又红了起来。

IS THAT YOU, MY LOVE
亲爱的，是你吗
NO.52

张心蓝从窗台外面走进来的时候还真是把黎晓怡给吓了一跳。

“张心蓝？”黎晓怡猛地站了起来，惊奇地问道，“你们这里的窗台也有楼梯吗？”

“我……一直都在那里。”张心蓝不太好意思地对着窗台指了指。

“一直都在那里？那你为什么不直接进来？”黎晓怡问道。

“他在浇花。”张心红随口附和了一句。

“哦。”黎晓怡还真信了。

“好了，现在他已经回来了，有什么话就直说吧。”张心红摆了摆手，说道。

“这个……麻烦姐姐你可不可以不要在场？”黎晓怡好像完全不知道自己的这句话会令张心红感到非常的难堪。

“张心蓝，你说我有离开的必要吗？”张心红自信满满地问了张心蓝一句。

“姐姐……麻烦你还是先回避一下吧。”

五秒钟过后，张心红破门而出。

“好了，现在房间里只剩下了我们两个人，有什么话你可以直说了。”张心蓝坐了下来。

“你……昨天晚上跟我说的话是不是真的？”黎晓怡略带害羞地问道。

“我昨天晚上好像说过很多话。”张心蓝微笑着问道，他喜欢注视黎晓怡害羞的表情，因为这种表情让张心蓝感觉这个世界很单纯。

“就是……就是……那句话。”黎晓怡提醒道。

“哪句话？”张心蓝的笑容更加的灿烂。

“就是……你说你想娶我，是不是真的？”黎晓怡总算是厚着脸皮说了出来。

“是真的。”张心蓝回答得很直接，也很肯定。

“今天这句话还算数吗？”黎晓怡抿着嘴巴傻傻地问道。

“这辈子都算数。”张心蓝看着黎晓怡，他感觉到了生命的存在。

“那么……我答应你了。”

“什么？”张心蓝将自己的耳朵侧了过来。

“我说我答应你了。”黎晓怡的脸颊绯红。

“你的意思是说你答应嫁给我了？”张心蓝想确定。

黎晓怡点了点头，没有出声。

“为什么？”张心蓝忽然问道。

“因为……因为我忽然发现自己很喜欢你！”黎晓怡这句话是望着窗外说的。

“唉……很可惜，你并不是一个会说谎话的女孩子。”张心蓝摇了摇脑袋。

“我没有说谎！我说的都是真话！我已经决定嫁给你了！你不会改变主意了吧？”黎晓怡好像非常害怕张心蓝不要自己似的。

“刚刚你在房间里和姐姐的对话我都听见了。”张心蓝看了看自己的手指，接着说道，“你说你有一个朋友的奶奶得了早期肺癌需要钱来治疗，你的这位‘朋友’是不是酷男？”

“……你不用管我的那位朋友是谁！反正我已经决定嫁给你了！你到底想不想要我？”黎晓怡实在不怎么会说话。

“好吧，既然你这么有决心，我等一下就在媒体的面前将我们的婚事公布于众，你觉得怎么样？”张心蓝希望黎晓怡拒绝。

“好！等一下就让我来说！”

酷男的奶奶问酷男知不知道黎晓怡去了哪里，酷男说不知道，酷男的奶奶又说要自己一个人出去找黎晓怡，酷男马上改口说黎晓怡可能去了一个叫张心蓝的那里。

“张心蓝是什么人？”奶奶问道。

“一个拍三……拍电影的。”酷男差点说漏了嘴。

“晓怡去找他做什么？”奶奶接着问。

“不知道，也许黎晓怡想加入演艺界吧？”酷男无奈地瘪了瘪嘴。

“傻孩子，演艺界是她那种单纯的孩子可以去的地方吗？”奶奶在为黎晓怡担心。

“奶奶你不用担心，据我所知张心蓝其实是个不错的男孩，而且他对黎晓怡也非常的关心”

“带我去见他。”

“谁??”

“张心蓝。”

“……”

金淑媛的爷爷和酷男的奶奶有一种爱好是相同的，那就是他们两位都喜欢养花。

养花需要的耐性往往超出人们的想象，很多人都养花，但是能够坚持三个月以上的却很少，很多人刚刚开始养花的目的往往只是为了寻求花开那一瞬间的快感，但是当他们知道花开之前还需要松土、施肥、浇灌、去虫、适当的阳光、控制温度、控制营养成分、需要时常修剪的时候，他们脸上的无奈与放弃往往已经画上了等号。不过就算上面的这些他们都做到了，还有一个更大的问题仍然会使他们继续选择放弃，这个问题就是，等待。

每个人都以为自己很有耐性，自己会为了某件事物某个人等待很长的一段时间，但是当他们回首的时候就会发现，原来自己的耐性只是那么短短的几个小时，又或者是短短的几天而已，这点时间和自己预计的十年，一百年，甚至是一千年好像相差甚远，这些也许就是现实和梦想之间的距离。

在金淑媛的爷爷种植的所有花卉之中有一盆最为特别，从金淑媛记事起她就没有看到过这盆植物发芽，金淑媛甚至都不认为这盆爷爷坚持每天松土、每天浇灌的陶制花盆里面真的有某种植物的种子，但是爷爷对待这盆植物的耐性，超过了任何的事物。

金淑媛爷爷的名字叫做金忠恒。

金忠恒的花房很大，阳光此刻正透过花房顶端的玻璃懒洋洋地挥洒在花房中各种植物的身上，阳光与花瓣、忧伤与哀愁，花房中一切的一切，看起来都是那么的协调。

“爷爷。”金淑媛无声无息地走到了爷爷的身旁。

“你来了。”金忠恒正在为花房正中心那盆好像永远也不会发芽的奇怪植物松着土。

“好多花都开了。”金淑媛左右看了看。

“今年花开得的确不错。”金忠恒没有抬头。

“但是您关心的好像只有这一盆。”金淑媛在爷爷面前说话总是很小心，因为这世上爷爷是她唯一敬重的人。

“……”金忠恒笑了笑，没有说话。

“爷爷，为什么花房之中每年都会开出那么多美丽的花朵，您却只对一盆好像永远都不会发芽的泥土感兴趣？”金淑媛的这个问题已经困扰了她很多年。

听到孙女的问题，金忠恒放下了手中的锄头，慢慢地，他来到了金淑媛的身边。

“淑媛，你觉得这花房之中哪一盆花朵最为美丽？”金忠恒忽然问道。

仔细看了看，金淑媛非常肯定地回答道：“当然是那边那盆红百玉兰最为美丽。”

“不愧是我的孙女，知道那盆红百玉兰是我花了大价钱托人帮我从潭柘寺偷偷弄出来的，紫中带白，白中又透露着一点微微的淡红，这种极品玉兰，懂花的人都知道它是花中之貂婵，兰中之白玉，只是……”金忠恒好像欲言又止。

“只是它唯一的缺点就是过于高贵，反倒使它与世人之间保持了一定的距离，而且这种距离，还是不可能逾越的那种，所以真正真心喜欢它的人，其实很少。”金淑媛接下了爷爷的话茬。

“……都说你聪明，你自己也以为自己很聪明，但是你还是有一件事情说错了。”

Is That You, My Love

亲爱的，是你吗

NO.53

王铁仁握着一叠厚厚的报纸来到酷男家门口的时候正好看见酷男和他奶奶刚刚准备出门。

还好记者暂时不知道酷男家在哪里，要不然……

“酷男！！！”王铁仁几乎是咆哮着出现在了酷男的面前，好在酷男的奶奶心脏没什么毛病，要不然当场就会挂掉。

“靠！一大早的，小点声音不行吗？”酷男用手指掏了掏耳朵。

“这位是……”奶奶问。

“哦，奶奶，他是我的校友，高一个年级的，他叫王铁仁。”酷男介绍。

“奶奶好！”不知道为什么，王铁仁叫得特别大声，看他的表情好像很兴奋的样子。

“你好，孩子，你是不是喝酒了？怎么脸这么红啊？”酷男的奶奶好奇地问了一句。

“没有！就是今天我特兴奋！奶奶！我可以跟酷男单独聊几句吗？”王铁仁大声道。

“在奶奶面前，没什么好隐瞒的。”酷男挺直了身子。

“但是这个……”王铁仁为难。

“没关系，你们慢慢聊，我还有东西要拿。”说完，奶奶进入了屋内。

“酷男！这边！”

一阵狂奔，王铁仁拉着酷男来到了一个他认为安全的角落，左右看了看，确定没人跟踪，王铁仁猛地从内衣内裤鞋底以及头发里面掏出了少说有二十几份不同的报刊杂志。

“不是吧？你改卖报纸兼变魔术了？”酷男往后退了一步，天知道王铁仁还会从自己的身体里面掏出什么东东。

“你是真不知道还是耍我?!!! 哦……”王铁仁忽然对天怪叫了一声。

“什么啊？一大早上的，你怎么说话云里雾里的？”酷男为了自己的安全，又往后退了一步。

“你看看这些是什么!!! ”说话间，王铁仁将面前的报刊杂志在酷男的面前一字排开。

“什么啊？……”酷男往前探了探，很快，酷男的脸上也出现了惊奇。

“张心蓝情敌名字已经确认——酷男”“亿万富豪酷男强霸张心蓝新欢”“金淑媛接受神秘男子酷男的求婚”“酷男为与张心蓝争夺金淑媛反目成仇”“王小凌，酷男，张心蓝，金淑媛四角恋情惊天大曝光”……

“这些……这都是些什么东西啊？”酷男揉了揉自己的眼睛，问道。

“什么东西！我问你！你昨天晚上都干了些什么？”王铁仁好像对这种事情特别关心。

“没什么啊，就是跟金淑媛吃了个饭，然后就回家了。”酷男拿起了一份上面标有“神秘富豪酷男家产大解密”的小报仔细阅读了起来。

“就这么简单?!!! ”王铁仁上蹿下跳，正好旁边有棵大树与之配合。

“就这么简单……我什么时候用过纯金制作的马桶了？”酷男埋头阅读着小报。

“你还有心情在这里开玩笑！你知道事情闹大了吗?!!!”王铁仁倒挂在树枝上摆来摆去。

“很有意思啊，我从来都没有想过人类的创造力竟然如此的神奇，就一个晚上，竟然编出了这么多故事。”酷男又拿起了另外的一份小报。

“你准备怎么办？”王铁仁从树上跃了下来。

“我准备怎么办？我怎么知道。”酷男摆了摆手，耸了耸肩，继续阅读。

“你难道不知道自己现在有多红吗？”王铁仁几乎快要跪在了酷男的面前。

“红？”酷男不明白。

“对啊！红！”王铁仁点了点头，其实他自己也不太清楚这个字到底是什么意思。

“红？”

“对，红！”

“红？”

“就是红！”

“红？”

“没错，红！”

“红？”

“靠！你有完没完！！！”王铁仁再次倒挂在了树枝之上。

“没什么？我只是不太明白你所说的这个‘红’字是什么意思？”

“红就是不管是在 WC 还是在 CS 里面都可以看到你的名字！知道吗？”王铁仁在那里瞎掰。

“再见，我走了。”酷男将报纸放在了王铁仁的面前，准备走。

“走？”王铁仁再次从树梢上飞跃了下来。

“我还要跟奶奶到张心蓝那里去，不可以让奶奶等久了。”酷男说明去意。

“什么？这种时候你到张心蓝那里去？你知道现在张心蓝那里会有多少记者蹲点吗？”王铁仁将自己的眼睛睁到了极限。

“有多少记者关我什么事？”酷男不明白。

“靠！看来你在这方面真的是个弱智……”王铁仁感觉自己见到了外星人。

“怎么讲？”酷男不明白。

“还怎么讲！看来你是打算这个星期的娱乐头版都为你留着了！”王铁仁打心底里佩服酷男的策略。

“唉！……都不明白你在讲些什么，我走了。”酷男挥手。

“你现在真的要去张心蓝那里？”王铁仁的眼中忽然闪过了一道金光。

“当然是真的。”

“好！既然你想红，我就破例当一回你的经纪人！”这种机会王铁仁已经等了很久了。

“经纪人？……我都是帮你家打工的，我要经纪人做什么？当狗遛啊？”酷男明摆着是在侮辱王铁仁。

“有性格！我喜欢！”王铁仁忽然对着酷男竖起了大拇指，看来他也是被这种突如其来的机会给吓傻了。

“你真的愿意让我当狗遛？”酷男冒着生命危险问了一句。

“靠！你这么说就是不把我当兄弟了！”王铁仁绕着酷男的裤脚爬来爬去。

“好了，玩笑也开够了，奶奶也久等了，我真的走了。”酷男拍了拍裤腿。

“汪！汪！汪汪！……从今以后你去哪里我就跟到哪里！”王铁仁将自己颈部的绳索交到了酷男的手中。

“……这样不太好吧？”酷男拉了拉手中的狗绳。

“汪汪！汪汪！……是不是不让我当你的经纪人！……汪汪！汪汪！……”王铁仁好像很认真的样子。

“……既然这样，我也只好委屈自己了……卡尔！GO！GO！GO！……”

“汪！汪！汪汪！……主人！我好兴奋啊!!! 汪！汪汪汪!!! ……”

就这样，酷男牵着自己的经纪人，一路绝尘而去……

Is That You, My Love

亲爱的，是你吗

NO.54

酷男和奶奶走在前面，王铁仁带着一副也不知道是从哪里搞来的墨镜紧随其后。

“酷男，这孩子是不是眼睛不好使？”奶奶问了酷男一句。

“还好啦，他说这样比较有型。”酷男解释道。

“酷男！你说得不对！我这叫做包装！”王铁仁甩了甩头发说道。

“包装？”酷男的奶奶不是太明白。

“……奶奶，别理他，因为高考的压力太大了，我这位学长的脑袋有的时候不太对！”酷男小声地对奶奶说道。

“是吗？”奶奶回头看了看，此刻王铁仁正仰着脑袋走路，一不小心，他撞在了一棵大树的上面，不过很快，王铁仁在地上滚了大概三圈半之后又直挺挺地站立了起来，继续仰着脑袋向前走着。

“嗯，也许你说得对，现在高考的压力是大了点。”酷男的奶奶同意酷男的观点。

酷男的住所距离张心蓝所在的金海大酒店其实并不太远，但是可怜的王铁仁就在这段不是太远的距离之中已经被自己的高傲搞得遍体鳞伤，不过王铁仁的确是个顽强的少年，不管自己跌倒过多少次，撞到过多少棵大树，他都可以继续保持自己高傲的造型，王铁仁现在的自我感觉只能够用一个字来形容，那就是帅！

金海大酒店的大堂比一个小型的足球场还要大，但是不论多大的足球场也不可能装得下世界上所有的娱乐记者！所以，今天赶到金海大酒店的各大媒体的娱乐记者们还是一不小心将金海大酒店大堂的大门给挤破了，由于位置实在有限，很多的记者还是被迫站到了大街上。

张心蓝还没有出现，暂时闲着没事做的娱乐记者们正在私下里攀谈着。

“老胡，你也来了。”

“开玩笑，这种千载难逢的四角绯闻谁放过谁就是傻子！”

“不过，老胡，这次你收了红包没有？”

“没有啊！你难道收了？”

“当然没有了，所以这次我们可以放开了写！”

“没错！每次记者招待会都发红包，就这种事情不发红包也抢着来，写死他们才过瘾！”

“对！写死他们！”

“还是不收红包坐在桌子前面瞎编的感觉比较爽！”

“……被你这么一说，我好像又找回我当记者的感觉来了！”

“没错！我们记者也是人，虽然每次红包收得很爽，但是都不敢写真东西！这次终于可以……”

“嗯，我也是，真的压抑太久了！”

“以前总是被人叫做狗仔！这次终于找回做人的感觉了！”

“对！我也是……汪！汪！汪汪！……”

“做人的感觉很爽啊！……汪汪！汪汪！……”

“汪汪！汪！汪汪汪！……”

“汪！汪！汪汪汪汪汪汪汪汪汪汪！……”

“我做娱记的时间比你长！不可以比你叫得短！汪汪汪汪汪汪汪汪汪汪汪汪汪汪汪汪汪！……”

“靠！我才是真正的职业狗仔！上次那个明星就是被我写残废的！汪汪汪汪汪汪汪汪汪汪汪汪汪汪汪汪汪汪汪汪汪汪汪汪……”

“汪！汪！汪汪！你跟我比！昨天跳楼的那个张叉容就是被我写成同性恋翻不了身才跳楼的！汪汪汪汪汪汪汪汪汪汪汪汪汪汪汪汪汪汪汪汪汪汪汪汪汪汪汪汪汪汪汪汪汪……”

“靠！你这么叫就是跟我拼了！汪汪汪……”

……

整个金海大酒店的大堂，变成了养狗基地……

“酷男，还有多远？”老人毕竟是老人，体力比年轻人还是差了一些。

“奶奶听见前面的狗叫声没有？那里就是了。”酷男往前指了指。

“……听是听见了，但是……我记得那里好像没有花鸟市场啊？这些狗的叫声……”

“奶奶！奶奶！我知道！我知道！”王铁仁凑到了奶奶的身前，“这些是狗仔队的叫声！也只有他们才能够发出如此动人的犬叫声！！！”

“狗仔队？”酷男的奶奶不明白。

“狗仔队就是……娱乐报道您知道吧？”王铁仁想解释得通俗一点。

“不是经常看，但是……那些娱乐报道能信吗？”就连酷男的奶奶都怀疑娱乐报道的真实性。

“没错！就好比狗吧，叫得响才会有人注意！所以那些娱乐报道写得越夸张看的人越多！您就当那些夸张的娱乐报道是狗叫出来的！您现在应该知道狗仔是什么了吧？”

“……听你的意思，那些娱乐报道都是狗仔写的？”酷男的奶奶想弄清楚。

“真实的不算，瞎编的都是！”王铁仁认为自己解释得很清楚。

“哦……我知道了，你的意思是，狗经过训练也会写东西？”

奶奶一说完，酷男和王铁仁同时倒下……

Is That You, My Love

亲爱的，是你吗

NO.55

张心红是最先出现的，娱记们都不是傻子，他们知道当张心红出现的时候张心蓝的出现也只是一个时间上的问题而已，而且这种时间一般都不会超过半个小时。

“这里不是遛狗的地方，麻烦你们安静一点！”张心红在娱记们的面前表现得甚有性格，因为在场大多数的娱记都收到过她的红包，大家都对这种游戏规则非常的熟悉，心照不宣也是正常的。

“张小姐，传说张心蓝向一位高中女生求婚，是不是真的？”一个记不得自己到底收到过张心红红包没有的娱记忍不住地问了一句。

“2 月 21 号，广州站宣传，五百块，你坐在第三排第二个位子，对不对？”张心红没有直接回答这位娱记的问题，而是说出了一段毫不相干的数据。

“……张小姐，我错了。”唉，娱记也是人……

“滚。”张心红丢了一个字，那位刚刚提问的娱记还真的是滚着出去的，其他娱记，纷纷让路。

“张小姐，请问张心蓝的新欢是不是叫黎晓怡？”又一个不怕死的肥肥娱记问了一句。

“去年 5 月 6 号，武汉站宣传，第一排从左数第六个位子，三百块的红包加上一瓶纪念版的干红，如果我记得没错，你应该是叫张辉吧？”张心红天生就是干这行的，记忆力超级惊人。

“……你唬我？证据呢？”肥肥娱记翻脸不认人。

“那瓶干红你是和你的情妇偷情的时候喝掉的，那三百块的红包正好被你们拿去开了房，我们也不是傻子，你们每个人收到的红包做什么用了，我这里都有详细的记录。”张心红放眼望去，娱记们的目光纷纷逃避。

“……我有事，先走了。”知道自己捅了娄子的那位肥肥娱记想闪。

“飞。”张心红扔下了一个字。

“飞？”肥肥娱记为难。

“可不可以爬？”肥肥娱记也是见惯大场面的人，果然遇事不乱。

张心红摇了摇头，没有说什么，在场的娱记们纷纷向肥肥同事投去了怜悯的目光。

“……好！你这就是把我往绝路上逼了!!!”肥肥有些抓狂了。

“我现在数三声，你不飞，明天你的事见报。”张心红下狠手，“一，二……”

“克塞！前来拜访!!!”猛地，肥肥娱记忽然做出了一个咸蛋超人的 POSE，然后在众人面前直挺挺地往金海大酒店的透明天花板飞跃了过去！三秒钟过后，金海大酒店的天花板多出了一个猪形的窟窿，肥肥消失在了云彩之中……众娱记皆倒。

“那是什么？”王铁仁发现金海大酒店的上空出现了一道金光。

“好像是超人？”酷男不太肯定。

“不，我觉得应该是飞猪！”王铁仁纠正。

“但是……他为什么拿着话筒还背着一台摄像机？”酷男的视力就是好。

“靠！这你都看得见！”王铁仁猛地掏出了为了方便偷窥而随身带着的望远镜，“……你说得没错！我也看见了，他的背上还写着 METRO 台的字样！他好像还带着一副眼镜!!!他小弟弟那里好像还写着‘主管’两个字！还有他的胯下……?”

“这里就是张心蓝住的地方？”奶奶问了一句。

“嗯，奶奶，这里就是了。”酷男往金海大酒店的正门指了指。

如果我说娱乐记者有着天生的新闻嗅觉能力，而且这种嗅觉能力甚至比狗的嗅觉能力还要强百倍，不知道大家信不信？

就在酷男距离金海大酒店大门还有五十五点一二米的时候，记者丛中很多娱记们的下半身忽然都不自觉地颤抖了起来。

“不好！每当我下半身忽然这么颤抖的时候不是有大的新闻在旁边就是有小姐在勾引我！”

“我也是！这个酒店的里面难道除了张心蓝还有麦当娜?!!!”

“不对！这种颤抖的频率和小姐勾引的频率存在着那么一点点的区别！小姐的勾引应该比这个更加的强烈一些！”

“我越来越兴奋了！根据我下半身提供的讯息，这种兴奋应该来自于……酒店大门的外面！”

“没错！就是那个地方！”

“那是……”

“对！他就是……”

“难道他真的是……”

“传说中的酷男!!!”

“……冲啊!!!”

“杀啊!!!”

“头版头条即将诞生了!!!”

“飞啊!!! 头条!!! ……”

“滚啊!!!”

“爬啊!!!”

“倒啊!!!”

“汪！汪！汪汪！”

“汪！……”

……

无数的记者，从四面八方向着酷男的方向，拥了过来。

“这是？……”酷男忽然感觉到了身体的前方出现了无数的“傻气”！

“记者!!!那些冲过来的都是记者!!!”王铁仁的兴奋超过了自己的体重，他也不知道从哪里掏出了“经纪人”这三个字狠狠地贴在了自己的额头之上。

“酷男，这些人？”酷男的奶奶也感觉到了事情的不对。

“这些人是……”拥过来的人数已经超过了酷男的想象，酷男一时之间也竟然不知应该如何向奶奶解释，但是这些疯子一旦冲了过来，奶奶的安危……

“王铁仁！赶快装猫！”酷男忽然大叫了一声。

“……为什么要我装猫？难道我不能够装金刚吗？”王铁仁用双拳捶了捶胸口。

“你装成猫的样子就可以引开这些狗们了!!!快!时间来不及了!!!GO!GO!GO!”

“我装猫引开这些狗？嗯，有道理，但是我还是不太明白的样子，如果我变成金刚的话……”王铁仁在那里耽误时间。

“奶奶！你快点离开！这里危险~！”前方黑压压的一片眼看就要拥了过来，酷男用身体护住了奶奶。

“素芳，快跟我走。”就在酷男已经做好了准备以死相搏的时候，一个老者的声音忽然从酷男的背后传了过来。

酷男回头，他看到了一个人，一个脸上写满了沧桑的老人，这个老人现在正注视着自己的奶奶，他的眼中，竟然流淌着温柔。这是酷男第一次从一位老人的眼中见到了温柔，而且这种温柔的目的地竟然是自己的奶奶！酷男本以为自己会反感，甚至是愤怒，但是现在，酷男竟然感觉到了一丝感动，这种温柔好像是隐藏了千年，但终究掩盖不住的思念！

酷男再看奶奶，他发现奶奶此刻的目光之中好像也闪烁着光芒，这种光芒酷男也是第一次见到，酷男从来都没有想过奶奶的眼中竟然还可以流淌出这样的光芒，这种光芒分明就应该出现在少女的眼中，而且是那种对爱情充满了向往，对爱情充满了执著的少女。只是奶奶眼中的这种光芒多出了一份肯定，一份对自己的未来、对自己人生归属的肯定，酷男忽然发现自己远没有想象中的了解奶奶、奶奶心中隐藏着什么，曾经爱过什么人，曾经给过谁思念，曾经为了自己的家庭牺牲过什么，放弃过什么，自己竟然一无所知。

酷男忽然想笑，酷男忽然发觉自己好像真的太自私了，竟然没有发现奶奶也是有爱的人，奶奶也需要有人关怀，有人保护，自己竟然自私得完全没有发现这些事情的存在。酷男往后退了一步，他想让自己给奶奶更多的空间，让奶奶也可以自己选择一些原本就应该属于她的幸福。

“金忠恒，你怎么来了？”酷男的奶奶也有些意外。

“哎呀！不要说那么多了，先避一避再说！这些记者可不是好惹的！不把你烦死才怪！”金忠恒一把抓住了酷男奶奶的右手。

“你……”酷男看着金忠恒伸向自己奶奶的“魔掌”，竟然连一点想反抗的力气都没有。

“酷男，让我爷爷带你奶奶走吧，他们到安全的地方，我们也可以安心一点。”金淑媛其实一直就站在金忠恒的身后。

“你……他是你爷爷？”酷男着实意外了一把。

“金金金金金金金金金忠恒！他是!!!”王铁仁在一旁小跳了一下，“他就是那个超级大富翁金忠恒?!!! 酷……酷男！想不到你们一家子都是傍大款的命!!! 就连奶奶也可以……”王铁仁还没说完就已经被酷男一记飞拳抡到了空中，三分钟之后他才落地，所以这里暂且不提他。

“快走吧！他们已经来了！”金忠恒手上的力气越来越大，酷男的奶奶渐渐也感觉自己坚持不住了。

“……奶奶，您先跟他走吧！”酷男也知道现在奶奶唯一可以安全离开的方法就是赶紧跟金淑媛的爷爷走。

“不多说了！你跟我走也得走，不跟我走也得走！”金忠恒这次是发飙了！

“奶奶！您快跟我爷爷走吧！”金淑媛好像也有些急了。

“……忠恒，要是那一年，你也这么跟我说，那该多好啊。”此刻，酷男的奶奶的脸上写着幸福的微笑，看来这句话，她已经等了太久，太久。

也许人生就是这样，很多的时候，我们只要坚持一下，手中的幸福，也许真的就会伴随我们一生，只是太多的时候，你我，都选择了放弃……

我们都以为，放弃才是正确的选择，只是这么多年，为什么我们都在懊悔中度过？为什么当时的情景无数次地出现在我们的梦中？如果当时的选择真是正确的，那么现在，我们懊悔的，又是为什么？

“连金淑媛都来了！看来这次有大新闻了!!! ”

“看他们那么亲密的样子是不是刚刚从酒店里开房出来？”

“靠！酒店开房被偷拍是我先想到的！”

“大家都是混口饭吃！写不同的酒店不就得了！”

“不行！这条独家新闻必须是我的!!! ”

“……你这么说就是逼我咬你了!!! ”

“汪！汪！汪汪！放狗过来!!! ”

“上次我就咬死了一个！这次我专门咬你的下半身!!! 汪！汪！汪汪！”

“对咬就对咬！谁怕谁!!! 汪！汪汪!!! ”

……

金淑媛站在酷男的身边，王铁仁暂时还在空中，一直站在金淑媛的旁边没有出声的张心紫眉头有些微皱。根据张心紫的目测，眼前出现的记者大概超过了两百人，就连见惯了大场面的张心紫自己也是第一次见到这么多娱乐记者同时出现在自己的面前，一时之间，张心紫也不由得担心起来。

“金淑媛小姐！请问你是不是已经和这位酷男先生有染了？”

“酷男先生，请问你的身家是不是已经超过了十亿？”

“听说你们和张心蓝还有黎晓怡已经确定了四角关系，是不是真的？”

“金淑媛小姐，你现在肚子里面是不是已经有了酷男先生的骨肉？”

“酷男先生，听说你昨天晚上在圣索菲娅教堂和张心蓝决斗被张心蓝打成阳痿，是不是真的？”

“酷男先生，金淑媛小姐，有人说昨天夜里你们双双被 UFO 劫持了是不是真的？”

“金淑媛你和酷男……”

……

反正这些所谓的娱乐记者们提出问题的目的只有一个，那就是不把提问的对象给活活问死，绝不罢休！

就在这个时候，王铁仁已经从半空之中安全降落到了记者们的面前，就在他从天而降的那一瞬间，刷！刷！刷！在场所有的闪光灯毫无保留地对王铁仁来了一个三百六十度的全方位透视拍摄！

“……各位辛苦了！我就是这位明日之星酷男先生的经纪人！大家也看见了，我额头上面写的这是几个什么字？”王铁仁几乎是还没有落地便大声地咆哮了起来。

“经纪人！”一个好事的记者接了一句。

“没错！还是‘拾屎直拨’电视台的记者有眼力！一眼就认出了这是‘经纪人’三个字！所以……在场的各位每提一个问题，收费一元！”王铁仁贪婪地对着站在他面前黑压压的一片记者说道。

“靠！比中国移动还要黑！便宜点！”有记者还价。

“好！既然有人觉得价格不合理，我们就便宜一点！提问五毛，回答问题五毛，怎么样？听起来是不是便宜了不少？”

“靠！跟中国移动一样的套路！好在我们收的黑钱多！”××记者又冒了一句。

“OK，既然大家都 PASS 了！现在提问开始！”王铁仁带上了一副墨镜，“哪条狗仔先……不，是哪位先问？”

“我！”

“我！”

“我！”

“我！”

“我！”

“我！”

“我！”

“汪！汪！”

“汪！汪汪！”

……

众狗齐叫。

“既然大家这么给面子，我也不加价了，就让‘拆了危’的记者先问吧。”

“我？真的是我吗？这个机会我已经等了五十几年了！！！”“拆了危”一个八十几岁的老记者弯腰驼背地小蹦了一下。

“快点SAY！过时不候！”王铁仁跪了下来，不过他为什么会忽然地跪下来，谁也不知道。

“……我……我想问的是，金淑媛小姐，我们……还有发展的可能性吗？”“拆了危”老记提问的时候又有几颗牙齿掉落到了地上。

“没有！”王铁仁怪叫了一声便跑到了“拆了危”老记的身边收费一元整然后飞身离开。

“下一位！”王铁仁将钱装进了自己的内裤荷包。

“我出两块！让我先问！”

“好！先交钱，后提问！”王铁仁收费两元，回到了原位。

“谢谢，谢谢，我是‘胡了未死’娱乐频道的记者，我的问题是：酷男先生，你到底是不是……我爷爷？”

“……对不起，麻烦你再说一遍？”在场的每个人包括王铁仁在内都认为自己听错了。

“我是问……酷男先生到底是不是我的亲生爷爷？”提问的那位记者情绪好像有些激动。

“这个问题……得另外收费。”王铁仁也是趁乱漫天要价。

“好！既然你要，我就给你！这是我家的房契地契！还有我老婆结婚时候交的押金！我一次性地全都给你！”那位记者的诚意大家是有目共睹的。

“你老婆结婚的时候为什么要交押金？”王铁仁收钱的时候好奇地问了一句。

“因为……我老婆就是你老婆！你老婆就是他老婆！他老婆就是我老婆！”回答完毕。

“哦……原来如此，好了，现在我可以回答你的那个问题了。”王铁仁将房契地契以及提问记者老婆的押金通通放入了自己的内裤之中。

“你的问题的答案就是……对了，先生贵庚？”王铁仁问。

“五十有八了！”

“五十有八？这不就明了了！我才是你的亲生爷爷！快叫爸爸！”

“爸爸！爸爸！我终于找到爷爷了！而且还是亲生祖先！”提问记者一高兴，晕死过去了。

“OK，提问继续，下一位……”

“好了！可以了！”就在王铁仁准备继续谋财害命的时候，张心紫终于还是忍不住地开了口，“请大家先安静一下，这里不是回答问题的地方，有什么问题我们会安排大家在金海大酒店中心会议厅集中回答，请大家一个小时之后自行到达金海大酒店中心会议厅，免费进场，免费提问。”说完，张心紫一手拉着金淑媛的胳膊便向着金海大酒店的大门走了过去，酷男跟在金淑媛的身后，王铁仁拉着酷男的衣角在地上拖行，虽然记者不断地围追堵截，但是张心紫的一张铁嘴只重复着四个字——无可奉告。

大概十分钟之后，张心紫都不知道自己是怎么保护着金淑媛和酷男顺利地进入张心蓝和黎晓怡所在的那个房间的。

房门几乎都还没有关严，张心紫的同胞姐姐张心红便发起了牢骚。

“好了！这下你们都满意了！爱情这玩意儿是你们艺人可以追求的吗？你们自己说！等一下面对记者怎么解释吧！”张心红交叉着双手一脸的烦躁。

“对不起，请你说话的时候注意点，你只有权利说张心蓝，没有权利说我。”金淑媛的脾气也不是好惹的。

“你现在有什么资格说风凉话？要不是我妹妹替你摆平了道路，你能够有今天吗？”张心红正在气头上。

“姐姐，好了，事情总会有解决的办法，再说了，其实这也不是什么大不了的事情。”张心紫的性格比她姐姐要温顺不少。

“好！既然你这么说，我们就在这里都把话给讲清楚了！等一下面对那些记者们也好歹有个交代！”张心红一口将面前的一瓶矿泉水一饮而尽。

“说句实话，一直到现在我都还没有完全搞清楚到底发生了什么事情。”酷男耸了耸肩膀。

“我是他的经纪人！我替他收回刚刚他说的那句话！我非常地清楚现在到底发生了什么事情！大家更红的机会到了！”王铁仁终于插上了嘴。

“姐姐，其实这件事情，黎晓怡和酷男都是无辜的，我看，不如让他们先走吧。”张心监总算说了句公道话。

“怎么没有关系！关系大了！可以说完全是我和酷男的责任！”王铁仁现在担心的就是事情少了。

“他们两个现在这种时候怎么可以离开！要是他们现在走了，等一下新闻发布会就更说不清楚了！”张心红皱着眉头说道。

“大姐，但是就算他们现在在这里也不一定说得清楚。”张心紫又来了一句。

“对不起，是不是我让大家感到这么为难的？虽然我不知道我哪里做错了，但是我想这些麻烦一定是我今天到这里来了之后引起的。”还是黎晓怡最乖，什么事情都往自己的身上揽。

“关你什么事情？你一点责任都没有！就算有责任也是他们的错！”酷男就是见不得黎晓怡受欺负。

“你说这话又是什么意思？什么都是我们的错？你有什么资格在这里……”张心红的嘴巴就是厉害。

“算了，大姐，你就算说赢了又有什么用呢？现在的问题就是等一下怎么样才可以让大家都没事。”张心紫还是理智一些。

“怎么可能都没事？反正现在就在我们这些人里面找一个替罪羊出来，为了其他的人，必须有一个人要牺牲！”张心红果然够辣。

“姐姐，现在的问题不是……”张心紫刚刚准备提出她自己的见解，忽然，房间的门铃响了起来。

“这个时候谁会敲门？楼道上不是不让记者上来吗？”

“对啊，门口不是有保安吗？谁按的门铃？”

IS THAT YOU, MY LOVE

亲爱的，是你吗

NO.57

“不管来的是谁，要不要我去咬他？”房间里面还是王铁仁最为活跃，因为他知道在场的人里面只有他一个人是可有可无的。

张心红没有理他，独自一人来到了门边，然后透过小孔向外看了看，她愣了愣，自言自语道：“怎么会是他？”说完，张心红打开了房门。

“爷爷！”金淑媛最先喊了出来。

“你们都在就好。”金忠恒迈着大步，走进了房间。

“金老，您怎么来了？”张心紫连忙让座。

“知道你们有麻烦，所有就过来帮你们一下。”金忠恒也没客气，坐了下来。

“我奶奶她……”酷男问。

“你放心，我已经把你奶奶安排到了一个安全的地方。”金忠恒的话很简单，但是酷男却感到了异常的放心。酷男知道，这种感觉就是所谓的安全感，一个男人如果可以给人这种感觉，便说明他已经做到了人生的极致。

“你就是黎晓怡？”金忠恒忽然对着一直站在角落里没有出声的黎晓怡问了一句。

黎晓怡的脸红了红，点了点头，还是没有出声。

“嗯，果然是个好孩子，怪不得那么多人喜欢你。”金忠恒笑了笑，然后望了望张心蓝和酷男，两个男孩子的脸都红了。

“您这么大老远地跑来，一定是有什么事情，大家的时间都不多了，您还是快说吧。”张心红蹭了一句。

“这里就你的嘴巴最厉害，要不然你弟弟现在也不会这么红。好吧，既然现在距离记者招待会只有半个小时了，我就直说了。”金忠恒真的很有领袖气质，他说的每句话都令在场的人不得不集中注意力去听，“……在我说出问题的解决办法之前，张心红，你可不可以帮我倒杯茶？”

张心红不想倒，但是不到一分钟，茶已经被她端到了金忠恒的面前，也许这就是所谓的威严。

喝了口茶，金忠恒将茶杯放到了一旁的方桌之上。

“谢谢，现在我的皮鞋暂时不需要擦。”就在金忠恒放下茶杯的那一刻，他忽然发现自己的脚边多出了一个擦鞋童，这个鞋童不是别人，正是一心想要找机会接近权贵的王铁仁。

“金爷爷，您就让我擦擦吧！能够为您老人家擦皮鞋一直都是我的梦想！”王铁仁坚持。

“好吧，既然你坚持，麻烦你了。”金忠恒的这句话几乎感动得脚边的王铁仁热泪都快要流出来了，所以，王铁仁擦得更加起劲了。

在场的每个人都将事情的希望放在了金忠恒的身上，因为他们都知道，以金忠恒的身份和地位，他绝对不会骗人，而且也绝对有解决事情的能力与才智，所以现在房间的里面，除了王铁仁的擦鞋声便只剩下了每个人的呼吸声。

在将近一分钟的思索与沉默之后，金忠恒终于开了金口。

“首先，酷男，我先在这里代表金淑媛向你道歉，你的奶奶并没有得什么肺癌，素芳她患的只是普通的伤寒罢了。”金忠恒的这句话一说出，在场每个人脸上的表情都不一样，首先是酷男，他的脸上先是意外，然后便是惊奇，最后直接变成了感动，要不是这里有人，酷男真的恨不得马上跑过去亲金忠恒两口，因为金忠恒的这句话简直就是上帝洒向人间的光环，黑暗房间里亮起的灯泡，照亮了酷男的整个世界；之后就是黎晓怡，她先是睁大了眼睛傻傻地愣了一下，然后脸上的红色一直延伸到了胸口，最后她竟然毫不迟疑地站到了酷男的身边，之后，黎晓怡的脸蛋便一直低垂着；再就是张心蓝，听到金忠恒的话他也是先愣了愣，然后深深吸了口气再慢慢地吐了出来，吐气之后张心蓝向酷男投去了欣喜的目光，从这一点也证明了张心蓝的的确确是一个正人君子；最后就是金淑媛，她只是睁了睁眼睛而已，她好像知道爷爷会讲出这件事情一样，并没有感到太多的惊奇。

“……对不起，酷男，我本来想自己跟你说的。”金淑媛此刻对酷男的表情除了无奈就是内疚。

“那些医疗证明都是你伪造的？”酷男问。

“是的，我认识很多剧组的道具师，所以就……”金淑媛吐了吐舌头。

“说实话，如果你不用这种事情威胁我，我也许会真的喜欢上你。”酷男说的是实话。

“这么说，你还是要和黎晓怡在一起……”金淑媛的脸上多多少少有些失望。

“如果我是一个女孩子的梦想……”

“酷男，在你说完这句话之前先听我说一件事情。”金忠恒忽然打断了酷男的话语，“还有张心蓝，你也不要失望。黎晓怡，你真的是一个可爱的女孩子，但是可爱的女孩子一般都会弄错一些事情。”

“我？不要失望？难道我还有机会吗？”张心蓝苦笑道，他清楚地知道，自己所喜欢的那个黎晓怡，已经不太可能回到自己的身边了。

“我？弄错了事情？”黎晓怡一脸的问号。

“……”酷男不知道应该说什么。

三个人，不同的反应。

“酷男，我想问你一句，如果黎晓怡要找的那个男孩子不是你，而是别人，你会祝福她吗？”金忠恒的问题很尖锐。

“……虽然我还没有想过，但是，我想，我一定会的。”酷男肯定道。

“很好，少年的心胸就是应该这么开阔，这样才能够做大事。”金忠恒对酷男投去了赞许的目光。

“黎晓怡，我再问你，如果你要找的那个人不是酷男，而是另外一个你没有想到的人，你会怎么样？”金忠恒微笑着问黎晓怡。

“我……我……不会的，一定是他！他小时候的照片我都看过了！”黎晓怡单纯的心灵怎么会想到这些问题。

听到黎晓怡的回答，金忠恒笑了笑，没有追问。

“酷男，我再问你一个问题，如果没有黎晓怡的出现，而且金淑媛只是一个普通的女孩子。她不但漂亮，而且聪明，最重要的是她专一，如果这样，你会考虑和她发展吗？”金忠恒看着酷男的眼睛，问道。

听完金忠恒的问题，酷男看了一眼金淑媛，金淑媛的脸颊已经有了一些微微的红晕。

“……我想，我会的。”酷男说的是实话，因为他知道自己想要欺骗金忠恒，那几乎是不可能的。

“好，既然你们心里都有了自己的选择，张心蓝，我现在问你，你的颈部后面是不是有一排牙印？”

“……您怎么知道？”张心蓝摸了摸自己一直被头发遮住的颈子，惊奇地问道。

“好，黎晓怡，我也问你，你要找的那个人是不是颈部的后面被你留下了两排牙齿印？”

“……对！您怎么知道？”黎晓怡也感到了意外。

“我当然知道，黎晓怡，你现在去看看酷男的颈部后面有没有牙齿的印记。”金忠恒微笑道。

很快，黎晓怡跑到了酷男的身后，她撩起酷男长长的头发仔仔细细地看了足足有一分多钟。

“我想，那些印记一定已经自己好了！”黎晓怡给酷男和自己找理由。

“好了，你现在再去张心蓝的颈部后面找找，看看那里有没有你熟悉的牙印？”金忠恒的话都还没有说完，黎晓怡便已飞一般地蹿到了张心蓝的身后仔细寻找了起来，很快，两排熟悉的牙印映入了黎晓怡的眼帘，这两排小小而可爱的牙印黎晓怡当然认得，因为这两排至今都清晰可见的牙印就是黎晓怡自己在幼儿园的时候亲自留下的！

“怎么可能！怎么会这样！”黎晓怡今天受到的惊吓可不小，“但是那张照片上面明明就是酷男！”

“没错，那张照片上面的确是酷男，只是那个给你照片的小男孩，其实是张心蓝。”

尾声

金忠恒说得很慢，因为他知道，自己现在所说的每句话在场的每个人都会听得仔仔细细。

“怎么可能！您……您有什么证据？”黎晓怡感觉自己有些微微的站不稳了。

“这一张就是那一年你们幼儿园的大合照，第六排从左边数的第五个和第七个就是张心蓝和酷男，第一排从左起的第七个和第十个就是黎晓怡和金淑媛。”说话间，金忠恒将一张已经有些发黄的黑白照片放到了四个被命运作弄了很久的少年人面前。

“……真的是我！”酷男，黎晓怡，张心蓝，金淑媛，每个看过照片的人都发出了同样的惊叹。

“你们没有想到吧？你们四个全都是一个幼儿园出去的，只是你们毕业之后的人生轨迹各不相同罢了，还有张心蓝，你还记不记得你那个时候拿过一张同班同学的照片到处欺骗小女生？”金忠恒问。

张心蓝回忆了很久，摇了摇脑袋。

“还是你们学校的老师跟我说的，说你那次被黎晓怡咬了之后哭着跑回教室的时候脑袋撞在了墙上，回家躺了一个星期才回去上学，也许那次的撞击，让你暂时忘记了这件小事。”金忠恒提醒。

“嗯，我小的时候的确是因为脑袋受伤住过医院，原来是因为这件事情！”张心蓝好像有一种恍然大悟的感觉，“这么说，金淑媛的那张也是我给的？”张心蓝接着问道。

“不是，金淑媛的那张还真的是酷男亲手给的。”金忠恒笑得很开心，因为他在这些孩子的身上看到了人间少有的纯真。

“这么说……黎晓怡要找的人就是张心蓝了？”酷男好像也是刚刚搞清楚状况。

金忠恒点了点头，表示默认。

这下黎晓怡可是没脸站在大家的面前了，她这个羞啊，从小到大她都没有这么糗过，要不是现在的楼层高，黎晓怡算不准还真的一下子跳下去了。

“咦？亲爷爷，照片上面这个头发上面飘着雪花的人是谁？怎么看起来这么的眼熟？”王铁仁趁乱问了一句。

“这个人好像叫做王小凌吧？我也记不太清楚了……怎么样？现在大家都清楚了吧？剩下的事情，我想，都应该好解决了吧？”金忠恒环顾着四周，整件事情渐渐明朗。

“记者那边怎么办？”张心红问了一句。

“这个你们放心，等一下新闻发布会你们照常进行，明天媒体的报道，我已经全部都做好了安排。”说话间，金忠恒站立了起来，“要说的话我已经说完了。我想，剩下的，你们都已经不小了，应该可以自己掌握了，我走了。”说完，金忠恒头也不回地选择了开门离开。

第二天，各大媒体的头版头条都作出了书面的道歉，道歉的原因只有一个，就是对昨天在社会上引起轩然大波的张心蓝、金淑媛事件进行全面的澄清，看来，金忠恒的势力的确不是吹的！

海边，蓝湾灯塔的上面，海风轻柔。

“真是没有想到，你要找的那个人竟然是我。”一直到现在张心蓝都还没有完全的适应。

“也许这就是天意。”黎晓怡的笑容依然是那么的纯净。

“你现在准备怎么办？应该可以和我顺利地发展了吧？”张心蓝畅快地呼吸着海风，他的心情从来都没有这么愉快过。

“以后吧，我想，我一定还会回来的。”黎晓怡闭着眼睛，任凭海风轻轻拂过自己的脸颊。

“你要走？”张心蓝有些意外。

“嬷嬷告诉我中国的最南边有一个地方可以治疗我的病，我想到那里去试一试。”黎晓怡睁开了眼睛，她的眼睛告诉张心蓝，她一定要去。

“你一个人去？”张心蓝问。

黎晓怡点了点头，轻轻地说道：“每个人都有自己的事情，当然是我一个人去了。”

“如果我说我要放下手里的一切和你一起去呢？”张心蓝不是开玩笑。

听到张心蓝的话，黎晓怡笑了笑，撩了撩自己短短却又非常可爱的秀发，说道：“昨天夜里我已经和你姐姐谈过了，你如果现在忽然放下手中的一切，至少有几百个人要失业，我知道你不是那种不负责任的人，一个和几百个，你应该知道怎么选的。”

“……你好像在一夜之间成熟了。”张心蓝竟然感觉到了自己的欣慰。

“女孩总是要成熟的，糗了那么大的一件事情，也应该成熟一点点了。”黎晓怡不好意思地抿了抿嘴巴。

“你还会回来吗？”张心蓝看着远处的海鸥，问道。

“病好了，我一定回来。”黎晓怡看着张心蓝，她的眼中闪烁着希望。

“这可是你说的，不管多长时间，我都等你。”张心蓝的眼中隐藏着湿润。

“好，只要你等我，我一定会回来的。”黎晓怡将自己的目光转向海风，眼中的雾气渐渐地散去。

“和酷男说再见了吗？”张心蓝问。

“说了，还有奶奶，他们是我永远的恩人。”黎晓怡的纯洁可以感化每一个人。

“我可不可以在你面前哭？”张心蓝问得很小心。

“不可以，男孩应该比女孩坚强，我都还没有哭，你怎么可以哭？”黎晓怡希望海风再大一些，因为这样泪水可以蒸发得更快。

“好吧，我不哭，但是你也不可以哭。”张心蓝笑，他笑得很开心，因为他从黎晓怡的身上，感觉到了人生的希望。

“我走了，你不要送我。”说话间黎晓怡拿起了一直放在一旁的背包。

“背包好旧，应该换新的了。”张心蓝说。

“这里面装着我的回忆与思念，我永远都不会换，就算破了，我也会补。”黎晓怡的执著和她的单纯一样令人着迷。

“我也在里面吗？”张心蓝看了看背包，问。

“在，你永远都在我的心里，我走了，再见。”

“……再见。”

……

同一时间，金海时尚广场，麦当劳的角落里。

“黎晓怡已经走了？”金淑媛压低帽檐问道。

“已经走了。”酷男的眼中隐藏着不舍。

“你准备怎么样？”金淑媛淡淡地微笑着，她对着酷男的微笑依然是那么的真诚。

“读书，上大学，不让奶奶失望。”酷男说出了自己的打算。

“唉，要是我真的是一个平凡的女孩子就好了。”金淑媛微微叹了口气，说道。

“你现在是很多男孩的梦想，可不要让他们失望。”酷男喝了一口可乐。

“真的好想和你在一起，如果昨天我爷爷说的那些话都变成了现实，我已经变成了一个普通的小女孩，你还会不会跟我在一起？”金淑媛问得很直接。

“你这么优秀的女孩子，我有什么理由拒绝？”酷男的回答已经相当的明确。

“好，等我以后不红了，变成了一个普通人，一定来找你！”金淑媛说得很认真。

“我听说现在的偶像更新速度很快，每个都红不过三年。”酷男的话里有话。

“太好了，我也许是这个世界上唯一一个希望自己可以快点不红的艺人。”金淑媛笑道。

“金淑媛，你真的很优秀，你天生就是一个当偶像的人，我相信以你的美貌与智慧，一定可以永远地红下去。”酷男说的是实话。

“好啊！你这么说就是不给我机会了！”金淑媛笑着拍了拍酷男的肩膀。

“你还要在这座城市待多久？”酷男问。

“明天就要去巡演了，大概半年之后才会回来。”金淑媛耸了耸肩膀，说道。

“……是吗？”不知道为什么，听到金淑媛半年之后才会回来，酷男的心中感觉怪怪的。

“怎么？看你的样子，不会是舍不得我吧？”金淑媛的脸上布满了幸福的微笑。

“怎么会，我可不是那种……”

就在酷男刚刚准备发表意见的时候金淑媛的手机忽然响了起来。

“你好，张姐……我知道了，我马上过来……好，好，好，十分钟就到。”说完，金淑媛挂上了电话。

“催你了？”酷男问。

“嗯，有一个通告，做完了就要坐飞机走了。”金淑媛掩饰不住自己的不舍。

“真的半年之后才可以回来？”酷男追问了一句。

“你不会是喜欢上我了吧？”金淑媛看着酷男的眼睛，问道。

“开玩笑！我怎么会……”

“我走了。”说话间金淑媛站了起来。

“……”此刻，酷男竟然不知道应该说什么。

“我真的走了，半年之后才会回来的。”金淑媛等待着酷男的反应。

“……”酷男还是不知道说什么。

“你真的会考上大学吗？”金淑媛忽然问道。

“会，当然会！”酷男肯定地说道。

“好吧，在你考上大学之前我们都还是好朋友，等你考上了大学，我会去追你的。”金淑媛说话非常直接。

“……好！在我考上大学之前大家都是好朋友！”酷男感觉自己的心胸豁然开朗了起来，想不到做好朋友也是这么令人感到愉快的事情。

“好朋友，我现在要去赶个通告，你不准备送我吗？”金淑媛的话语好像也轻松了不少。

“送！当然送！半年之后才会见面，为什么不送？”

“走吧，陪我去取车。”

“哇！果然是有钱人，可以顺道送我回家吗？”

“可以，当然可以。”

“你知道我家怎么走吗？”

“当然知道。”

“那就好，这样就算我半年之后不在家你也可以在我家门口留言了。”

“真是白痴，我为什么不可以发电子邮件又或者是QQ留言？”

“对啊，你知道我的邮箱地址和QQ号码吗？”

“说。”

“我的QQ号码是21178……”

……

金海时尚广场不远处，王铁仁家开的“芝士 NO.1”门口。

“是不是真的！你和你奶奶真的要搬到中心花园小高层去了？”王铁仁惊奇地询问着眼前竟然洗过头了的王小凌。

“当然是真的！那房子可是我一次性买断了，当时别提我多帅了！”王小凌甩了甩头发，很潇洒地说道。

“你的头发是不是真的？好像还焗了油的……？”王铁仁伸手去摸。

“唉！别动！当然是真的了！”王小凌拍开了王铁仁的大手。

“这么说你奶奶也不用每天起早贪黑地为你辛苦了？”王铁仁问。

“当然了，我以后要我奶奶每天睡得晚晚的，吃得饱饱的，每天除了遛狗就是打麻将！”王小凌总算是还有那么一点点的孝心。

“你哪来的那么多钱？你不会是被别人包了吧？”王铁仁怀疑。

“当然不是！我可是靠自己每天辛勤地在海岸线坚持不懈地不停搜索才有今天的！要不是我捡到的那枚彩色……”王小凌挺直了胸膛，忽然一阵强风吹过，王小凌的假发套被带到了白云的彼端。

“靠！你小子这么有钱怎么不赶紧去洗个头！！！”王铁仁看着漫天飞舞的头皮屑无可奈何地说道。

“洗头？下辈子再说吧！”

昨天，上午，金忠恒的花房。

“爷爷，为什么花房之中每年都会开出那么多美丽的花朵，您却只对一盆好像永远都不会发芽的泥土感兴趣？”金淑媛的这个问题已经困扰了她很多年。

听到孙女的问题，金忠恒放下了手中的锄头，慢慢地，他来到了金淑媛的身边。

“淑媛，你觉得这花房之中哪一盆花最为美丽？”金忠恒忽然问道。

仔细看了看，金淑媛非常肯定地回答道：“当然是那边那盆红百玉兰最为美丽。”

“不愧是我的孙女，知道那盆红百玉兰是我花了大价钱托人帮我从潭柘寺偷偷弄出来的，紫中带白，白中又透露着一点微微的淡红，这种极品玉兰，懂花的人都知道它是花中之貂婵，兰中之白玉，只是……”金忠恒好像欲言又止。

“只是它唯一的缺点就是过于高贵，反倒使它与世人之间保持了一定的距离，而且这种距离，还是不可能逾越的那种，所以真正真心喜欢它的人，其实很少。”金淑媛接下了爷爷的话茬。

“……都说你聪明，你自己也以为自己很聪明，但是你还是有一件事情说错了。”

“我说错了？爷爷，我哪里说错了？”金淑媛不解。

“我不但喜欢这盆红百玉兰，而且还打算用自己的一生去照顾它，因为这盆红百玉兰是你奶奶的最爱。”金忠恒说得很肯定。

“但是，既然您这么喜欢这盆红百玉兰，为什么您还会对那盆永远都不会发芽的植物感兴趣？”金淑媛问。

“这你就不懂了，这就是所谓的梦想与现实的区别，你知不知道这世上除了我之外还有一个人也在等待这盆好像永远都不会发芽的植物开花结果？”

“是吗？这世上除了爷爷之外还有另外的一个人也在等它开花？”金淑媛似乎有些不信，但是她也知道，爷爷是绝对不会欺骗自己的。

“没错，我和那个人年轻的时候约定过，如果这盆植物开了花，我将会将它的花瓣寄给她，那个时候也就是我们可以再续前缘的时候。”金忠恒的眼中充满了期盼。

“但是这盆植物真的会开花吗?”

“当然会，你没有看到它已经发芽了吗……”

棉花糖作品

全文完